JN043132
小さな魔女と野良犬騎士
9
Illustration
西出ケンゴロー
Eriya Asakura
麻倉英理也

「ド阿呆共があああッッッ!!」
アルトは両手で握った剣を振り下ろし、一刀両断。

オルフェウス
が髑髏に足を置く。

「ちっ。なんでわたしがこいつの頭を洗わなきゃならねぇのよ」
アルトは、背後からミュウに頭を洗われる。

「ごしごし、ごしごし」
更にその後ろで、一番身長が高いロザリンが
ミュウの頭を洗っていた。

「魔女の小娘も、一人だけ残って
ゆっくりしていく気はあるまい？」
アルトは白いコート姿、
ロザリンも黒いフードの
マントを着用。

「うん、アルと、一緒が、いい」

INTRO DUCTION

学園生活と最終決戦

授業に出席して動けないアルトに代わり、
ウツロと外敵因子の繋がりを調べようとしていたロザリンとミュウ。
二人は、両雄が争っている隙に花の塔へと侵入するが、
探索の途中でウツロに発見され戦闘になってしまう。
普段とは様子が違うウツロの猛攻に耐え切れず、
二人は塔の外まで叩き出されてしまう。
だが、異変を察知し乱入してきたアルトによって助けられる。
戦いは仕切り直しになるかと思いきや、
瘴気の影響で心身のバランスを崩し始めていたウツロは暴走、魔剣の力を使って
学園内に魔樹ネクロノミコンを顕現させてしまった。
更に同じく魔剣の力を借りて新たな身体を得た
宿敵ボルド＝クロフォードまで復活し、魔樹とウツロの力を
使いガーデンや女神マドエルを飲み込もうと画策していた。
魔樹と共和国騎士隊、内と外に敵を抱えたガーデンにかつてない
危機が迫り、奇妙なめぐり合わせから始まった
学園生活もいよいよ佳境を迎える。
負けっ放しでは終われない意地を背負って、
アルトとウツロの最終決戦が幕を開ける。

小さな魔女と野良犬騎士　9

麻倉英理也

ヒーロー文庫

CONTENTS

a little witch &
a stray dog knight

Illustration
西出ケンゴロー

小さな魔女と野良犬騎士 9

イラスト／西出ケンゴロー
装丁・本文デザイン／5GAS DESIGN STUDIO
校正／吉田桂子（東京出版サービスセンター）
DTP／天満咲江（主婦の友社）

この物語は、小説投稿サイト「小説家になろう」で発表された同名作品に、書籍化にあたって大幅に加筆修正を加えたフィクションです。実在の人物・団体等とは関係ありません。

プロローグ　最後のダンスは求めない

ウツロは他人の心に疎い。

彼女と関わった多くの人間が懐(いだ)く大概の心情がこれだった。本人も否定はしない。むしろ、ああ、なるほど。と、納得と共に頷(うなず)くことだろう。そんなところが心に疎いと言われる所以(ゆえん)なのだが、彼女が客観的事実以外の感想を持つことはないだろう。だからと言ってウツロが無感情かと言えばそうではない。美味(おい)しい物を食せば頬が綻ぶし、抽出に失敗したお茶を飲めば苦味に眉を顰(ひそ)める。読書や観劇、芸術作品への造詣も浅い訳ではなく、むしろ、理解力や分析能力といった点では他より秀でていると言えるだろう。

問題点があるとすれば、自分を含めた人間という存在に興味が薄いところだ。

他人に興味を懐けないから、心の機微を汲(く)み取ることができない。自分に興味がないから、他人にどう映るのかを気に留めない。道徳や倫理の問題ではない。人間性の欠如、ともまた違うかもしれない。ウツロには他人に誇れるような理想もなければ、他者に曖昧な憧(あこが)れや偶像を求めることもない。彼女にあるのは進化。『昨日より優れた自分に至ってしまう』という現象は努力で成し遂げた成長とはまるで別物だろう。

そんなウツロが初めて心を熱くする出来事が、学園生活の中で起こった。

壱週間戦争。

ウツロが入学した年度の最上級生が、一人の女生徒を倒す為(ため)だけに催した仮面舞踏会。武闘会ではなく、舞踏会で正しい。勿論(もちろん)、ダンスの美しさだけを競うような、お上品なイベントなどではなく、決められたルールは基本的に一つだけ。最後まで立っていた生徒が勝者である。この時点で外の人間は違和感しか覚えないだろうが、ガーデンの乙女にとっては美しさと強さは同義。そこに優雅さを加えることで、武闘と舞踏を両立させた。というのは建前で、流石(さすが)に私刑目的の催しを行事として大っぴらに執り行うのは憚(はばか)られる為、当時の生徒会が色々とこじつけたというのが真相だ。クルルギも面白がって許可したということは、彼女らにとっては計算通りに事は運んだのだろう。

予想外だったのは二つ。

一つは目的の女生徒が想像以上に強かったこと。

二つ目は更にその下に、彼女に次ぐ実力の持ち主が存在したことだ。

一週間にかけて行われた仮面舞踏会は、まさにガーデンの歴史に残る死闘だった。その世代を代表する猛者が並び立ち、血で血を洗う激戦を連日繰り返す。多くの実力者が散っていき、逆に名も無き花が咲き誇ることもあった。最終日までに最上級生が鎮座する序列の上位陣の殆(ほとん)どが倒され、相対したのは前述した二人の女生徒だった。

白百合と紅薔薇。

一年の差はあるが実力的には拮抗している二人。彼女らを知る人間からすれば、最後に残ったことに対して異論を挟む余地はないだろう。単純な強さ以上に二人の戦いには華があった。性格も戦い方も対照的だった両者の類似点は、刃を交わした相手に何かを感じさせてしまう、背中に夢を見てしまうような浪漫に満ちていることだった。

勝者は白百合だった。

激戦に次ぐ激戦の中、血と汗に塗れた二人。一方は大太刀を大地に突き立て力尽き地に伏せ、もう一方は満身創痍ながら二本の足で血を踏み締め、自分と紅薔薇の血に塗れた右拳を振りかざす。誰が見ても凄惨な光景だ。幼い子供ならば一生モノのトラウマになってしまうだろう。しかし、ここはガーデン。外の世界で居場所を失った乙女達が集う庭園であり、咲き誇る花々はその血を吸って花園を彩る。強い者こそが正しく、強さを追い求めることこそが真実である。白百合は強さと正しさを証明して、立ち塞がる全てを屠りアルスロトメリア女学園の頂点に立った。

怒号のような歓声が校舎を、大地を揺らした。手を叩き喜んでいる女生徒もいた、感極まって泣き崩れる娘もいた。敗北した傷だらけの女生徒達も、救護の為に駆け寄った保健委員を横にやり、新しき時代の到来とその礎の一端になれたことへの誇りを感じなら、勝者である白百合にエールを送る。この日、全生徒の心が一つになったのだ。

無論、ウツロとて例外ではなかった。

入学以来、否、ガーデンに現れて以来、何者でも無かったウツロにとって、戦うという行為は赤子が言葉や立ち上がることを覚えるに等しい。同じ女生徒達と拳を交わしお互いを高め合い、勝利を重ねることで成長を実感できウツロは満足感と向上心を得ることができた。更には目標となる高い壁に何度も撥ね返される度、乾いていた心が潤うような充実感に満たされる。そして今日、自分が未だ至れない高み、神域での攻防を目の当たりにして、自分に存在するとは想像もしていなかった、心というモノが震える確かな感触があった。

心が存在するのなら、ウツロの滾る胸の内に違いない。

群衆の中で言葉を失い立ち尽くすだけのウツロに、ボロボロの白百合は気が付き見慣れた笑顔でピースサインを向けてくれた。

『見てましたか。わたし、勝ちましたよ！』

無邪気に笑う姿にウツロの頬を自然と涙が濡らした。

白百合とは何度も戦ったことがある。最初は歯牙にもかけられなかった。だが、諦めずに挑戦を繰り返す内に、一発やり返すことが叶い、次は二発、気が付けば防戦一方ながら、彼女とまともな戦いを演じるところまで辿り着いた。普通なら面倒だと思うだろう下級生の相手を、彼女はいつも笑顔で受け止めてくれ、力尽き倒れるウツロに手を差し伸べて『また、強くなりましたね』と褒めてくれた。その言葉に胸が擽ったくなり、それが嬉しいという感情だと知ったのは少し後のことだ。

器が違うとはまさにこのことだろう。

憧れていた、尊敬もしていた。今はまだ届かなくとも、戦い続けた果てにあの人が立っているのなら、幾多の敗北など何の痛みにもならない。

だが、現実はそう甘くはなかった。

強さだけでは彼女の、白百合の強さに至れないと知ったのは彼女が卒業した後のこと。気が付いた時にはもう手遅れで、自分が憧れていたモノは何一つ握る拳の中に残ることはなく、唯一、残ったのは研ぎ澄まされた肉体的な強さのみ。それも振るう相手がいなければ、無用の長物だろう。

結局、ウツロは何者にも至れず、今も尚、空っぽのまま。

理解していながらそれでもと極点を求めてしまうのは、未だ瞼に焼き付いたあの人の姿があるから。眩きよらかな白百合が、きっともうウツロの手には届かない場所にあるのなら、死に迷った髑髏の甘言に乗るのも一興かもしれない。

行きつく先が地獄なら、せめて最強という彼岸花を咲かせよう。

あの日見た最後のダンスを、ウツロが求めることはもうない。

第六十八章　深淵は未だ覗けず

眠りから浮上する意識と共に、ぼやけた視界が捉えたのは隣で眠る見慣れた黒髪の少女、いや、見慣れない大人の女性の顔である。疲労の所為もあってはっきりしない頭は咄嗟に、やらかしてしまったか？　という不健全な想像に肝を冷やすが、脳が鮮明さを取り戻す内に彼女が大人になったロザリンであることを思い出す。安堵の息を吐き出すが、自身に降りかかる現実を改めて突きつけられ朝から落胆が胃に圧し掛かった。

未だアルトの姿かたちは愛らしい美少女の姿であることが理由だ。

魔剣使いでルームメイトだったテイタニア……いや、レイナ＝ネクロノムスとの激闘の際、一時的にアルトの身体は元の男の姿に戻れたのだが、悲しいことに直ぐ少女へと変化してしまった。

「女神様はまだ、ご納得いっていないってわけか」

寝起きの気怠さも相まって、吐き出す吐息はいっそう湿っぽい。

「……むにゃむにゃ。もうたべられ、いや、もっと、たべる」

「この野郎。ありきたりな寝言にアレンジ加えてきやがって」

「……ふんぎゅ」

呑気に眠っているロザリンの鼻をつまんでやると、彼女は目を閉じたまま苦しそうに眉間に皺を寄せていた。思わず苦笑が零れ落ちる。本来なら女生徒に交じれないロザリンは、学園長であるヴィクトリアが用意してくれた部屋に寝泊まりしているが、レイナがいない今、この古い寄宿舎に住んでいるのはアルトだけ。寂しいだろう、心もとないだろうと此方の意見を全く聞かず、戦いがあったそのままの足で押しかけて来たのだ。

「ま、いつものことっちゃ、いつものことなんだけどな」

姿かたちは違えど一緒に暮らすのは今更なこと。ただ……。

「こいつの場合は、予想外だろう」

汗ばんだ胸元を掻きながら、アルトが視線を向けたのは部屋の隅っこ。毛布に包まって丸くなるのは、昨日の戦いの場にいたミュウだった。彼女はガーデンで再会した時のように、蹲るような状態で微動だにしない。もしかして、死んでいるのではないだろうかと不安になるくらいだ。

「昨日は疲れ切っててツッコミ忘れてたが、なぁんでこいつも付いてきてんだよ」

長らくウツロの支配領域に囚われていたが、風紀委員長を務めるニィナとの取引で彼女を解き放って貰った。その後は治療の為に保健室に運び込まれ、昨日はプールに誘ったり、レイナとの戦いの現場に現れたりと関わり合いはあったが、寄宿舎に泊まりに来いとまでは言っていない。

「……ベッド、もう一つ空いてんだから、そっち使えばいいのに」

自然と視線を向けたのはレイナのモノであったベッド。立つ鳥跡を濁さずの精神から、レイナが寄宿舎を出る前に綺麗（きれい）に整えたままの状態だ。他の部屋は物置同然だし、一応はロザリンを含めてそっちに寝るよう言っていたのだが、気が引けるのか何かに遠慮したのか、二人はベッドを使用しなかった。床に転がるミュウはともかく、ロザリンに関しては一緒のベッドに潜り込まれるのは正直困る。が、これも女性化している影響なのか、以前ほどの忌避感はなく仕方ないと割り切れた。男の姿で見た目グラマラスな美女に同衾（どうきん）を迫られたらとなると、寒い廊下で寝ることも考慮しなければならなかっただろう。

「全く。不幸中の幸いとはこのことだな……ふわっ」

疲れも残っている為（ため）、緊張感のない欠伸（あくび）を一つすると、それに反応したのかロザリンがもぞっと身体を動かす。横になったまま大きく深呼吸をすると、徐々に意識が覚醒してきたらしいロザリンはゆっくり上半身を起こした。

寝ぼけ眼で頭を左右にゆらゆら揺らしながら此方（こちら）を見つめると。

「おはよう、アル」

と、聞き慣れた声より幾分、低音の声色でふにゃふにゃっと呟（つぶや）いた。

「はいはい、おはようさん。って言ってもな」

「ふにゅ？」

ベッドの上で胡坐をかきながらアルトは解すよう首をグルッと動かす。

「時間はわからねぇが、外の陽気と腹の具合から考えると、とっくに昼は回ってんだろ」

「流石、アル。腹時計も、完璧」

「お前と一緒にすんな」

ピンと額を指で弾いた。あながち間違いではないが、認めるのは癪だったからだ。

タイミングを計っていたかのように、ロザリンの腹が盛大な音を立てる。途端に空腹を感じ始めたのか、彼女は自身の腹に手を当てて脱力するように肩を落とす。

「おなか、減った」

「お前の腹時計は燃費が悪すぎて、時間を計るのには向いてねぇよな。よっと」

ベッドから降りたアルトは大きく上へ伸びをし寝起きの身体を解す。昨日の激戦の爪痕は一晩経っても色濃く身体の節々に残っていて、骨の軋むような筋肉痛が肩から太腿にかけて蝕んでいる。傷や怪我に関してはロザリンに治癒して貰っているが、酷使した肉体の疲労までは癒やすことはできない。筋肉痛とは表現しているが、実際は魔力を多く使用したことの反動。魔術や魔技を使わないアルトにこの症状が現れるのは、レイナとの戦闘が過酷だったことの表れだろう。あるいは単純に少女の姿の所為で、基本的な身体能力が低下しているからだとも考えられる。

「どっちにしろ栄養補給がしたいぜ。疲れが抜けてねぇから、こってりした味の濃い料理が喰いたい気分だ」

「甘い物も、食べたい」

生き残った故の空腹に期待と想像も膨らむが、残念なことに食べたいと口に出したからといって、「仕方ないわねぇ」と言いながら食事を作ってくれる便利な……もとい、気の良い隣人はこの寄宿舎に存在していない。何か食べたいのならば、自分が手を動かして料理をする必要がある。問題はこの寄宿舎の何処に台所があるかわからないことだ。

「アル。今まで、どうやって、ごはん、食べてたの？」

「飯関係は全部、テイタニア……レイナのヤツがやってたんだよ」

ジト目のロザリンにそう言い訳するが、何故か視線はより険しくなる。

「また、無自覚に、女の人を、くどいてる」

「くどいてねぇよ、悪い言葉ばっか覚えやがって」

失敬なと憤慨するがロザリンの冷たい視線は変わらない。流れを変える為にこほんとワザとらしく咳払いをしてから、アルトは部屋の隅で丸くなってるミュウに目を向ける。

「飯の心配もそうだが、アレの方はどうすっかな」

「おとなしい、ね」

「記憶喪失の所為か多少の気勢は削がれちゃいるが、三つ子の魂百までって考えると、いつどのタイミングで爆発するかわかったもんじゃねぇぞ」

一応はプールに連れてったりと対策は試みたが、彼女が秘める狂気に何処まで有効かは判断がつかない。だが、苛烈だった性格に、僅かながらも穏やかさが差し込んできているのも事実。敵か味方か選ぶのなら、味方にしておいた方が精神的にも安心できる。

などと思案している間も、丸まっているミュウは微動だにしない。

「……あいつは。相変わらず死んだように寝るのな」

「みて、くる」

ベッドから降りたロザリンは、シャツとパンツという大人の姿では扇情的な姿でよたよたと、寝起きの所為で覚束ない足取りでミュウに近づく。毛玉だらけの毛布の側に腰を下ろして両手で身体を揺する。

「あさ……じゃ、なくって、昼、だよ」

少しずつ強く揺らす力を強くしていくがミュウの反応はない。

「本当に死んでんじゃねぇだろうな？」

「一応、息は、してるみたい」

壁側を向いている顔に手を差し込み、ロザリンは呼吸をしていることを確かめた。確実に手の平が顔に触れているはずなのに、ミュウは目を覚ますどころか反応すら示さない。

ここまで反応が悪いのは、単純に眠りが深いだけとは考え辛い。

「やっぱ、身体を巡る魔力が安定してねぇのか」

「視た限り、安定は、してる。眠くなるのは、魔力欠乏の、症状の一つだけど……」

ロザリンはそのまま手を額に持っていき熱を測る。触れた額はひんやりとしていたが、低すぎるような異常は感じ取れない。呼吸も普通だった。体内の魔力が欠乏している場合、風邪に似た症状が出るのだが、今のところはその様子はない。発汗が少ないことは気にかかるが、寝苦しさを感じている素振りもなく、手首を掴み脈拍も計ってみるが落ち着いた鼓動を刻んでいた。総合的に判断して異常はない。ただ、ここまでされてやはり目を覚まさないのは、ロザリン的にも気にかかるようだ。

だが、彼女の魔眼ならばある程度は視ることができるはず。

「魔力に、問題は、ない。水に浸かった、効果もあるだろうけど、どちらかといえば、すっごく安定してる」

「んじゃあ、眠くなるのは魔力不足が原因ってわけじゃないってことか」

「一概には、そうとは、言えない」

そう言ってからロザリンは眠るミュウの首元、肩甲骨辺りに指を二本添え、反対の手でトントンと何かを確かめるよう軽く叩く。

「軽く、魔力を流して、みたんだけど……やっぱり。流した魔力が、中和、されてる」

「中和？　そりゃ、どういう意味だ」

「多分、体内の魔力核が、強い活性状態に、あるんだと思う。身体の中の異物、特に外的魔力を、排除しようとしてる」

「そいつは、大丈夫な状態なのかよ？」

話だけ聞くと大仰だがロザリンは心配ないと頷く。

「直接的に作用、してるのが、なんなのかは、軽く調べただけじゃ、わからないけど、体内の異物を、頑張って、浄化しようと、している状態。そこに、魔力が多く、使われてるから、ちょっとすると、直ぐに眠っちゃう」

「なるほどな」

心当たりはある。彼女の異常なまでの再生能力は、父親であるシドに後天的に植え付けられた力。それが心身のバランスを崩し狂犬のような獰猛さと、異様な執着心を育てたのだが、現在は片鱗こそ残っているモノの大分、落ち着いていると言えるだろう。それらが浄化によるモノならば、その労力は想像以上に大量のコストを払うはずだ。

「じゃあ、記憶喪失やら廃人同然だったとかも、原因はそこなのか？」

「ううん……普通の、浄化なら、そこまでには、ならないと思うんだけど」

ちょっとだけ考えてから。

「よっぽど、根深く、異物が浸食してたのかも。それこそ、人格が、変わっちゃう、レベルで」

「人格が、か……まぁ、わからんでもない」

記憶にある王都でのミュウは、控え目に言ってもまともじゃなかった。北街の環境がいくら過酷であったとしても、あそこまで致命的に捻くれてしまう人間は、中々お目にかかることはない。それこそ外部がワザとそうなるように仕向けない限り。

「けっ……くたばってもなお、迷惑かけ続ける爺だぜ」

色々と憤ることはあるが、今更蒸し返しても仕方がないことだろう。

「話を聞く限り、廃人状態からは、脱したみたいだし、魔力核も、安定し始めてるから、もう暫くすれば、普通の生活が、できると思う」

「普通の生活ねぇ」

胡乱な目で毛布に包まったミュウを眺める。

「北街の狂犬だった性根が、何処までが爺の所為かはわからねぇが、アレだけ苛烈だった戦闘本能が治まるとは考え辛いぜ」

「それは、野良犬騎士の、かん？」

「一般論だ。前のこいつを知ってる奴なら、誰だって同じ考えに至るさ」

肩を竦めながら会話する間も、毛布のミュウは微動だにせず目を覚ます様子はない。無理やりひっ剥がして起こす方法もあるが、そこまでして彼女を眠りから呼び起こす理由がないし、起きたら起きたで面倒が増えそうなので暫くは放っておいた方が得策だろう。

「まぁ、いいじゃねぇか。寝てる余裕がある内は寝かせておけば。それはともかく、今の問題は腹が減ってることだ」

言った途端、狙っていたかのようにアルトの腹が音を立てた。

「学校の食堂、いく？」

「今更、のこのこ面見せるのもなぁ」

肩を自分で揉みながら気怠げに呟く。気分が乗らないのは疲れが残っているだけでなく、教室にレイナが存在しなくなったという喪失感が、少しばかり心に負荷をかけた。彼女がアルトにとって思っていた以上に大切だった……と、言うより、当然のようにいた人間がいなくなることが、昔の出来事を思い起こさせてしまったからだ。

自然と、肩を揉んでいた手で灰色の前髪を弄る。

「アル。落ち込んで、る？」

目敏く変化に気が付いたロザリンが、近づきながら顔を覗き込んできた。

「寝起きと腹ペコでテンションが上がらねぇだけだ」

ピンと額を指で弾きアルトはベッドから降り、寝汗で僅かに湿る上着を脱ぎ捨てる。

「ミュウは当分、目を覚ましそうに無いしな。わざわざ学園に顔出して聞きたくもねぇ説教を聞く必要はねぇだろ。今日のところは町の方に出て、なんか食えるモンでも探そうぜ」

「うん。わかった」

一瞬だけ不満げな視線を向けてきたが、ロザリンは飲み下し素直に頷(うなず)いた。

そうとなれば行動は早い。カトレアのように寝起きの身支度に時間をかける二人ではないので、寝ぐせを直して着替えだけを整えて部屋を出ようとする。と、ドアを開けたところで不意にアルトの足首が何者かに掴(つか)まれた。掴んだのは丸まった毛布の中から伸びたミユウの手だった。

「はら、へった」

寝起きの掠(かす)れる声にアルトとロザリンは顔を見合わせ嘆息した。

ガーデンで街と呼べる場所が存在するのは一ヵ所だけだ。愛の女神マドエルが作り出した異空間は、広さ的には広大と呼べるほどの領土はなく、精々、村や集落が五つ、六つある程度の小さな地方領地くらいのモノ。街の外に居住区を作ることを禁じられてはいないため、実際に人里を離れて暮らす乙女も数人存在しているが、基本的には相互扶助の関係性から街で互いに助け合い鍛え合いながら生活している。故に自然と学園を中心に人が集い街を作り文化が築かれた。それがガーデンの街の成り立ちなのだが、クルルギによって一足飛びで学園に連れてこられたアルト達にとって、今日は初めて足を踏み入れる日になる。

初めて見るガーデンの街並みは中々に壮観だった。

遠目からはレンガ造りの家々が並ぶ古めかしい街に思えたが、実際に間近で確認してみるとその建築様式は様々だった。最初に確認した赤レンガを用いた建物の他に、木材を多用した東方式、分厚く重い石材を中心に使用された帝国式、変わり種ならば異国情緒溢(あふ)れる高床式の南国式まで。アルト達にも馴染みがある王都式の建築物もちゃんと存在していた。

街の大通りを歩き繁華街を訪れたアルトは興味深げに周囲を見回す。

「思っていたより賑(にぎ)やかだな。お、屋台まで出てるじゃねぇか」

王都ほどではないにしても人の往来は想像以上に多かった。街の規模もそこまで大きくはないが、昼時の時間帯だからか大勢の人間が集まり、屋台や近くの食堂からは楽しげな笑い声と会話、そして昼からアルコールの匂いも漂っていた。

目につく人間が全て女性でなければ、普通の街と変わらない光景だろう。

「学園の中からじゃ気が付かなかったが、それなりに年取った連中もいるんだな」

屋台や店の前に立っているのは中年の女性が多い。数は少ないが老婆も数人見かけた。十代が中心の学園内に比べれば、年齢層は多種多様と言ってよいだろう。もっとも学園の教師の中には、見た目の中身がそぐわない謎の人物も大勢いたが。

不意に甘い匂いにつられて視線が屋台の一つに吸い寄せられる。

「おや、学生さんじゃないか。サボりかい？」

店番の中年女性と視線が合うと、彼女は笑いながら前に出てアルト達に商品を人数分差し出した。熟れたリンゴを棒に突き刺し、赤い飴でコーティングした菓子だ。

「リンゴ飴。東方のお菓子だから、よかったら食べてって。お代はいらないよ」

「サンキュ、随分と気前がいいな」

「いいって。その代わり、学園の娘たちに宣伝しておいてよ」

気っ風のよい女性からリンゴ飴を受け取りそれを三人で分け合う。リンゴが透ける赤い飴をペロッと舌で味わうと、思っていた以上にしつこくない甘さが口内に広がる。これならばリンゴに届いた時も、酸っぱく感じることも少ないだろう。ロザリンの頬も綻び、気怠げな様子だが味は気に入ったのか、ミュウはガリガリと飴ごとリンゴを齧っていた。

「いいぜ。んじゃ、サービスついでにもう一つ、ここらで美味い飯が食える場所を教えてくれよ」

「アンタ達、ガーデンには来たばかりかい？」

「まぁな。一週間も経ってないかな」

軽く答えると中年女性は驚いたように声を上げる。

「へぇ、それでもう学園入りかい。じゃあ、クルルギ様辺りのスカウト組、エリート様じゃないか！」

エリート、の部分は声色から恐らく彼女なりの冗談なのだろうが、驚いているのは本当なのだろう。

「それなら、あそこなんてどうかね」

中年女性が指さしたのは一軒の屋台だ。見た目は王都でもよく見かける天幕張りで、椅子と机が並べられた簡素な屋台だが、店主の前に置かれた大きな鉄板からは、香ばしい匂いと音が離れた場所にまで届いていた。

「へぇ、鉄板焼きか」

「ガーデンに畜産や海産はないけどその分、外と中を行き来する仲間が世界各国から、色々な名物品を運び込んでるのさ」

「ちゃんと、貿易が、あるんだ」

「ああ、そうだよ。女神様の恩恵があるからといって、人並みに生きるとなりゃ外界と完全に隔絶してたら成り立たない。生きる術（すべ）ってのは何も、斬った張っただけじゃないからね。最近は落ち着いてきたけど、戦時中はここに流れてくる乙女も多くて酷（ひど）いモンだったよ」

中年女性はちょっとだけ悲しげな表情を覗（のぞ）かせる。

「外との交易もその一環さ。おかげであたしが来た頃に比べればかなり豊かになったよ」

「貿易って言うが、どうやって外貨を稼いでんだよ。畜産も農業もやってねぇんだろ？」

「ガーデンの売り物って言ったら一つだけだろ」

言って中年女性は力こぶを作り、もう一方の手で叩き小気味の良い音を鳴らす。

「腕っぷしさ」

「そりゃ、大金が稼げそうだな」

肩を竦める素振りに中年女性は大口を開けて笑ってから。

「お任せでも間違いはないけど、おすすめは他の店で肉やら魚介やらを買って、渡せばその場で鉄板焼きにしてくれるよ。転移門を使えば獲れ立て新鮮なまま店に並ぶからね」

「ほほう」

いいことを聞いたと食い意地が張っているロザリンの眼光が鋭くなり、じゅるりと涎を啜る音が響いた。ここまで特にミュウからの発言はなかったが、興味が無いだけかと視線を向けてみれば、仏頂面ながらそわそわと周囲を気にしている素振りが見えた。

「だとよ。おい、ミュウ。お前は食いたいモンはあるか？」

「肉」

意外なほど力強い声色で答えられ、アルトの方が逆に言葉に詰まってしまう。

「肉ったって色々あるぞ。牛、豚、鳥……羊肉なんてのもあるのか」

歩きながら商店を眺めると予想以上に品揃えが充実している。本当にこの街一つで売り切れるのかと心配になる豊富さだ。

「肉の味なんて覚えてない。わたしがここで食ったことあるのなんて、それこそ残飯くらいのモンよ」

「あっそ。んじゃ適当に……」

「アレが食いたい」

頭を掻きながら安い肉の方に向かうのを遮るようミュウは品物の一つを指さした。

アルトが視線を向けた先にあったのは陶器の壺。近づいて店主に許可を得てから、蓋を開けて中を覗き込むと、ツンと鼻を衝く強烈な香辛料の香りに思わず仰け反った。嫌悪感をもたらす類の臭気ではなかったが、酸味の混じった、癖が強い独特の匂いがする。

「香辛料の肉漬けか。これってなに肉？」

「色々だよ。牛に豚に鶏、まぁそこら辺。珍しい物は入ってないから安心しな」

「これ、は……中々に、刺激的」

横からロザリンも覗き込み鼻をひくひく動かす。

「西側の保存食の一種さ。保存用に漬け込んだ野菜も混ぜてあるから、好き嫌いが分かれる味ではあるけど、舌が合えば病み付きになってこればっか食べてる娘もいるくらいだよ。お嬢ちゃん達も買ってくかい？」

「……だとさ」

一応、ミュウに確認を取るがそっぽを向いたまま。ただ、早くしろと急かすように、右の爪先がトントンと忙しなく上下していた。

「じゃあ、そいつを一つ」

「まいど」

　財布を管理しているロザリンが支払いを済ませ、アルトは壺を抱えて後は適当に肉と魚介を買って鉄板焼きの屋台を訪ねる。壺を含めた食材と共に料金を渡すと、若い店主は快く引き受けてくれた。後は焼きあがるまでテーブルに腰掛け待つだけだ。

「焼肉と違って、自分で焼く手間がないってのが楽でいいな」

「自分で、焼くのも、好き、だけど」

　既に食欲が溢れ切っているロザリンは、会話をしながらもそわそわと落ち着かないようすで屋台の鉄板に視線を向けている。店主は金属製の二本のヘラを使い、器用に食材を熱した鉄板の上で焼いていく。肉の焼ける音と芳しい香りが周囲に立ち込め、耳でも鼻でも食欲を存分に高めてくる。壺に入っていた肉漬けがちょっとだけ心配だったが、火を通すとスパイシーさが増し癖の強い酸味の香りが和らいだことに一安心だ。別の店で買った、木製のコップいっぱいに注がれた果実のジュースで喉を潤している内に、店主は焼きあがった食材を複数の皿に乗っけてテーブルまで持ってきてくれた。

「はい、焼きあがったよ。熱々だから気を付けて食べな」

　いい具合に焼けた肉の香りと湯気に、アルトとロザリンは同時に「おおっ」と歓喜と感心の声を漏らす。ミュウも表情を変えたり声を出したりこそしなかったが、ゴクッと生唾を飲んで喉が動いていた。

「こりゃたまらんな。さっさと食おうぜ」

「いただき、ます」

二人は我先にと木製のフォークで肉を突き刺し口に放り込んでいく。

「ふむ……美味いといえば美味いが、やっぱ酸味が強すぎるな」

店主が切り分けてくれてはいるが、元が分厚い肉塊を漬け込んでいる故に、独特の風味が十分に染み込んで噛めば噛むほど味が染み出す。一口目は強い酸味に癖を感じてしまうが、溶けだす脂と口の中で混じると何とも言えないジューシーさに変化する。ただ、野菜も一緒に漬け込んであるので、一緒に食べるとどうしても癖の強い酸味が後に残る。

「このまま齧り付くより、パンか何かに挟んで食うとちょうどいいかもな」

「買って、くる」

「そうだなぁ……うん？」

ここら辺ならパン屋もあるだろうと、椅子に腕を回しながら周囲を見ようとするが、それを制するようにミュウが肉に手を伸ばす。フォークを使わずに素手でだ。

「……むぐむぐ。ふん、美味いじゃん。これくらいがいい塩梅なのよ」

掴んだ肉を口内に押し込むようにして、頬をパンパンに膨らませながら咀嚼する。仏頂面は変わらないが、眉間の皺が少なくなっているということは、選んだ肉の味に満足しているのだろう。

「お前なら何でも美味いだろう……ってのは、この肉と鉄板焼き屋に失礼か」

酸味の強さを除けば十分に美味い肉で、素材だけではなく鉄板焼き屋の技術も十分に発揮されていて、中まで確り火が通っていても表面に一切の焦げがなく、噛めばジワリと肉汁が溢れ口内を満たす。それは肉漬けだけでなく普通の肉や海鮮でも同じだ。

「肉は炭焼きが一番美味いって思ってたが、これもまた乙なモンだ。分厚い鉄板ってだけで、ここまで味に変化があるとはな」

「外側は、パリッと、中はジューシー。美味し、すぎる」

学園の金だからと余るくらい多めに食材を購入したのだが、初めて体験する鉄板焼きの美味しさに三人の手は止まらない。気が付けば無言で食材を口内に放り込み続け、唇を脂でテカテカに光らせていた。

「やっぱ、美味い肉ってのは塩だけでも十分だな。酒が欲しくなる」

少女の身体になってから鳴りを潜めていたアルコールに対する欲望が、チラッと顔を覗かせるが流石にここは我慢する。一見すると無法にも思えるガーデン内部ではあるが、ちゃんと倫理観に準じたルールも存在していて、学園の女生徒は基本的に酒類は禁じられている。店側が提供するのはアウトだ。サボりは黙認されてもきっとそこの部分は許して貰えないだろう。それはアルトの正体が成人男性であっても同じことだ。

それはともかく、久し振りのがっつりとした食事に食欲がどんどん湧いてくる。昨日の激戦で身体が栄養を欲しているのもあるだろうが、肉漬けの強い酸味が食欲を促進してくれてるらしく、ちょっと多めに買い過ぎたと思った食材が見る間に消費されていく。しかも、一人が大量に食べてる訳ではなく、三人が三人、均等に食べているのだ。

一心不乱に食事を喰い尽くし満足した三人は、「ごちそうさま」の言葉と共に、食欲が満たされた心地よさに椅子の上で脱力しながら身を任せる。そのタイミングを狙ったように、手が空いた鉄板焼きの店主が三人の前にお茶が注がれたカップを置いてくれた。

「あはは、気持ちの良い食べっぷりだったね。これ、サービスのお茶。若いから平気だろうけど、このお茶を飲んどけば胃もたれもしないよ」

「ああ、サンキュ。ありがたく頂くぜ」

苦しげに言いながら貰ったお茶を一口含む。普段飲むお茶より苦みは強かったが、後味がよく口の中の脂や、主張の激しい肉漬けの味もしっかり流してくれた。これで代金は学園持ちなのだから、お茶を啜りながらこのままでもいいんじゃないか、という思考が緩んだ脳裏に差し込んでくる。いかんいかんと頭を振って追い出し、お茶を啜っていると不意に手を止めたロザリンが空を見上げた。

「……ロザリン？」

　怪訝な顔をするアルトだったが、ミュウも苦々しい表情で同じ空を見上げていた。

　アルトも同じ方向を見上げてみるも、そこにあるのはガーデン特有の虹色の空が広がるだけで、何か異変のようなモノは確認できない。視線を外し「何事だ？」と問いかけるより早く、強張った表情のロザリンは勢いよく顔の向きを変えた。

「なにか、飛んでくる」

　緊張感が漲る声色に再びアルトも同じ方を見る。

「あっちは……学園の方だな」

「……いや」

　否定したのはミュウ。苛立つように木製のカップの一部を噛み砕く。

「アレはあの女の居場所だ」

　一拍、間を置いてアルトはハッと息を飲む。

「――花の塔か⁉」

　言った瞬間、音速の斬撃が上空を斬り裂いた。花の塔側から飛んできた不可視の斬撃は、ちょうど真下にあった街に激しい突風を撒き散らす。木々を揺らし桶やテーブル、荷車などが吹き飛ばされた。流石というべきかガーデンの女達は咄嗟の反応を見せ、身を低くしたり幼い娘を庇ったりなどの対策を取っていた。

「な、なんだありゃ⁉」

突風から腕で顔を庇い見上げた空に斬撃が衝突した。大きなガラスがまとめて割れるような甲高い音を響かせ、キラキラと粉雪のような魔力粒子が遠目から確認できた。異変に気が付いた住人達も驚きの声を漏らす。不可視の斬撃が斬り裂いたのはガーデンの空で、その先からは何処か見たことのない丘のような場所が確認できた。

それはまるで、異界化した王都で異形が現れた時に似ている。

「おいおい。まさか、あの時みたいなモンが落ちてくるんじゃないだろうな」

「ううん、違う」

否定したロザリンの右目は魔眼が発動していて、数十キロ先の割れた空を視ていた。

「影が、視える。アレ、人だよ」

空が割れたような切れ間だったが、実際はガーデンの地上から数十メートル程度の高度だ。それでも普通の人間ならば安全に降りられる高さではなかったが、そこから現れた一団は軽い足取りで容易く、なんなら重量のある荷物を抱えた状態の者達も含め、外に繋がる切れ間からガーデンに降り立つ。

先頭に立つのはひと際派手で目立つ格好の……性別は男性だと思われる人物だ。

「ここが音に聞こえし乙女の花園。うぅん、確かに花の香りは美しいけれど、やや野暮ったい田舎者が好む香りだわ」

懐から取り出したレース付きのハンカチで鼻先を撫でる。

癖のある長い紫色の髪の毛に、これまた長い前髪が濃いピンク色に伸びている。体格は屈強で身長は二メートルを超える大男で、露出した腕は筋骨隆々、恵まれた身体に絶え間ない鍛錬を与えた結果がこれだろう。紛れもない豪傑ではあるのだが一部、いや、大分奇妙な箇所が存在していた。彼が身に着けているのは女性モノのドレスだった。

紫色を基調としたスカート丈の長いドレスは、遠目からでも確認できる派手さがあるが、それでも彼のくっきりとした濃い味のメイクを施した顔立ちには、引き立て役でしかないだろう。隣には背丈が半分以下しかない、小柄で軍帽を被った半目の少女が立っていた。

「噂に名高いガーデンですか、意外に普通ですね」

「人が営む場所に奇抜さは必要ではないわ。普通であること以上に、美しいモノは存在しないの。貴女はもう少し美を学ぶべきだわ、プライマル」

「それはともかく、マダム・アフロディーテ」

軽く流してプライマルと呼ばれた少女は、軍帽のツバを掴みながら見上げた。

「こんな何もない場所に降りて、これからどうするつもりですか?」

「ふふん、愚問だわ」

濃い表情に不敵な笑みを宿す。

「勿論(もちろん)、ガーデンを美しく攻め落とすわ」

「いや、無理ですから」

呆(あき)れ顔で手を左右に振った。

「ガーデンですよ。学園の生徒どころか一般市民すら、そこらの傭兵(ようへい)や冒険者よりも厄介です。今の手勢ではむりむりかたつむりです」

「ふむ。エスカルゴが食べたいわね」

全然、聞いていない様子で一人頷(うなず)いているが、彼の副官を長年務めているプライマルには何時(いつ)ものことなので特に気には留めない。逆に余計なツッコミを入れると面倒なので、無視して話を進める。

「ひとまずは協力者と合流したいところですが……マダム、本当に大丈夫なんですか？」

「大丈夫とは、どういった了見かしら」

「せめて、近衛局長にお伺いを立ててからでも、よかったんじゃないですか」

「この程度のこと、閣下のお耳に入れることではないわ」

プライマルの心配を一蹴するが、彼女の不安の表情は色濃くなるばかりだ。

「独断だからですよね？　独断だから本隊を動かせず、少数の上にわたしまで動員しての行動ですよね」

「あら、なによその言い方。まるで貴女が迷惑しているように聞こえるじゃない」

「いやいや。百パーセント、確実に、迷惑千万なんですよ」

惚ける上司にプライマルは不機嫌な雰囲気を露骨に出しつつ、半目を更に細くしてアフロディーテを睨んだ。しかし、当の本人は全く意に介する様子はなく、むしろ子供の癇癪を窘めるよう幅広の肩を軽く竦めて首を左右に振った。

「ガーデンと言えば一騎当千の猛者揃い。おまけに竜の守護者のクルルギまでいるんですよ。まさしく、飛んで火に入る夏の虫です」

「あら、相手にとって不足はないじゃない」

「マダムはそうでしょうけど。付き合わされるわたし達は命が幾つあっても足りません」

ため息をつくプライマルだったが、ある意味でアフロディーテの実力を正しく評価している故の言葉でもある。どちらにしてもガーデンに侵攻するのは愚の骨頂ではあるが、それ以上に乗り気ではない事実があった。

「正直、今回の取引相手は信用ができないというのが、一番ですね」

「顔は悪くなかったわ。少なくとも以前に会った時は」

「それじゃあ現在は、良い要素が皆無ですね」

辛辣な言葉を零すもアフロディーテは否定しなかった。

彼女?らの所属を示す旗印などはなかったが、アフロディーテの胸には燦然と輝く勲章が隠すことなく着けられていた。帝国皇帝からの褒誉を示す勲章は、今は亡きエクシュリオール帝国の皇帝から賜ったものである。身に着けるべき機会を失ったモノではあるが、このような場でこそ「身分を偽る」という大義名分の下、プライマルの冷ややかな視線を押し切って身に着けているのだ。

「デルフローラ卿の一件といい、依頼主様は随分とお尻が軽いようですから、骨折り損のくたびれもうけとなれば、わたしのお給料にも関わりますから」

「胡散臭いのは認めるわ。けれど、わたくしとあの小娘を一緒くたにされるのは不快ね」

似たような性格じゃないですか。言いかけた言葉は流石に飲み込んだ。

「目の前の餌にしか興味のないジャンヌ＝デルフローラとわたくしは違うわ。目先の利益だけではなく、その先にあるモノを見据えて動いてこそ策士。おほほ、プライマル。貴女にそれがわかるかしら」

「見当もつきませんね」

「ふふん、そうでしょうともそうでしょうとも。では、無知な貴女の為にわたくし自ら聞かせてしんぜましょう。ずばり……」

「マダム。そんなことより隊を休ませたいのですが。準備を始めてもよろしいですか？」

どうせ大した理由ではないだろうし、面倒臭くなったプライマルは得意げな説明台詞に割り込む。

「帝都の高級ホテル、とまではいかないけれど、柔らかい絹糸のベッドで眠りたいわ。食事は美味しい肉料理、焼き方はレアで赤ワインは欠かせないわ。まぁ、ここにわたくしを満足させられるシェフが存在するとは思えないが、そこは我慢しましょう」

「羽毛の布団で我慢してください。陣幕で過ごすのは慣れているでしょ」

ペラペラと手帳を捲りながら聞き流す。

「食事はとりあえず、持ち込んだ保存食で済ませてください。一応は敵地なので水分補給以外のアルコールは控えめに。後は少数編成で街への買い出しと、軽い偵察を行う予定ですが、予算にも限りがありますので無駄な買い物はいたしません。あしからず」

パタンと手帳を閉じる。

「如何でしょうか？」

「うむ、よきに計らいなさい」

大部分、アフロディーテの意見は反映されなかったが、それでもプライマルに一定の信頼を置いている故に異論は唱えなかった。が、一応は注文をつける。

「買い出しには貴女も同行なさいプライマル。どうせ、仕事を全て割り振って自分はサボるつもりなのでしょうから」

「わはは、そんなそんな」

ご冗談を、と言いながらも内心で舌打ちを鳴らした。丘から街を見下ろしながら二人が会話をしている間も、既に無茶ぶりなど慣れっこの配下達は、手際よく拠点の設営準備を始めていた。

見慣れない一団がガーデンの街に姿を現したのは、空が割れてから一時間ほど過ぎた辺りだ。軍服の小柄な少女を筆頭に、荷馬車を引いて街を訪れたのは武装こそしているモノの皆、十代から二十代の女性ばかり。突然、乗り込んでくるなんて良い度胸だと多くの者達は鼻息を荒くしたが、彼女らが気丈を装ってはいても表情に隠し切れない不安や恐怖を宿していることを、街の住人達はすぐさま見抜いた。ガーデンの乙女達は学園の生徒に限らず、殆どが腕に自信がある者ばかりなので、一目見れば相手がどの程度の力量があるか量れ、部外者達が脅威にならないことが判断できた。その上で怯えながらも虚勢を張る姿を見せられれば、ガーデンの乙女達の警戒心が緩んでしまうのは致し方ないだろう。ここの人間は例外なく、外の脅威を恐れ、怯え、逃げ込んできた女性ばかりなのだから。ただ、軍服姿の少女だけは無害を装いながらも得体の知れない雰囲気を纏っていた為、その一点だけの警戒心は保っていた。

プライマルは訝しげな顔をしている女性店主に物怖じせず近づいていく。

「すみません、よろしいですか」

「は、はぁ……何かしら？」

「こちらを、これだけ購入したいのですが」

言いながら手書きの紙を渡すと、目を通した店主が軽く驚く。

「食料品に日用品、燃料となる魔石……随分と大量に買い込むのね」

「ええ、何分、大所帯なモノでして」

「ガーデンの物流は内部で完結しているから、余分な備蓄はあまり無いわよ」

「理解しています。だから……」

プライマルは算盤を懐から取り出し、指で弾いた珠を女店主に見せる。

「これだけのお値段で買わせて頂きます」

「……太っ腹ね。逆に怪しまれるわよ」

提示したプライマルの金額は相場の倍以上。普通の町の商売人ならすぐさま食いつくくらい美味しい値段設定だが、そこで安易に頷かないのがガーデンの乙女だ。パチンと珠を一つ多めに弾いて。

「外貨はガーデンでも貴重だからね。これだけなら構わないよ」

「なら、商談成立ですね」

割と吹っ掛けたつもりだったのだが、プライマルは値切ることなく二つ返事で受け入れた。これには流石の女店主も驚きを隠せない。

「荷物はどうする？　必要なら馬車も手配するけど」

「心遣い痛み入りますが、大丈夫ですよ。ちゃんと馬車も人手も確保してありますから」

「……わかった」

ふっ、と表情を綻ばせる。

「毎度あり。他の店の連中にも声をかけとくから、暫く待ってな」

そう言って女店主は紙に書かれた品物を全て用意する為、遠巻きに様子を眺めていた大通りの店主達に声をかけ始めた。

プライマルも表情の変化こそないが内心でほっと一息をつく。

「やれやれ、話がわかる方々で助かりました。予算は多少、オーバーしましたが、まぁ構わないでしょう。どうせマダムのお金ですから」

これだけすんなりいくのなら、私物も何品か買い込むべきだったとちょっとだけ後悔。

商談が決まれば後は迅速。ガーデンの女商人達と部下達は協力して、大通りまで引いてきた荷馬車に品物を載せている。その最中、ガーデンと部下達の間に会話が生まれ、気が付けば自然と両者にあった緊張感は解れていった。これを意図してやったのか偶然なのか、プライマルは最初の交渉くらいしか仕事をしていないのに、さも重労働を終えたような大袈裟に疲れた様子で、どっかりと近くのテラスの椅子に腰を下ろす。

「やれやれ、交渉事は疲れますね。これでも人見知りですから、この手の仕事は苦手なんですが……まぁ、平和的に終わったので良しとしましょう」

自分の肩をトントンと叩きながら、チラッと横目で物陰に視線を向ける。

「そういう訳ですので、あまり警戒しないで貰えると助かります。終始、警戒され続けているのは、此方も緊張して疲れてしまいますから」

言葉を向けて数秒の間を置いてから、物陰から数人が姿を現した。

　アルト、ロザリン、ミュウの三人だ。

「よく気が付いたな。流石は元帝国の軍人ってことはあるな」

「はて？　全く見当違いの指摘をされてしまいましたね」

「惚けんな、馬鹿馬鹿しい。テメェの着てる軍服は、エクシュリオール帝国のモンじゃねええか。ふざけてんのか」

「これはただのコスプレ、趣味ですよ」

しれっと惚けながら軍帽のツバに触れる。

　そんなわけないだろうと、アルトは内心でツッコむが、確かに彼女がラス共和国の前身、エクシュリオール帝国の関係者である証拠は服装以外にない。勲章の一つも着けていれば指摘もできたが、それらしいモノは皆無で、出会う場所とタイミングが違えば本当にコスプレ少女と勘違いしただろう。そしてプライマルも飄々としながらも、アルストロメリア女学園の制服と気が付き、密かに警戒心を高めていた。ただ、ミュウは興味がないのか、眠そうな表情で欠伸をしている。

状況を考えれば彼女らが招かれざる者であるのは明白だ。しかし、こうも敵意がない様子を示されると、力尽くでどうのこうのは出来ない。

「随分と買い込んでるじゃないか。わざわざガーデンなんて辺鄙なところに遠足か？」

「わたしは嫌だったのですけどね。まぁ、中間管理職の悲哀、というモノです」

「中間管理職ってことは、あんたお偉い立場ってわけか」

「意外ですか？　こう見えても優秀なんですよ。ただ、今となっては考えモノですね。てっぺんまで行かないとサボるどころか、余計な雑用ばかりが増えて参っちゃいます」

「そりゃ、若いのにご苦労なこった」

「わたしより年下っぽい娘さんに言われてしまうとか、中々に悲しいですねぇ」

　軽く突いてみるが、どれものらりくらりと躱され、会話は雑談の域を出ない。チラッと横目でロザリンの様子を確認するが。

「…………」

　無言で小さく首を左右に動かした。隙を見て魔眼で確認してくれたようだが、特段伝えるようなことは無かったのだろう。逆を言えば買い物にかこつけて、街に何かしらの仕掛けをした形跡はないということだ。

（つまり、本当に買い出しに来ただけってことか）

　向こうに敵意が無い以上、此方から喧嘩を吹っ掛ける道理はない。ガーデンへの許可のない侵入であろうと、アルト達に彼女らを咎める権限もないのだから。逆に考えるのならクルルギ辺りがすっ飛んでこないのは、学園側にとってこの状況は想定内の出来事ということだろう。頭の中でそう判断している内に間が空き今度は相手のターンとなる。

「制服を着ているということは学生さんですかぁ？　いけませんねぇ、こんな時間にふらふらと。まぁ、サボりが楽しいのは同感ですが」

と、冗談めかして言ってからロザリンの方を見る。

「でも、大人同伴ならサボりという訳でもないですか。その辺り、どうなんですかね？」

「回りくどいな。何か聞き出したいことでもあるのか？」

「いえいえ、滅相もない。ただの興味本位、世間話です。ガーデンなんて滅多に、いやいや、普通に生活していたら一生、縁の無い場所ですから」

アルトは軽く肩を竦めてから。

「……ま、サボりはサボりだから言い訳もできねぇな。内緒にしてくれると助かる」

「告げ口なんてしませんよ。わたしもサボりは大好きですから」

冗談とは受け止められないどや顔を見せつけられた。

「いいですねぇ、学生さんは。うらやましい」

「サボり好きが、サボれないほど忙しいってのも難儀なモンだな」

「いやはや、わたし一人なら幾らでもサボれるスキルは身に付けているんですが、今回ばかりは上司も同伴していますから……あ、内緒にしておいてくださいね。あの人、派手好きの割にサボりとか手抜きとかにはうるさいんです」

口の横に手を添えてこっそりと囁いた。

「でも、その分、予算に関しては寛容なんですが。ほら、見てください。まさか、ガーデンでこんな美味しそうなチョコレートが手に入るなんて、流石のわたしも予想をしていませんでした」

満面の笑顔で懐から紙袋を取り出し、甘い香りのする中身をアルト達に見せた。

「って、ガーデンの生徒さんに得意げになることではありませんね」

「いや、俺も初めて知った。甘い物が好きなんだな」

「甘い物というかチョコレートが好きなんです。任務の最中でも常備しているんですが、今回はうっかり忘れてしまって。おひとつ如何ですか？」

「いや、俺は……」

甘い物が得意ではないアルトは遠慮して断ろうとするが、透かさず横にぴったり張り付いてきたロザリンが、こっそりと何かを催促するように服を引っ張る。どうやら、大人の姿だと我先に貰いに行き辛いと思う程度の、分別は持ち合わせていたようだ。

「……三人分、貰っても大丈夫か？」

「ええ、どうぞどうぞ。たんまりと買い込んでありますから」

「んじゃ、ありがたく頂戴するぜ」

プライマルは微笑み、同じ紙袋を三つ荷物の中から取り出してアルトに手渡した。

一応、封を開いて中を確認すると、チョコレート特有の濃く芳しい甘味が香る。紙袋の中にはブロック状に成型された一口サイズのチョコがたっぷりと詰まっていた。後ろから覗き込み、ゴクッと生唾を飲み込む音を鳴らすロザリンに、ミュウと分けろという意味を込めて袋を二つ渡す。

その際に振り向いたアルトは、背後から近づく一団に気が付いた。

「あちゃ。ちょっとお喋りが過ぎてしまいましたね」

プライマルはツバを掴んで面倒臭げな表情を軍帽で隠した。

遠巻きに様子を窺っていた野次馬達が、後退りをして道を明け渡す集団の先頭に立つのはメイド服の女性。クルルギが一目で不機嫌とわかる顔立ちながら、威風堂々とした歩みで颯爽と肩で風を切っていた。後ろから付いてくる女性陣にも見覚えがある。

「後ろのは学園の教師連中か。こりゃ、サボりが見つかったどころの騒ぎじゃないな」

アルストロメリア女学園の教師は普通の人間では務まらない。戦う術を教え導く者として、一部の例外を除き皆が達人と呼んで良いレベルの高い実力を持つ。言わばガーデンの最高戦力の集まりだと認識して間違いはないだろう。引き連れる女教師の一部を男装させているのは、威嚇だとしてもやり過ぎな気もするが。

同じく何事かと動揺する市民を尻目に、クルルギ達は真っ直ぐ此方に向かってくる。

視線はガッチリとプライマルの姿を捉えており、飄々(ひょうひょう)とした彼女も流石(さすが)に素知らぬ顔で立ち去ることは出来ない様子だった。プライマルは諦めたようにため息をついてから、ワザとらしい作り笑顔を見せる。

「やぁやぁ、これはこれは。噂(うわさ)に名高い竜の守護者様にお目にかかれるなんて、わたしは何て幸運なのでしょうか」

見え透いた世辞と共に下手(したて)で出迎えるが、クルルギは不機嫌な表情をぴくりとも変えずに、ちょうどアルトとすれ違う位置で足を止める。

ギロッと横目をアルトに向けた。

「ちょうどいい。貴様も付き合え、命令だ」

「……は？」

「くだらんお喋(しゃべ)りも問答も不要だ。選べ、この場で殺されるか責任者の所まで案内するか」

意味を問い返す前にクルルギは静かな声色でプライマルを脅しつける。屈強な戦士でも恐れ戦(おのの)く威圧感を前に、ノーと言える人間は皆無。プライマルは大きく肩を竦(すく)めながら、「では、此方(こちら)へ」と一同を先導するように歩き始めた。

第六十九章　亡国の皇女殿下

ラス共和国。

大陸の北方に位置する国家で、かつてはエクシュリオール帝国と呼ばれていた。

北国の厳しい気候と環境に鍛え抜かれた精鋭により、国家神を持たずとも強大な武力を誇り大陸に覇を唱えていたが、度重なる侵略戦争によって国力が低下した上に、エンフィール王国との大戦に敗北したことを切っ掛けに、国内でクーデターが勃発。これが成功すると共に帝国の象徴だった皇帝とその一族は王座を追放され、悪政を担っていた貴族と評議会は全て粛清された。帝政は廃止され共和国政治に移行すると、それに伴い国名も皇帝一族の名を冠していたエクシュリオールから、ラス共和国へと改めた。驚くべきは歴史に残る大革命を成し遂げながら、犠牲者は革命側、帝国側を含めてごく少数に留まり、帝政崩壊後の政治的混乱も殆ど起こらなかったことだ。これには革命を主導した首謀者達が如何に念入りに計画を進め、万全な状態で革命を起こしたかが窺いしれるだろう。かくして長く戦乱の火種であり続けた帝国は大陸から消え去り、ラス共和国は平和を刻み込む象徴となった。勿論、これらは表面上での話だが、それを語るのはまた別の機会にするべきだろう。

　ラス共和国が武力による他国への侵攻を行えば、それは帝国時代への逆戻りを意味するだろう。いや、革命を起こしながら同じ轍を踏むのなら、他国からの反発はより強いモノになるに違いない。全盛期に比べ国力、軍事力共に低下したと言われているが、革命後の混乱を最小限に抑えた手腕によって、帝国時代の戦力はほぼそのまま確保されているのだから。

　共和国が持つ戦力の名は近衛騎士局。局長を頂点として四人の隊長が籍を置き、配下の騎士達は大陸最強と謳われるエンフィール騎士団に引けを取らないだろう。何を隠そうアフロディーテも、小隊長の地位を持つラス共和国騎士の一人なのだ。


「なんだありゃ」


　プライマルに連れられて訪れたのは、街の敷地外にある丘陵の上だった。割と目立つ場所にいつの間にやら拠点が形成され、垂れ幕を目隠しに周囲を柵で囲い込み、内部には幾つもの天幕が立てられていた。陣地の作成はまだ途中のようで、柵の内側ではラス共和国の兵士達が忙しそうに駆け回っていて、何処となく騎士時代の懐かしい光景をアルトに思い起こさせた。

　プライマルに連れられて拠点内に足を踏み入れたのは、アルトとロザリンとミュウ、そしてクルルギの四人だけだ。他の教師陣まで連れてくるのは流石に威圧的過ぎるということで、クルルギの指示で拠点の外で待機している。しかし、ちょっとだけ違和感があり、それが何なのか直ぐには思い当たらずアルトは眉を顰める。

「アル。ここの人、女の子、ばっかり」

「……そういえば、そうだな」

横のロザリンが耳元で囁き、アルトは納得して周囲を再び見回す。確かに荷下ろしする人間も、天幕を作っている人間も、鎧で武装はしているが女子ばかりで男の姿は見当たらなかった。普通だったら直ぐに気が付く違和感だが、ここ数日ガーデンに滞在していた影響が、こんな些細な場面にも表れてしまったようだ。

「男装が無駄になったが、問題はどう見てもそっちの方じゃねぇだろ」

なんだありゃ、とアルトが発した言葉の源は、拠点内に足を踏み入れた時点で嫌でも視線に入る人物の姿だった。

拠点内で一番、大きな天幕の前に置かれた真っ白な円形のテーブルには、見事なティーセットが用意されていた。兵士達が忙しく作業する中で一人、テーブルの椅子に座りお茶を楽しむ奇妙な大男。紫色の髪の毛にドレスを着たその人物は明らかに周囲から、いや少なくともガーデン内で出会ってきたどの人間の中からも浮いていた。

「ふん、ふふふん♪」

紫色の髪の毛を揺らし、ご機嫌な様子で鼻歌交じりにお茶を楽しんでいる。女性の恰好こそしているモノの、筋骨隆々の巨漢が持つには普通サイズのティーカップは小さく、親指と人差し指だけで摘むようにして持っていて、反対の手の指二本でお茶菓子を掴み口元へと運んでいく。この所作が意外にも上品で、音を立てるどころか食べかすを落とすような真似すらなかった。ただ、その優雅な動作が余計に男の異様さを引き立たせる。

「あら？」

大男は此方の姿に気が付くと、無駄に長いまつ毛を瞬きで揺らした。

「マダム・アフロディーテ。お客人をお連れしました」

「ご苦労様、プライマル。下がって良いわよ」

マダムという呼称も、アフロディーテという名前も、何一つ見た目と合致しなかったが、アルト達の来訪にも悠然とした態度を一切崩さず、アフロディーテは音を立てないよう静かにティーカップを置いて、濃い顔立ちを此方に向けて立ち上がった。

「晴天の下で失礼するわ。なにせ、これからわたくし達も暫くの間、野営生活を余儀なくされるモノですから。ああ、その代わりと言っては何ですが……」

指をパチンと鳴らすと、何処からか現れた兵士とは違う執事のような服を着た女性数人が、素早くテーブルの上に此方の人数分のティーセットを用意する。

「お茶とお菓子の味には満足させるわ。どうぞ、お掛けになって」

何とも言えない独特の圧にアルト達は面喰らい、促された通り席に座るべきかと戸惑うが、そんな中でも変わらず堂々とした様子で着席するのはクルルギだった。それを切っ掛けにクルルギの隣にはアルトが、その隣にロザリンとミュウが並んで座る。プライマルは同席せずアフロディーテの斜め後ろで控えていた。

「お話の前にまずは一杯、ティーをご賞味いただけるかしら。ご心配はいらないわ。このマダム・アフロディーテ。毒薬などで騙し討ちをするような、美意識に欠ける真似はしないと約束しましょう」

「そ、そうか……まぁ、勧めるだけあって、茶は良い香りがするな」

「お菓子も、美味しそう」

紅茶に詳しくないアルトでもわかるほど、お茶からの香りが上品なモノであるのは理解できた。用意されたお茶請けの小さく小分けされたケーキやマカロン、クッキーやチョコなども高級店に並べられている物と遜色のない出来栄えだった。

濃厚な甘い香りにアルトとロザリンは、同時にゴクッと喉を鳴らす。

「さぁさぁ、遠慮はいらないわ。お代わりもありますわよ」

「お、おかわり、も⁉」

「……ふん」

ロザリンが瞳を輝かせ色めき立つ中で、一人不機嫌な雰囲気を醸し出していたクルルギは、鼻を強く鳴らしてから目の前のティーカップを鷲掴みにすると、躊躇することなくグイッと一気に飲み干した。

「いや、熱いだろ、火傷（やけど）するぞ」

呆（あき）れるアルトの言葉を余所（よそ）に表情一つ変えず、空になったカップをテーブルに戻した。

クルルギは「どうだ」、と言わんばかりに挑発するよう睨（にら）みつけていたが、対するアフロディーテは濃い笑みを絶やさず、絹の手袋を嵌（は）めた手を叩（たた）き賞賛する。

「ブラボー、良い飲みっぷりだわ守護竜。大陸に一桁しか存在しない竜の称号の持ち主ならば、それくらいの負けん気を持っていて当然ね」

「一つ、訂正しろ」

テーブルに置いてあるデザート用のフォークを手に取り、クルクルと回しながら鋭い先端の部分をアフロディーテに向けた。

「我が称号の名は竜のメイドだ。二度と間違えるな」

冗談と笑い飛ばすには強烈過ぎる殺気を前に茶会の場が凍り付く。

「では、改めてお忙しい竜のメイド様が、ご足労頂いた理由をお聞きしましょうか」

（……流しやがったな）

短い沈黙の後、何事もなかったような笑顔でアフロディーテは話を進めた。

迫力に押し切られる形で何となくついてきてしまったが、アルト達もクルルギが何しに訪れたのかは聞いてない。内容は間違いなくアフロディーテ達が、ガーデン内に入り込んだことに関してだろうが、クルルギの性格からして本気でぶち切れているのなら、問答無用で殴り込みに来るはずなので、事前にヴィクトリアから釘を刺されているのだろう。

そして恐らくこの状況は、ガーデン側にとっても織り込み済みなはずだ。

「我個人の意見としては、貴様らのような分別の欠片もなく土足でお嬢様の花園に上がり込む愚物共は、即刻挽き肉にして家畜の餌にでもするべきと思っているが……ふん。それはお嬢様が許可してくださらなかったので、お言葉だけを貴様らに伝える。聞き返すことは許さんから耳をかっぽじって聞け」

「かっぽじって拝聴いたしましょう」

片手を上げると近くで作業をしていた兵士達が手を止め、辺りは静けさを取り戻した。

「貴様らの要求に一切答えるつもりはない。ガーデンの町に金だけ落として清掃をしてからさっさと立ち去るべし。とのお達しだ」

「……ふぅむ」

キッパリと突き放す物言いに、アフロディーテは神妙な顔つきで顎を撫でた。

あのヴィクトリアが言伝のままの乱暴な物言いをするとは思えないが、町の中にすら立ち入ることを許さず、門前払い同然に追い出すということは、相手の目的を把握した上で拒否をするというスタンスを示しているのだろう。相手が激怒して手を出してくるのなら、この場で返り討ちにするつもりでもあるようだが……。

「マーベラス。素晴らしい思い切りの良さだわ」

アフロディーテは敬意を払うように手を叩いた。

「そして謝罪させて頂くわ。このような場になれば当然、集団の長たる者の長ったらしい……失礼。礼儀礼節に則った挨拶から始まり、遠まわしに遠まわしを重ねた形式ばった返答が来るモノだと思い込んでいました。が、貴女達、ガーデンの乙女は違った」

星が飛び散るくらい瞳を輝かせ、右手を上向きにして突き出す。

「臆することも恥じることもなく、真正面から我々に向かい言葉の刃を突きつけた。つまるところ貴女のお言葉は、ガーデンが我らに対して宣戦布告をした。そう受け取っても構わないのだわね？」

「後先を語るなら、先に喧嘩を売ってきたのは貴様らだろう。話し合いの席を持つ機会など、最初から得られていない。故に我らガーデンの返答は一つ」

クルルギはテーブルの下で足を組み、マカロンを一つ口の中に放り込む。咀嚼して飲み込んでから、親指をペロッと舐めた。

「売られた喧嘩は買う。我らガーデンの乙女は逃げも隠れもしない。我らが女神マドエル様の加護を恐れぬのなら、遠慮はいらん、かかってこい」

「むふん。良い気迫だわ。長らく忘れていた血の滾りを、思い出してしまうほど」

バチバチとテーブルを挟んで火花散る視殺戦を繰り広げる両者だが、片や偉そうなメイド服の女性、片や女装した顔の濃い巨漢の男性の睨み合いは、傍から見ている身としてはお菓子の甘さがくどく感じられてしまう。さりげなく背後のプライマルをチラ見してみると、彼女は眉間に皺を寄せた顔で何度もため息をついていた。

「お言葉は大切に賜りましょう。しかし、わたくし達も子供のお使いで、貴女達の花園に足を踏み入れた訳じゃないわ……プライマル」

「はい、マダム」

促されてプライマルは頷くと控えていた部下に視線を送る。すると、前もって用意してあったのか、何かを載せた荷車をテーブルの近くまで持ってきた。荷は複数に分けられた袋で、どれも限界まで詰め込まれているらしくパンパンに膨らんでいる。

何となく察しがついたアルトは、急にそわそわし始め隣のロザリンに耳打ちする。

「おい。あれって、現金かな？」

「そう、だとしても、アルには、関係ないと、思う」

浪漫を解さないロザリンに呆れたような目を向けられてしまった。

「わたくしも元は貴族階級の人間。頼み事をする為に参じながら、手ぶらで訪れるような不作法はしないわ。そして、ただ金貨だけを並べるような下品な真似もね。プライマル」

「はいはい。ああ、面倒臭い……どっこいしょっと」

露骨にため息をつきながら、プライマルが荷台から両手で持ち上げた袋を、テーブルの上へと持ってきた。そして口を縛っている紐を解き、中身をクルルギ達へと見せる。

「おお、これは、なかなか……」

誰よりも先に覗き込んだアルトが感嘆の声を漏らした。

袋の中に詰められていたのは、大小様々、色とりどりの宝石だった。ルビーにサファイアにダイアモンド、大粒の真珠も確認できる。これらが全て本物だとしたら、総額が幾らになるか想像もつかない。

「ふむ。中々に豪勢じゃないか」

クルルギは取り出した絹の手袋を両手に嵌めてから、宝石を掴み空に翳してみる。

「北の鉱山で採掘される宝石は、大陸でも一級品の価値があるわ。当然、研磨する職人も当家が揃えた一流の者が務めているわ」

「大言を吐くだけあってなるほどなるほど、貢ぎ物としては申し分ないな。だが……」

摘んだ指に力を入れると、宝石が粉々に砕け散った。

「高価な物を積めば思い通りに事が運ぶと思っているその性根、実に気に入らん」

「おほほ。竜のメイド様も勇み足をするモノですわね」

睨み付ける視線にも動じずアフロディーテは微笑む。

「これは友好の証としての贈り物。言い方を変えるのならば、ガーデンの土地を占拠してしまっている場所代よ」

「確かに。黙って居座られるよりは、気持ちは良いモノだ」

指に付着した砕いた宝石の粉を息で吹き飛ばす。

「が、不要だ。無断であろうとなかろうと、踏み入ったモノから金銭を搾取するような恥知らずな真似は、マドエル様のお名前を汚す、愛に反する行為だ」

「愛、とおっしゃったかしら？」

「何度も問うな。愛だ」

恥ずかしげもなく、むしろ堂々と言い放たれたアフロディーテは、僅かに震える手で持っていたティーカップをテーブルに戻した。

「素晴らしい。愛、ラブ。何て素敵な言葉なんでしょう！」

感涙するよう目尻に涙を溜めアフロディーテは立ち上がり自身の胸に手を添えた。

「風の噂程度にしか聞こえてこない女神の庭園。愛の名の下に作られた閉鎖的、排他的な空間だと誤解していましたが、なんと高尚な志に満ちた場所なのでしょうか。わたくしは恥ずかしい、自身の無知が」

芝居がかった大袈裟な仕草で大いに嘆き始めるアフロディーテの姿を見て、呆気に取られながらアルトは隣のロザリンを肘で突っつく。

「おい。こいつらのテンションに、全くついていけない俺がおかしいのか？」

「ううん。私も、ちょっと、無理かも」

「……アホくさ」

呆れる二人と無関心で菓子だけを頬張るミュウ達を置いて、クルルギとアフロディーテのよくわからない意地の張り合いは続く。

「我がこの茶の良い飲み方は……」

「ノンノン。生菓子こそが至高で究極。すなわち……」

お茶の味を褒めたかと思えば産地を言い当て、そこに関するウンチクを垂れ流し、菓子を食えば素材や分量を推察し、より美味さを引き立てる為の知識をひけらかす。最早、何の話し合いなのかわからない会話を交互に繰り返す内に、すっかり時間は過ぎていく。

気が付けば用意されたお茶も菓子も、殆ど食い尽くし飲み尽くしていた。

「……いつまでこのよくわからん茶会は続くんだ？」

既に満腹のアルトはテーブルに頬杖を突きながらぼやいた。

「仲良く、なった。のかな」

「いやぁ、それはどうでしょうね」

未だ途切れず喋り続ける二人の感想をロザリンが述べるが、返答したのは同じくついて行けず、気が付けば此方の背後に回っていたプライマルだった。

「お二人共、言いたいことばかり一方的に言い放って、全く会話になってませんから」

「たし、かに」

「そりゃ、濃い味の二人が混ざり合うわきゃないもんな。で……」

「で、とは？」

ワザとらしく顎を撫でるプライマルの方へ、アルトは椅子ごと振り向いた。

「惚けんな。テメェ、やっぱりエクシュリオールの人間だったじゃねぇか」

「一応、現在はラス共和国の国民ですので……まぁでも、素直にイエスと答えられるわけないじゃないですか。ほら、色々と、ねぇ」

「だからってなぁ……」

「うざっ」

文句を言いかけるが、ミュウがポットの中の角砂糖を齧りながら舌打ちを鳴らす。

「アンタだって察しがついてて追及しなかったじゃん。今更、ぐちぐち言ってんじゃねぇよ」

「うるせぇ！　唐突に正論言ってくんな、びっくりするじゃねぇか！」

「声でか。マジでうざい」

「まぁまぁ、お二方共。喧嘩をなさらないでください」

何故かプライマルに両手で窘められてしまった。お互い、本気で喧嘩をするつもりでもなかったので直ぐに収まったが、ミュウは不機嫌そうに再び舌打ちを鳴らし、口の中に放り込んだありったけの菓子を紅茶で流し込むと、テーブルの上に突っ伏してしまう。数秒待たずに寝息を立て始める姿に、プライマルは興味深そうな顔で帽子のツバを弄った。

「ふぅむ。これは中々、羨ましいと思えるくらいに自由な方ですね」

「これでも前に比べれば、ずっとマシになった方なんだけどな」

言いながらアルトは堂々と眠りこけるミュウを眺める。王都で出会った頃の苛烈な性格なら、とっくの昔にテーブルをひっくり返していたはず。いや、それ以前にこうやって仲良く……かは疑問が残るが、おとなしくアルト達に同行していること自体、人が変わったと言っても間違いではない。やはり、今のミュウにはかなり、水神リューリカの影響が色濃く残っているのだろう。

「仲がよろしいようですね。お三人様は、学園の外からのお知り合いなんですか？」

「まぁな。腐れ縁、ってヤツだ」

肩を竦めながら答えを濁す。ロザリンは不満げな気配を醸し出していたが、流石に混ぜっ返すような真似はしなかった。

「仲良しの友人が居るのは良いことです。羨ましいですねぇ、本当に」

「アンタだって国元に帰りゃ友達くらいいるだろ。いい性格してるし、嫌われ者って訳でもなさそうだしな」

「はぁ、まぁ、居るにはいますが」

「喧嘩でも、してる？」

「いいえ、そういう訳ではありません」

言い淀む姿にあまり良い関係ではないのかと、勘ぐるロザリンに首を横に振った。

「職業柄と言いますか立場的に、とでも言いますか……学生さんには理解し難いかもしれませんが、正直に言って……」

横目でアフロディーテがハイテンションでクルルギと言葉のぶつけ合いをしているのを確認してから、口の横に手を添えて小声で囁く。

「この部隊に配属されていること自体、貧乏くじなんですよ」

飄々とした態度を維持しながらも、彼女の口調は僅かな真実味を帯びていた。

「考えてもみてください。一国に比べて規模が小さいとはいえ、国家神に守護されていて竜の称号持ちまでいる。おまけに住人の殆どが訓練された一人前の戦士という場所に、手勢だけで放り込まれる身になれば、引いたクジは凶も凶の大凶ですよ」

「それは、そうかも」

大袈裟なまでに嘆いてみせる言葉に思わずロザリンも同意してしまう。ただ、アルトは単純にお気の毒様とは言うつもりはなかった。

「だからって、一切引くつもりはねぇんだろ。なにせやる気は満々みてぇだからな」

ふんと鼻を鳴らしてアルトは陣地内を軽く見渡した。

外から確認した時点でこの場所の異様な雰囲気は肌に感じ取ることができた。外観だけを見れば簡易的な野営地と思えるが、連中が築いた拠点はここだけではない。少なくとも周囲に五ヵ所、同規模の野営地が存在していて、内二つは遠目からは見え難いように木陰や岩陰に配置してある。そしてロザリンが視る限り、ここに至るまでの道のりは魔術的な結界が幾重も張り巡らされていて、罠のようなモノはなかったが、確実に此方の動きを把握できる仕掛けを既に作り上げていた。更に言うなら野営地自体も未発動の結界が仕込まれていて、ロザリンが推測するに発動すれば陣地を囲うように、分厚い障壁が展開されると読み取っている。ここは前線基地であり、戦う為の砦としての役目を担っているのだ。

「馬鹿みたいに広い帝国領を西へ東へ駆けずり回って戦争してた連中だからな。半日で戦える陣地を作るのなんざ、お茶の子さいさいだろ」

「おやおや、これはよくご存じで」

「これだけ用意周到に仕込んでおいて、戦う気はありませんなんて言わないよなぁ」

「いやはや、わたしのような中間管理職が言えるようなことは何も……しかし」

帽子を目深く被りながら苦笑するが、何かを探るよう鋭い視線を一瞬だけ向けた。

「まだお若いのに、随分と我々についてご存じじゃありませんか。学生のお嬢さん」

「それだけ大陸でも有名ってことだ」

軽口で誤魔化すアルトに対して、何処か探るような視線を向けるプライマルだったが、まさか中身が戦争経験のある男だとは思わず、そのまま疑問を飲み込むように視線を自らの主人に戻した。当時、帝国の機動力の高さには散々苦しめられた経験から、皮肉の一つも言ってやりたい気分にもなったが、今はこれで我慢しておこう。お茶もスイーツも平らげ手持無沙汰になってきた頃、二人の言い合いは突如として終わりを告げた。

ふん。と鼻息を荒くしながら、クルルギは椅子から立ち上がり片手でテーブルを叩く。

「よろしい。ならば戦争しかないな」

「……ええっ」

唐突過ぎる物騒な一言に、流石のロザリンも絶句する。

「ま、結果はわかってたけどな。ってか、最後の流れが強引過ぎるだろ」

頬杖を突きながらアルトは諦め顔でぼやいた。

話し合いだ敵情視察だとなんやかんや、それらしい都合を並べ立てていたが、結論は彼女が述べたその一言に尽きる。要するにクルルギ達ガーデン側は最初から、宣戦布告をする為にここまで足を運んだのだ。途中のよくわからない言い合い、言葉のぶつけ合いは、両者とも戦端を開く切っ掛け作りで、要するに対話は試みたが平行線だった、という既成事実を作りたかっただけの行為なのだろう。

宣戦布告を受けたアフロディーテは、悩ましげな様子で頬に右手を添える。

「世の中に美醜が存在するように、ナンバーワンであろうとオンリーワンであり続けようと、刃を交え優劣をつけねば咲き誇れぬ美がある。たとえ自らの手で可憐な花を手折ることになろうと、花はより美しく咲く為に剪定を繰り返さねばならないモノよ」

音も無く静かに立ち上がり、正面のクルルギに向けて恭しく頭を下げた。

「花園に土足で入り込んだ身でありながら、儀礼を交えて戦う場を与えてくれたことに感謝を申し上げます。旧帝国騎士アフロディーテ、全身全霊をもって貴公の布告に相対し、守護の二つ名を粉砕してさしあげましょう」

「望むところだ。貴様ら、帰るぞ」

不敵な笑みを浮かべるアフロディーテを一睨みしてから、クルルギは座っているアルト達に呼びかけ直ぐに背中を向け歩き始めた。我関せずとテーブルに突っ伏すミュウの肩を叩いてから立ち上がり、アルト達も小走りで大きな歩調で歩くクルルギを追った。

「おい。マジでやるつもりかよ」

「心配しているつもりか？　ふん、いらぬお節介だ」

帝国騎士の強さを肌で感じ知っているアルトが声をかけるもクルルギは不機嫌に一蹴。彼女の足早な速度に合わせアルトは横に並び、強引に聞く耳を持たせるよう、服の二の腕部分を引っ張った。

「まさか、相手が少数だからって舐めてんじゃないだろうな。それとも女神の領域内なら、どうとでもなるって思い込んでるのか？」

「馬鹿をほざくな。この程度の些事にマドエル様のお手を煩わせるはずがない」

「じゃあ相手を舐めてる。油断してやがるんだ」

「ガーデンは油断せん」

「あのなぁ」

断言するクルルギに眉を顰めるが、続く言葉を横目と共に遮られる。

「随分と過保護じゃないか。あの女の弟子だから、貴様はもっと他人に興味がないと思っていたぞ」

「そ、それは」

「アルは、基本的に、お節介だから」

「うるせぇ！　別にお節介とか、そんなんじゃないやい！」

何故か自慢げな顔をするロザリンの言葉を大声でかき消した。

「ふん。姿形に引き摺られている、ということにしておいてやろう」

「……チッ」

心当たりがあり過ぎて思わず悔しげに顔を逸らしてしまう。

「どのみち、強引な手段で入り込んできた以上、連中に戦う以外の選択肢などあり得ん」

「交渉の余地をバッサリ切り捨てておいて、よく言うぜ」

「綺麗ごとを吐くな、それとも本当に脳みそまで小娘になってしまったか？　連中の目を見れば、どういうつもりなのか問わずとも理解できる。奴らは戦う戦士の瞳を持っていた。生きてここを出られずとも構わないという覚悟もな」

「ああ、くそっ……思い出させるなよ、胸糞わるい」

アルトは嫌悪感と共に吐き捨てた。あの野営地に満ちていた空気感はよく知っている。悲壮感など欠片もない、決意と闘志に満ち満ちた瞳の輝きと覚悟を持った連中の姿は、北方戦線で刃を交えた敵と、肩を並べた味方に似ていた。要するに連中は戦後の今も、胸に戦火を絶やさず燃やしているのだろう。アフロディーテだってそうだ。珍妙な出で立ちから誤解しそうになるが、彼から醸し出される雰囲気には一片の悪ふざけも無い。例外は飄々としているプライマルだが、戦場において腹の底や本気が読めないあの手の相手ほど、厄介な手合いは存在しないだろう。

ミュウもまた、本能的に彼ら彼女らの気迫を受け取っていた。

「…………」

「ミュウ?」

無言で背後、野営地の方へ意識を向けるミュウをロザリンが気に掛けるが、彼女は何も答えず自身の手の平をジッと見つめてから、軽く拳を握り締めた。何処か物足りなさを感じるような表情をしてから、大きく息を吐いて肩を落とす。

「別に。ってか、気安く話しかけてんじゃねぇよ」

吐き捨てる言葉にも力がなく、背中も窮屈なくらいに丸まっていた。ガーデンで再会した彼女は王都で燃え盛っていた苛烈さは見る影もなく、憂鬱な雰囲気を全身に纏っていたが、その湿った薄暗さを誰よりもミュウ本人が嫌がっているのかもしれない。だからこそアフロディーテ達が見せた野心的な闘争心が、燃え上がれずにいる自身に対する強い苛立ちになっているのだろう。逆説的に言うのなら、アフロディーテ達の戦意ですら、ミュウの闘争心に火を灯すことは叶わなかったとも言える。

未だ燻るミュウも気がかりではあるが、アルトにとっては頭の痛い状況が続く。

「四の五の言ったところで、戦う状況は変わらねぇってことか。いいぜ、上等だ。生徒会長様とやり合う前に、いっちょ帝国の残党共で肩慣らしさせて貰うさ」

「何を言っている。連中との戦争、貴様は関わらせんぞ」

「……は？」

唐突に肩透かしを食らい、思いっきり眉を顰めてクルルギを見上げるが、彼女は愚か者を見るような視線を返す。

「忘れたか。貴様らの目的は侵入者と戦うことでも、生徒会長と雌雄を決することでもない、ガーデン内に潜む外敵因子を探し出すことだ。影くらいは踏めたようだが、未だ元の姿に戻れぬのならマドエル様は続行を告げてらっしゃる。やるべきことをはき違えるな。それとも、本当に身も心もガーデンの乙女になってしまったのか？」

「ぐっ……んなわけあるかっ！」

挑発するように近づけてくる顔を押し退け、アルトはムキになって唾を飛ばす。

「ならば、貴様は貴様の役目を果たせ。これは我々の戦争だ」

「ふん。んじゃ、お言葉に甘えさせて貰うぜ。後になって負けそうだから手伝え、なんて泣き言いわれても知らねぇからな」

「やれやれ、貴様という奴は全く。ガーデンの意義をさっぱり理解しておらんな」

大袈裟にため息を吐き出してから、クルルギは大きく首を左右に振った。明らかに聞き返せという前振りを感じ取り、アルトは嫌そうな表情で眉根を側めたが、苦笑しながら問いかけたのは空気を呼んだロザリンだ。

「どういう、意味？」

「決まっているだろう」

声色を少し高くして額にかかる前髪を指でピンと弾く。

「我らが戦うということは、勝つ以外の意味は持たない。敗北の二文字はない」

一切の虚勢を感じさせない堂々とした口調で言い切った。これが他の人間なら自意識過剰と笑い飛ばせるが、性格に難があれどクルルギは大陸でも屈指の実力者。彼女の言葉は確かな重みを感じさせた。

「ま、とはいえ、連中も無策はあり得んだろう。学園の生徒達も内輪で争ってばかりでは、学べぬ経験を学べるかもしれんからな」

「他人事みてぇに言いやがって。テメェも当事者じゃねぇのかよ」

「我が出張っては、マドエル様の御好意を無にしてしまう。理解しろ、馬鹿め」

「最後の馬鹿呼ばわりは本当に必要だったか、おい」

歯をギリギリ噛み鳴らしながら抗議するが、クルルギは涼しい顔で聞き流していた。そんな二人の背後を歩き話を聞いていたロザリンは、顎に手を添えてなるほどと納得する。

ここは女神マドエルが作り出した異空間。たとえ入り口が強制的に開かれたモノだとしても、マドエル自身が不快に思う異物なら、強制排除は可能だっただろう。

「これって、マドエル様の、作戦通りって、こと？」

率直な疑問を言葉にして前を歩く背中に問いかけるが、クルルギからの返答はなかった。

ヴィクトリアに次いでマドエルに近い立場にあるクルルギが、そのことに気が付かないわけがない。つまりはガーデンの結界が破られることも、ラス共和国と戦いになることも織り込み済みだったのだろう。

何にせよアルト達が取れる選択肢は少ない。

「俺達を話し合いに立ち合わせたのは、余計な真似をするなって釘を刺す為だったんだろ。回りくどいやり方をしやがって」

「貴様は理屈で動く人間ではないからな。自身で納得させた方が面倒がない」

「おお、よく、わかってる」

「なにがよくわかってるだ。お前は俺の母親かなにかか？」

ロザリンの頷きながらの言葉にアルトは思い切り顔を顰めた。

「ふん。戦わなくっていいんなら願ったり叶ったりだ。俺だってこんな面倒事はごめんだからな。負けそうになったって、助けを期待すんじゃねぇぞ」

「拗ねて、る？」

「やはり心根まで小娘になり果てたか」

「うるせぇ！　好き勝手言いやがって……って、あれ？」

呆れられて癇癪を起こしかけるも、ふとアルトは直ぐ近くを歩いていたはずのミュウの姿がないことに気が付いた。後ろを振り返ると足を止めたミュウが、十数メートル後ろで突っ立っている姿が確認できた。

「なんだよ。腹でも痛いのか」

怪訝な表情で声をかける。ミュウはワンテンポ遅れて顔を此方に向けてから、長い前髪を右手で掻き上げた。その動作一つで、彼女の雰囲気が変わったことに気が付いた。

「おい、どうしたんだよ？」

「……あ～」

嫌な予感を懐きつつ問いかけると、ミュウは気怠げな様子で頭を掻く。

「わたし、急に戦いたくなったんだけど」

予想外。いや、彼女の本能を考えれば当然、いずれは発せられる言葉かもしれなかった。しかし、咄嗟にアルトが呆れる言葉も戸惑う言葉も出せなかったのは、ミュウがあまりに自然に自らの感情を吐露したからだ。同時に気が付いた。腑抜けたようにも思えたミュウの雰囲気の中に、僅かだが燃え始めた闘争心の気配を。殺気の塊だった頃を知っているアルトからすれば、信じられない変化だと言えるだろう。

同じく変化を察したクルルギは唇の端に笑みを湛えてから、返答を急かすような視線で此方を軽く睨んだ。

「……ったく。余計に面倒な状況になってきやがったじゃねぇか」

嘆息と共に頭を掻き毟る。

「まさか、俺と戦いたいとか言わねぇよな」

「アンタは……なんか違う」

少し考えてから上手く理由を言語化できないのか、不満げな表情で唇を尖らせる。

「今のアンタじゃ楽しく戦えない気がする。理由は、わからんけど」

「あっそ。そいつは運が良かったぜ、面倒に巻き込まれずに済んだ」

拍子抜けしながらも、アルトは肩を竦めて軽口を叩く。本能的に今のアルトが本調子ではないことに気が付いているのか、単純に興味が薄れてしまったのか、あるいは他に本命が出来てしまったのか。本人でも理解不能な心情を想像するのは難しいが、確実に言えるのはミュウの変化は決して悪い方向ではないのだろう。

「なら振られたついでに聞くが、他にお目当てでもいるのかよ」

「ウツロ」

「そいつは俺が先約だ、他を探してくれ」

「は？ ……チッ、じゃあいいわ」

舌打ちを鳴らし睨み付けられるも、ミュウはあっさり引いてくれた。

「ふん、いらぬ心配だ」

口を挟んできたのは前を歩きながらも、ちゃっかり話を聞いていたクルルギだが、両手を腰の後ろに回したまま振り向きもしなかった。

「我がガーデンは戦う乙女の花園。鍛え、研ぎ澄ます精神を持ち合わせているのならば、修行する場も相手にも事欠かぬ場所である」

足を止め顔だけを此方、ミュウの方へと向ける。

「問答など無用。戦いたいと思う者があれば、言葉では無く拳で示せ。もっとも、血と痛みの代償を伴うかもしれんがな」

「……滅びた方が世の中の為なんじゃないのか、こんな場所」

物騒過ぎる物言いに背筋が冷たくなり、思わずアルトの口から本音が零れる。しかし、これまで気怠げだったミュウの心には響いたようで、乾いた唇を舌で舐めて濡らしながら、闘争心が笑みとなって溢れ出していた。

「いいじゃん、上等だ。戦いたくって堪らないんだ、手当たり次第、ぶっ飛ばす」

物騒を物騒で返しながら拳を固める姿に、クルルギは満足そうな笑みを浮かべ遅れるなよと暗に急かすよう、先ほどまでよりも早い足取りで歩き始めた。

これはえらいことになったのかもしれない。

口に出さずとも考えが一致するかのように、アルトとロザリンのため息が重なった。

ガーデン内の変化は学園の生徒達にも瞬く間に当然の如く知れ渡っていた。最初こそ動揺する素振りを見せる女生徒もいたが、そこは戦う乙女としての日々の訓練の賜物か、教師に宥められる必要もなく自ら精神の安定を取り戻して、普段通りの日常に戻っていった。けれども、異常事態であるということは心の隅に置き、有事の際にはいつでも戦える気概を留めているのもまた、ガーデンの乙女としての嗜みだと言えるだろう。多くはこれから何事が起こるのか、想像の域を出ていない人物ばかりだろうが、学園内には立ち込め始めた暗雲に戦いの気配をいち早く感じ取っている者も少なくない。

アカシャもまた、渦中の人物でありながらも、今は静観の立場をとる人物の一人だ。

時刻は午後を過ぎ、残り一時限で本日の授業は全て終了となる頃合い。真面目、不真面目の程度はあれど、一部を除き多くの女生徒達が毎日のカリキュラムをこなす中で、アカシャはその一部に該当する生徒だった。彼女が居るのは教室の机の前ではなく自室。しかも、生徒達に割り振られる寮の部屋ではなく、学園側から貸し出された特別な一室を、寝食を過ごす場として与えられていた。いわゆる、VIPルームのような場所で、正確には部屋だけではなく建物全体を貸し与えられている。部屋は寝室と居間に分かれていて、更に窓の外は広いバルコニーのような形になっており、アカシャはそこに用意した椅子に座って、図書室から借りた本とティーセットをテーブルの上に置き読書を楽しんでいた。偶然か必然か、バルコニーから遠くの空を見上げると、斬り裂かれた空間が確認できる。上空の異変など気にも留めず、学園の喧噪から切り離されたような静けさに満ちたバルコニーで、一人の時間を過ごすアカシャの気を引くように、コンコンと何かを小突く軽い音が聞こえた。本から顔を上げ部屋の方を見ると、入り口に両手に料理の乗った大皿を持ったハイネスが、仮面を外した素顔に微笑を湛え立っていた。音は両手が塞がっている故に、靴の爪先で床を叩いて鳴らしたモノだ。

「お嬢様、小腹が空いてらっしゃりませんか？」

「……やれやれ」

アカシャは苦笑しながら読んでいた本を閉じる。

「小腹を満たすには少々、質と量が多いんじゃないかな」

「平気よ。余ったら、あたしが全部食べるし」

軽快に近くまで歩み寄り、両手の大皿をテーブルの上へ置いた。乗せられているのはサンドイッチにバーガー、フッシュ&チップスとジャンクな料理に加え、リンゴやマスカット、オレンジ等のフルーツを取り揃えている。確かにこれは夕飯までの間に小腹を満たすには、かなり重すぎる内容だろう。

呆れながらも手を伸ばすアカシャより先に、ハイネスはバーガーを取り二口で食べる。

「むぐむぐ……ん、美味い。相変わらずガーデンの食事は贅沢で美味しいわね」

「せめてもう少し、上品に食べられないのか?」

「ここ以外じゃちゃんと取り繕ってるでしょ。こういう時くらいは、自由にさせてよね」

注意されるも軽くあしらってジャガイモのチップを数枚纏めて摘み、欠片を取りこぼさないよう上向きにした口に放り込む。パリパリという小気味よい音と共に、ほのかな塩味と芳しさが口内に広がった。が、流石に纏めて食べ過ぎた所為か口の中の唾液が一気に吸い取られ、咀嚼したジャガイモが喉に詰まり見る間にハイネスの顔が赤くなる。

「ほら、言わんこっちゃない」

眉間に皺を寄せながら素早く、空になっていた自分のカップに紅茶を注ぎ、必死に胸を叩くハイネスにテーブルの上を滑らせ渡す。慌ててそれを掴み喉に詰まった物を一気に胃へと流し込んで、ハイネスは大きく安堵の息を吐き出した。

「ふぅ、危ない危ない。芋で窒息死するところだったわ」

「君がそうなってしまったら、雇い主である私の威厳が疑われてしまうな」

呆れながらも空になったカップに追加のお茶を注ぐ。ついでに未使用のティーカップを引き寄せ、それを自分用として改めて紅茶で満たす。

「ガーデンの様子はどうだった？」

アカシャはサンドイッチを一つ、手に取りながら問いかける。

「動揺とか戸惑いとか、そういうのは殆どなかったわね。最初の方は多少、驚いてる人がいたけど、今はもう町も学園も平常運転。むしろ、異変に対して闘争心が疼いてるって雰囲気の娘も多かったかも」

「流石はガーデン、血気盛んだね。花の塔の方は？」

「正直、わかんないわ」

魚のフライを口内に放り込みハイネスは肩を竦めた。

「ウツロは謹慎中で部屋から出てこないし、アントワネットはまだ病床。オルフェウスに至っては随分と気落ちしてる様子で、流石のあたしも突っつくのには気が引けるわ」

「ウツロが部屋から出てきてないのは、確かなのか？」

「四六時中監視してるわけじゃないけど、行動を感知できる術式をあちこちに仕掛けてあるから、少なくとも部屋からの出入りくらいはこっちで把握できるわ」

ハイネスの説明を、齧ったサンドイッチと共に頭の中で咀嚼ながらアカシャは思案する。

「つまりウツロは一歩も外に出ず空を……ガーデンの結界を斬った」

「ま、状況だけで考えるならそうね」

「いくら魔剣が手元にあるからといって、そんなことが可能なのか？」

「無理。常識的に考えるならね」

即答してハイネスは指についたマヨネーズを舐めとる。

「そんじょそこらの魔術師が張った結界なら、一級の道具と使い手が揃えば、やれないことはないでしょ。でも、ガーデンの結界となれば話は別。大精霊であらせられる愛の女神マドエル様の世界が、人の技程度でどうにかなる訳がないわ」

なるほど。と、納得しながらアカシャは思案する。

「それなら逆に考えて、マドエル様がなにかしらの意図をもって招いた」

「そうなっちゃうと、もう考えるだけ無駄でしょうね。精霊と人間の考え方は根本的に違うから、たとえ答えを明言されたとしても、きっと納得としては飲み込めないわ」

「考えるだけ無駄だということか？」

「本当に女神様のお考えなら、ね」

お茶を口に含みハイネスは足を組む。

「ラス共和国の連中が大手を振って現れた時点で、この騒動はかなり以前から仕組まれてたって考えられるわ。少なくとも、ある程度の日にちの前後を考慮しても共和国側は今日、結界が破られることを知っていた」

そこまで聞いてアカシャは食べる手を止め短く思案する。

「……ガーデンに内通者がいる」

「やっぱりウツロ？」

「いや、それはあり得ない」

一考の余地なく断言されるが、ハイネスも「やっぱり」といった表情をする。

結界を斬ったのはウツロの仕業だ。だが、彼女自身に共和国に与する意図はないだろう。ガーデンの乙女がどうのこうのという理由ではなく、ウツロがアカシャ達が想定する存在そのものならば、彼女はあくまでマドエルに招かれた存在でしかなく、例えを出すならアルト達が探す外敵因子にはなり得ない。

そこからの引き算でアカシャは一つの答えを導き出す。

「余計な文言を吹き込んでいる存在が、近くにいるようだな」

「ウツロが側に置いているのは生徒会の役員だけよ。あたしが調べた限りじゃ、アントワネットもオルフェウスも共和国との繋がりはなかったわ」

「他の生徒や教師は調べたのか？」

「事務員を含めてウツロと接触した、あるいは接触した可能性のある人物は調べてあるわよ。結果はシロ」

「つまり、私達が知らない存在が紛れ込んでいる、ということか」

自分で言いながらもアカシャは得心がいかない様子で唸る。恐らく、その何者かの存在が外敵因子と呼ばれるモノだとは予想されるが、これまで捜査を続けてきたのにも拘わらず全く姿が見えてこない。そうなると一切、人目に触れない場所に引き籠もっているしかないが、果たして広いとはいえ空間が限定されているガーデン内で、引き籠もり続けることなど可能なのだろうか。

「レイナ＝ネクロノムス同様に認識が書き換えられている？　いや、認識阻害自体は彼女の敗北で一度、完全に解かれている。いくら魔剣が規格外でも、アレだけの術式を二重に仕掛けておくなんて不可能なはずだ」

魔剣は紛失してしまったが、その間に認識の阻害や記憶の齟齬を再び起こすのは難しいだろう。レイナの件ですら数週間、数ヵ月かけて周囲に刷り込んでいったのだから。

「どうも手詰まり感があるな。打開策があるとすれば……彼女の様子は？」

「レイナのこと？　正直、生きてるのか死んでるのか、あたしの目じゃ判断できないわ」

哀れみを帯びた表情でハイネスは肩を竦めた。

レイナ。テイタニアの名を騙っていた魔剣使いの少女。魔剣の瘴気に飲まれアルトとの戦いに敗れた彼女は、交渉の末にアカシャ達が身柄を預かることになった。アルト達はレイナが死亡したと思っているようだが、実際はちょっとだけ違う。ネクロノムスは人に寄生する魔剣。魂を瘴気に浸食された上で自我が同化している為、レイナ＝ネクロノムスというある意味、新たな人格が形成されていたようなモノだ。ネクロノムスの部分が消滅したのなら、結果として残ったのはレイナだけ。ただ、魂に根付いたネクロノムスが強引に引き剥がされたようなモノだから、外傷以上に内面の損傷が激しい状態にある。下手をすれば一生、目を覚まさぬまま朽ち果てる可能性だって大いにあるのだ。

現在は学園外にあるアカシャが私的に借りた部屋の一室で眠っている。一応、信頼が出来て腕が立つ人物を、護衛兼看護役として常駐して貰っているので、やましい心持ちのある人物に強襲されても守り抜けるだろう。どちらにせよ現状では彼女から、情報を得ることは叶わない。それらの事情を含めてアカシャは状況を整理し思考を纏め上げる。

「……テイタニア」

「レイナが騙ってた名前ね。確か行方不明の親友なんだっけ」

「考えてみればその事件自体がどうにもきな臭い。レイナはウツロに殺されたと思っていたようだが、調べてみてもどうもハッキリとしない」

「一応、あたしの調査だとテイタニアとウツロの接触は、確かにあったっぽいけど」

魔剣ネクロノムスの記憶改竄から解放された後、本物のテイタニアについて色々と調べてみたが、目ぼしい情報を得ることはできなかった。テイタニアとレイナの入れ替わり自体、入学してさほど間を空けなかった上に、人当たりが良い反面、他の生徒達と深い友人付き合いをしていなかった為、改竄が解かれた現在でも記憶が微妙にレイナのモノと混同してしまい、テイタニアの動向を探るのにも一苦労した。その中で何とか信憑性の高いモノを抽出した結果、ウツロと二人で会話をしていたという情報を得た。生徒会の二人以外をまともに取り合っている姿は珍しく、この光景は印象深かったらしい。

「問題点は、目撃はされていても、内容に聞き耳を立ててた女生徒はいなかったってことかしら。慎ましやかと言うべきか、ウツロがそこまで恐れられていたか……ま、両方なのでしょうけど」

「やはり、レイナが目覚めるのを待つしかないか」

腕を組んで難しい顔をするアカシャと、ハイネスの重苦しいため息が重なった。

「あと、想像だけで考えるなら、外から同じ衝撃を加えたか」

「……なんだって？」

煮詰まったハイネスが何となく呟いた言葉にアカシャは反応を示す。ハイネス自身も言ってみて、意外に的を射ているかもと顎を摩った。

「確か魔剣ネクロノムスは、複製が可能な剣のはずだ」

魔剣ネクロノムスは所謂、歴史に名を残す伝説の武器でもなければ、神代の技術で精製されたアーティファクトでもない。現代の人間が現代の技術と魔術を用いて、作り出した魔剣の一振り。その実態が知識と技術を蓄える剣であるのなら、それを伝える為に同等の魔剣が複数あったとしても不思議なことではない。

「内側からと同等の斬撃が結界の外側からも放たれていたなら、結界の一部を断ち切ることは可能かもしれないわ。やはりウツロの側には、ラス共和国と繋がりがある人物が存在している」

顎を摩り続けながらハイネスは自身のひらめきを纏める。

「問題は、協力関係にある共和国の人間が、何処までウツロのことを知っているかだ」

「知っては……いないでしょうね。上層部が現場の人間に、天使計画のことを説明するはずはないわ。連中の目的はあくまで、あたし達の方でしょう」

「ウツロ側についている存在に、丸ごと利用されている可能性もあるのか」

ウツロの正体。学園の図書館にも記述されていない、彼女の深淵を形作る存在を知る者はガーデンでも、いや大陸でもごく一部だろう。大精霊であるマドエルが気が付かないはずはないので、図書館の記述はネクロノムスの改竄に関係なく意図的に隠された……と、言うより、マドエル自身が『ウツロには関係ない』と判断したのだろう。

「だが、その辺りについてはそれほど重く考える必要はない。仮に派遣された近衛騎士にウツロの正体が露見したとしても、アレは局長クラスではないと扱い切れない。のちのちを考えると、ガーデンに余計な火種を残してしまう……痛っ⁉」

難しい顔をするアカシャの額を、ハイネスがデコピンで打つ。

「なにをする」

「余計なことまで考えすぎ」

軽く赤くなった額を摩(さす)りながらジト目を向けるアカシャに、ため息交じりに返した。

「ほぼ孤立無援のあたしらに出来ることは限られてんだから、そんな何でもかんでも抱え込んでちゃ、その内爆発しちゃうわよ」

「……しかし」

「初志貫徹」

反論しようとするアカシャの鼻を指で押さえ付け押し留めた。

「あたしらの目的はウツロを……人工天使計画の断章を葬り去ること。色々と余計な手を出し過ぎてそれが果たせなかったら、本当に本末転倒よ……でしょ？」

厳しさの中に確かな優しさを交えながらアカシャを諭す。生徒会の幹部としての不気味さは被っていた仮面ごと脱ぎ捨て、姉のような優しさが滲(にじ)む声色と態度を見せるのは、ガーデン内では彼女だけなのだろう。

窘(たしな)められて冷静さを取り戻したのか、アカシャは恥じるように下を向き大きく息を吸う。

「……少し、考え違いをしていた。すまない、ハイネス」

「はいはい、結構でございますよ」

ワザとらしく両手を上げてそう茶化した。此方が気負い過ぎない為の配慮を感じ取り、けれどもわざわざそれを指摘するような野暮な真似はせず、アカシャは微笑みと共に心の中だけで感謝を述べた。冷静さに立ち戻った頭で改めて思考を巡らせる。

「目的がどうであっても、共和国の人間が介入してきた以上、悠長に構えている余裕はなくなった」

「なら、ウツロを獲る？」

「………」

率直な物言いに、アカシャの表情に苦渋が満ちる。

殺すか、生かすか。ハイネスが問うているのはそういう意味だ。

「ウツロの敵は多いわ。共和国も、恐らく側にいる協力者も、最後まで彼女の味方をしてくれる保証はない。ウツロと明確に対立しているロザリン達との対決は時間の問題よ……あたし個人の心情としては、順番は守ってあげたいけど」

「藪を突いて蛇を出す、ではないが戦いの結果、目覚めさせては不味いモノを目覚めさせる可能性は大いにある……彼女らには別の形で穴埋めをさせて貰う」

残ったお茶を飲み干しアカシャは立ち上がった。

「ウツロを獲るぞ」

普段より語気を強くして決意を示し、それを聞いたハイネスは腕を組み一拍の間を置く。

「敵が増えるわよ」

「覚悟の上さ。臆したとは言わないよな？」

「まさか」

苦笑しながら肩を竦めた。

「ガーデンの生活も悪くはないけど、そろそろ似合わない学生生活にも飽きてきたわ。アンタの覇道に障害があるのなら、斬り伏せるのが騎士たるあたしの務めよ」

言いながらハイネスは椅子から腰を上げた。口調こそ軽いモノではあったが、中に宿る確かな決意はアカシャに劣らないほどに強く熱い。ハイネスの瞳には生徒会幹部としての仮面を被っていた時のような得体の知れなさはなく、血と意志の通う炎が薄らと宿っていたのだが、これをガーデンの乙女達が目の当たりにすることはないのだろう。

第七十章　魔樹ネクロノミコン

共和国の一団と顔を合わせた翌日。アルトは二日ぶりに教室へと足を運んだ。

朝の始業時間前の教室の扉を開くと、中では殆どのクラスメイト達が揃っていて、それぞれ授業が始まる前の雑談を楽しんでいた。通い慣れたと呼べるほどの時間を過ごした場所だが、二日空いたとしても特別な感慨を懐くこともなかった。同じクラスの女生徒達も似たようなモノらしく、教室に現れたアルトの姿を一瞥くらいはしたが、特に話しかけたり寄ってきたりすることなく、仲の良い友人同士の会話に戻っていく。アルストロメリア女学園では珍しい転校生という肩書の目新しさはまだ有効なはずだが、それ以上にこの数日で得た悪名の方が女生徒達をアルトから遠ざけてしまったようだ。生徒会と対立しているような人間と、誰も好んでお近づきになろうとは思わないだろう。腫れ物扱いというほどではないが、何か楽しみなイベントでもあるのか、何処か浮ついた雰囲気が拍車をかけるように、アルトとの距離感に壁を作っているように思える。

「……別にいいけどね」

友達を作りにきたわけじゃないと心の中で呟きながら、アルトは誰かに挨拶することもなく足早に自分の席の長机へと向かっていく。椅子を引き座ろうとするアルトの視線は隣へと向けられた。

テイタニア。レイナが座っていた隣の席には誰もいなかった。自然と誰かを探すよう目線が泳ぎ偶然、一つ斜め前の席で授業の準備をしていた女生徒と視線が合ってしまう。

「……おは、よ？」

急に目が合ったことに戸惑いながらも、彼女は首を軽く上下させアルトに挨拶する。だが、それ以上の会話が続くこともなく、女生徒は直ぐに教本を取り出したりと準備に戻っていった。特に意識した訳でもなく、ため息を鼻の穴から漏らしながら椅子へと腰を下ろす。アルトは鞄を足元に置き、背負っていた剣を椅子の背もたれにかけた後は、周りと同じように授業の準備をすることなく、一人で長机を独占するように頬杖を突き窓から外を眺める。ガーデン特有の七色に輝く空から注ぐ朝日は、今日はなんだか妙に眩しく感じられた。マドエルのご機嫌が良いのか光量自体が強くなっているのも確かだが、一番は窓辺で遮っていた人物がいないからだ。

不意に込み上げた欠伸を噛み殺す。

「柄じゃねぇな……やっぱ、サボればよかった」

ウツロや外敵因子に関して今日も調べているロザリンの手前、流石に昼間まで部屋で寝転がっているとバツが悪く、様子見も兼ねてこうして学園にやってきたのだが、これも少女化の影響か妙にセンチメンタルな気分に浸ってしまう。

「ダウナーな時にこうも日和(ひより)がいいと、眠くなっちまうぜ……ふわぁ」

「あらあら。随分と恥ずかしげもなく大口を開くのですわね」

「……ふわ？」

大きく口を開いた状態で顔を上げ親指で浮かんだ涙を拭うと、いつの間にやら長机を隔てた正面に見覚えのある少女が仁王立ちをし、嘲笑するような視線で此方(こちら)を見下ろしていた。金髪巻き毛のお嬢様は何故(なぜ)か得意げな顔をしている。

「あらあら。相変わらず辛気臭い顔をしてらっしゃるのねアルトさん」

「誰かと思えばお前か、蜂女」

「クイーンビー、ですわっ！」

気の無い言葉に気分を害したのか、ビーは憤慨するように語気を強める。

「新参者のお猿さんは、挨拶もまともにできませんの？」

「偉そうな口を叩(たた)くんなら、まずアンタの方から手本を見せて欲しいモンだな。この十数秒でまだ悪口しか言われてねぇんだけど」

嘆息してからアルトは頬杖(ほおづえ)を突く手の左右を入れ替えた。アルトの軽口にビーはムッと表情を歪(ゆが)めたが、気持ちを落ち着けるように大きく深呼吸をしてから、一歩後ろに下がりスカートを両手で摘(つま)んで恭しく一礼する。

「御機嫌よう、アルトお嬢様。お加減は如何(いかが)かしら。よろしければ少々、わたくしとのお喋(しゃべ)りに興じてくださいませんか？」

「薄気味悪いな。普通に喋れねぇのかよ」

「手本を示せと言うからやっただけですわ！」

　呆(あき)れた視線と言葉に今度は我慢しきれなくなったようで、お嬢様らしくない大声と共に長机を手の平で叩いた。盛大に響いた音は教室内の沈黙と注目を生み出し、ハッと我を取り戻したビーは取り繕うように巻き髪を指で弄(いじ)る。チラチラと何かを期待する視線を瞬きと共に送っていたので、顔を顰(しか)めながらも仕方ないと身体を起こす。

「はいはい、御機嫌ようでございます。で、何の用事だよ。また決闘か？」

「ふん。借りは近々、お返しいたしますが今回は違いますわ」

　言いながらアルトの背後、正確には長机の隣を見る。

「彼女のこと、貴女(あなた)は覚えてらっしゃいますわよね？」

「……そりゃ、な」

　訪ねて来た理由を察しながら頷(うなず)いた。

　彼女とはレイナ＝ネクロノムスのことだろう。魔剣によって書き換えられた者達の認識は元に戻ったが、それはレイナ自身の存在すらも曖昧な記憶にしてしまった。誰かがいた、という記憶と何処(どこ)か齟齬(そご)がある程度の自覚はあるのだろうが、レイナが他の生徒との関わり合いが薄かったことや、ガーデンというある意味で何でもありの日常が、その違和感をよくあることと受け入れてしまったことも原因だろう。

ビーの様子からすると、彼女はレイナのことをハッキリ覚えているようだ。

「意外……でもねぇか。アンタ、俺が使ったとはいえ魔剣と直接やり合ったんだ。印象は他の連中よりも強いか。それでわざわざ俺を問い詰めに来たってわけかよ」

「まさか。わたくしはそこまで暇ではありませんの」

「じゃあ、何なんだよ？」

「それは……」

訝しげな視線と共に問いかけると、ビーが口を開く前に教室内が軽くどよめいた。二人が同時に入り口の方を見ると、見覚えのある長身の女生徒が緊張した面持ちで、「し、失礼しますぅ」と蚊の鳴くような声を漏らしていた。

「あいつ、図書委員長じゃねぇか」

「あ、アルトさぁん!?」

図書室を管理する図書委員長のクワイエットは、アルトの存在に気が付くと強張った表情を安堵と共に解し目尻に涙を溜めた。上級生で滅多に図書室から出ないクワイエットの登場に驚きと緊張を滲ませるクラスメイト達に、背中を丸めペコペコと頭を下げながら足早に此方へと向かってくる。

「よ、よかったです。本日はちゃんといらしてたんですね」

「何だよ。アンタも俺を探してたのか」

　モテる男はつらい、と言いかけた冗談を我慢しながら頭を掻く。

「は、はい。差し出がましいかとは思いましたが、やはり気になってしまって……」

　申し訳なさそうな声色と共に教室の中を見渡してから、最後にアルトしか座っていない長机をチラ見する。クワイエットは魔剣やレイナ自身との関わりは僅かだったが、図書室の知識を通じて真実の一端に触れたが故に、他よりレイナの記憶が鮮明なのだろう。

「クワイエット様もその……彼女のことを？」

　ビーは言葉を濁すようにレイナ、テイタニアの名に触れなかった。記憶に残る名が偽りであることは気づいているが、レイナという本名は知らなかったからだ。

「はい。偽りの立場であったとはいえ、門戸が開かれた我が図書室に招かれた可愛い後輩です。結果的にわたくしの知恵の大樹が偽りを白日に晒し、あの方に破滅をもたらしてしまったのなら……」

「やめとけ」

　後悔を滲ませるクワイエットが肩を震わすほど、アルトは強い口調で咎めた。

「あいつが破滅したのはあいつの自業自得だ。アンタが気に病む筋合いはない」

「……失礼を申し上げました」

苦しげな表情でクワイエットは深々と頭を下げ謝罪の意を示す。上級生が下級生に頭を垂れる姿に、それとなく様子を窺っていたクラスメイト達はどよめきかけたが、一瞬早く鋭い視線を周囲に投げかけたビーによって抑え込まれた。

「こほん。クワイエット様、あまりそのようなお姿を見せるのはよろしくありませんわ。事情を知らない娘達が驚いてしまいます」

「ももも、申し訳ありません……何分、下級生の教室を訪れるのは大分ひさしぶりで、緊張してしまって」

「どんだけ図書室に引き籠もってんだよ。プールに誘った時はちゃんと来たじゃねぇか」

「……正直、恥ずかし過ぎてその日のことは、全く記憶に御座いません」

両手で頬を押さえるクワイエットの表情は、当日の羞恥と緊張を思い出してかちょっとだけ青ざめている。学生に区分けするには破壊力のある水着姿は、今のアルトでも十分に魅惑的に感じられ、脳裏に浮かべると無意識に頬が緩んでしまう。

だからこそ、わざわざ教室まで出てくるのは珍しい。

「アンタも大概、お人よしだな。ま、気に掛けられて、アイツも悪い気はしねぇんじゃねぇのか」

自分は「あまり気に病むな」と言ったつもりだったが、何故だか二人、特にビーの方は頭痛を堪えるような表情で眉を八の字にしていた。

「貴女(あなた)は、まったく」

　大きく息を吐き出して首を左右に振る。

「クワイエット様は貴女が心配で、様子を見に来てくださったのよ……本当に気づきませんの？」

「えっ、マジで？」

　軽く驚いてクワイエットを見ると、彼女は恥ずかしげな表情でコクッと頷(うなず)いた。

「真(まこと)に勝手ながら、親しい友人を失って気落ちしているのではと……ご迷惑だったでしょうか？」

「ああ、いや。迷惑ってわけじゃねぇけど」

　アルトは言い淀みながら自身の頬を掻(か)く。まさか、自分のことを心配して様子を見にきてくれるような人物がいるとは、予想どころか考えもしていなかったと、思わずビーの顔をまじまじと見つめてしまう。

「……なんですの、その物言いたげな視線は」

「尻のでかさの割に心配性な図書委員長はともかく、アンタまで心配してくれるのは驚きだなって思って」

「お尻の話題、必要ありましたか？」

　頬を赤く染めてクワイエットは自分のお尻をスカートの上から押さえる。

「あら、ご迷惑だったかしら」

「迷惑ってわけじゃねぇけどさ……俺らって仲良しだったっけ」

「剣を交えた上に水遊びも共にしたのですから、友人でしょう」

当然のように断言された。照れ臭さも照れ隠しもなく自然な流れで。むしろ、アルトの方が妙な物言いをしているといった雰囲気さえある。隣でクワイエットも頷いていなければ、ビー一人だけの感性の違いで済ませられていただろう。

「剣を交えたっつーか、アンタの場合は一方的に喧嘩売られただけだけどな」

「に、認識の違いですわね。アレは決闘、正当な行いで恥じることはありませんわ」

ビーは胸を張るが、高らかに語る声色は僅かに震え、此方から外れた視線は若干、宙を彷徨っていた。彼女らと友人になった覚えはないが、それでも心配されるというのは悪い気分ではなかった。

「ま、わざわざ様子を見に来て貰って悪いが、こいつはなるようになった結果だ。アイツがどう思ってるかは知らんが、俺に重荷は全くねぇよ。慰めたかったってんなら、残念だったな」

「そうですの？　なら、よろしいですわ」

強がりだと受け取られると思ったが、ビーの反応は意外にもさっぱりしたモノだった。

「それならば貴女も勿論、志願なさるのでしょう？　それとも、もうなされたのかしら」

「志願？　なんの話だ？」

急に話題が変わりアルトは首を傾げて訝しむ。

「ガーデンに現れた方々に対してのお話です。ご存じない、わけでは御座いませんよね」

「ご存じですよ。ってか、アンタも連中とやり合うつもりなのか」

「当然、です。狙うは一番槍ですわ！」

力強い声色と共にビーは自らの髪を靡かせた。

「ガーデンに仇を為す存在が現れたならば、我ら学園の乙女が先陣を切らねばなりませんん。何よりも誉れとなる一番槍は、譲りたくはありませんわ」

「わ、わたくしは戦闘向きではありませんので……けれども、必要なら支援させて頂く準備は御座います」

「ふぅん、奇特なこったな」

言いながらアルトは軽く教室を見回した。ビーの言葉で教室の雰囲気の正体に気が付いた。クラスメイト達は皆、来るべき戦いに強い興奮と高揚感を懐いているのだろう。戦うことが楽しみという感覚はわからないわけではないが、祭りの前日のような期待に高まっている姿はちょっと、いや、かなり異常とも思える空気だろう。

（まぁ、これがガーデンの乙女ってヤツなのかもしれねぇな）

「その口振りですと、貴女は参加しないようですわね」

「全員参加ってわけじゃないんだろ、面倒事はゴメンだ。それに俺には先約がある」

「ウツロ会長との、決闘で御座いましょうか」

「こっちは二度、痛い目に遭ってるんだ。今度こそ負けられるかってんだ」

口にすると屈辱が思い出され自然と語気と鼻息が荒くなる。外敵因子や元の姿に戻ることも重要だが、やはりアルトとしては負けっ放しは性に合わない。未だ本調子には届かないが、レイナとの一戦で感覚が研ぎ澄まされたからか、それとも僅かの間だけでも元の姿に戻れたからか、ある程度は戦える状態に戻っている。今の状態なら五分くらいには渡り合えるだろう。

「身の程知らず……と、言いたいところですが、ウツロ会長と二度も戦って、まだ挑戦できる気概は認めますわ」

「へん。俺に言わせりゃ、五体満足で折れちまう連中がへなちょこなんだよ」

「会長様相手に、勝算がおありなのですか？　なにか作戦でも……？」

「んなもん、あるわきゃねぇだろ」

軽く手を振って否定すると、クワイエットは困ったように眉を八の字にする。

「作戦はないがやりようは幾らでもある。色々調べ回っても結局、ウツロについてはよくわからなかった。だったら最後は、直に刃を交える肌感覚で、その場その場を凌いでいくしかないだろ」

「そ、それは、行き当たりばったりと言うのでは？」

「インスピレーションの凌ぎ合いと言ってくれ」

「物は言いようですわね」

ビーは頬に片手を添え呆れたため息を吐く。

「あ、あの～……」

「うん？」

遠慮がちにかけられた声に三人が顔を上げると、気が付けばクラスメイト達は着席していて、時間通りに教室へと現れた眼鏡の担任教師キャロルは、苦い表情をしながらアルトが座る長机の近くまで注意しにやってきていた。

「三人共、もうチャイムは鳴っているから、ホームルームを始めたいんだけど……」

「えっ、チャイムって鳴ったか？」

アルトが二人に問いかけると、不注意を恥じる表情をしながらも首を左右に振った。

「ええっと、クワイエットさんのお尻が大きいって話題の時には、もう」

「わざわざ言葉にする必要ありましたかっ⁉」

抗議するクワイエットの顔は真っ赤で今にも泣きだしそうだったが、どうやら話に夢中になってチャイムを聞き逃してしまったようだ。

「ともかく、授業が始まるから二人も自分の教室に戻ってね」

「わたくしとしたことが、失礼を致しましたわ」

「は、はひぃ……申し訳御座いません」

素直に謝罪する二人にキャロルは軽く微笑みかけてから、その困ったような表情をアルトの方へと向ける。

「アルトさんも、授業はちゃんと受けましょうね。初日から殆ど……」

言いかけた瞬間、落雷のような爆音と共に教室が揺れた。

「──きゃっ⁉」

「──危ないですわ⁉」

振動は窓ガラスに罅が入るほど強烈で、反射的に長机に伏せた女生徒達からも悲鳴が漏れ聞こえた。武闘派の彼女らも流石に不意打ちのような地震には弱かったようだ。教室から出ようとしていたクワイエットはバランスを崩し、危うく転倒しそうになったのをビーが後ろから抱き留め、そのまま安全を考慮して床へと座り込む。

「み、みなさん落ち着いて！　窓際の娘は離れるか机の下に避難してください！」

キャロルも揺れる教卓に覆い被さるようにしながら指示を出す。

揺れ自体は直ぐに収まったのだが、最初の一撃が強烈過ぎたのか、建物全体がまだ微振動していて、罅割れた窓ガラスの一部がパラパラと床に降り注ぐ。完全に収まった後でも女生徒達は茫然としたまま、早鐘を打つ鼓動を押さえるよう胸元に手を当て床や長机の下に座り込んでいた。それはアルトも同様で、油断していたところの振動で危うく背中からひっくり返りそうになったのを、ギリギリで堪え床に尻餅を突いていた。だが、椅子に腕を置き立ち上がろうとした所で、僅かに感じる指先の痺れに異変を察知する。

「この感覚……まさか、今のは地震じゃなくて」

指先に微かに残る違和感は外部から受けた魔力の拒否反応。つまり、今の振動は地震ではなく魔力に近いなにかしらの干渉だ。そして影響が残るのが右手の指先だけということは、アルトがいる位置から右側、北東の方角から発生したモノだと考えられる。

教室の北東、校舎の北東に存在するのは……。

「――花の塔か⁉」

気が付いた時には立ち上がりアルトは駆け出していた。

時間は少しだけ遡る。

朝のホームルーム前ともなれば、殆どの女生徒達は授業を受ける為に自らの教室で準備を始めている頃合い。怪我の療養や単純なサボタージュなど、授業に参加しない生徒は多少なりとも存在していて、謹慎処分を受けている生徒会長のウツロもそれに該当する。彼女の私室は花の塔の中にあるので、授業が開始すれば少なくとも昼休みになるまでは、生徒会の手伝いをするボランティアの女生徒もここを訪れることはない。そして授業中は多少の騒動があったとしても、学園内ではよくあることだと誰も気に留めることはないだろう。

つまりはウツロを襲撃するなら打ってつけの時間帯だと言える。

人気がなくなるのを待ってから、ハイネス＝イシュタールは花の塔へ続く道行を進んでいく。生徒会の役員として幾度となく歩んできた道程ではあるが、今日ばかりは目的も役割も意味を違えている。あるいはこの道を歩くのも、似合わない制服に袖を通すのも、自分でもどうかと思う仮面を着けるのも最後になるのかもしれない。

だが、そんな予感を懐いていたのは、ハイネス一人ではなかったようだ。

森を抜け花の塔の入り口が見える開けた場所まで出ると、ハイネスは軽く鼻から息を吐くと同時に足を止める。

「まさかとは思ったが、本当に来るとはな。自分の鼻の良さが嫌になる」

吐き捨てるように言った人物は、扉の前に立って行く手を阻んでいた生徒会役員のオルフェウス。上着を脱ぎ袖のないシャツを身に着けた彼女は、既に臨戦常態を示すように殺気と共にハイネスへ睨みを利かせていた。

「……話し合いに応じるつもりは？」

「笑止。剣の柄に手を添えながらできる交渉ではないな。それに……」

オルフェウスは腰の後ろで組んでいた手を解き、拳を握りながら正面で構える。

「貴様がどのような道理を持っていたとしても、ウツロ会長を傷つける行為をボクが認めるはずがないだろう」

「忠犬ね。知ってたけど」

腰の双剣を逆手で同時に抜き回転させながら握り直す。

「ウツロはガーデン内の秩序を乱した。庇い立てをする理由はないと思うわよ」

「問答をするつもりはない。イシュタール、貴様はウツロ会長の信頼を裏切り刃を向けようとしている。それは許されざる行為だと知れ」

「じゃあ、生徒会長に決闘を申し込むわ。学園のルールに乗っ取った方法なら、拒むことはできないわよね」

「本物の学生ならな」

迷いもせずに言い切られ、見抜かれていたことに感心するよう目を見開く。

「流石の鼻の良さ、って褒めた方がいいかしら」

「皮肉のつもりか？　少しは自分の怪しさを顧みた方がいいぞ」

「仮面が怪しいのは重々承知よ」

「違う」

呆れたような目つきをしながらオルフェウスは指さす。

「明らかに似合わない制服を着ている女生徒がいるわけがない」

「──うっさいわねっ、ぶち殺すわよっ⁉」

目を三角にして声を荒らげながらもハイネスは冷静に間合いを計る。オルフェウスもこんな安易な挑発に乗せられるとは思ってなかったようで、突きつけた指を再び拳に固めながら足を肩幅に開いた。

「それに会長には先約がある。律儀に謹慎明けを待っている間抜けさはともかく、決められた順序くらいは守らなければ示しがつかないからな」

「オーケー。どのみち、アンタとやり合うのは想定の内よ」

可動域を確かめるように双剣を握った両手首をグルッと数回、回転させる。

「勝負よ優等生。いい女ってのがどんなモンか、その身に叩き込んであげる」

「上等、だッ！」

ほぼ同時に両者は地面を蹴った。拳を握るオルフェウスの腕は瞬時に膨張し、鋭い爪と毛皮が覆う獣の一部へと変化する。突進の速度を乗せて振るわれる剛腕が空気を引き裂くような音を奏でるが、真正面から受けて立ったハイネスの双剣は軽々とそれを受け止めた。

交差した刃を正面で爪が掴み取り、力比べをする二人の距離が近づいた。

視線を少し細めたのみで互いに言葉を交わすことなく、力加減を確かめ合うような押し引きを一呼吸の間に繰り返してから、腕を引き刃と爪を解き放つ。

「──ふッ！」

短く息を吐き右の剣を真横に薙ぎ払い、オルフェウスは刃を避けずに手の甲を叩きつけパリィする。隆起した腕の筋肉以上に刃を受けた毛皮は頑丈で、何よりも弾力に優れた毛並みの一本一本が、斬撃の断つ力だけでなく単純な衝撃すらも吸収してしまった。

「なるほど。こりゃ、面倒だわ」

後ろに下がり間合いを離しながら、詰められないよう斬撃で牽制するも、オルフェウスはそれらも軽々とパリィしてみせる。そのまま重心を下に落として強く地面を踏み込み、加速度的な瞬発力を得て真正面から爪を振るい強襲してきた。獣人の腕力から繰り出される一撃を受け切るのは難しい。瞬時の判断で身体を横向きにして振り下ろされる爪を回避。同時に膝の屈伸を使い後ろ向きに跳躍、自分の有利な距離感を保とうとするが、オルフェウスは驚くべき柔軟性で速度を維持しながら、ハイネスの変化に対応して追い縋る。下がり続けるハイネスを爪や拳で狙う。闇雲な連打ではなく狙い澄ました、僅かな隙や意識の死角を本能で感じ取って繰り出される緻密な一撃一撃は、獰猛な獣人の腕から放たれるモノとは思えないほど繊細な精密さを持っていた。

獰猛な獣の身体能力と鍛え抜かれた人の技量をオルフェウスは併せ持つ。

しかし、それら全ての攻勢をハイネスは紙一重で躱し捌き続けた。

「──はあああっ！」

手応えのなさが焦りを生んだのか、大振りとなったオルフェウスの拳を、ハイネスは双剣を交差することで受け止め、その勢いを利用して後ろへと跳ぶ。

「仕切り直しなぞさせんぞ！」

更に追い縋るオルフェウスだが、追撃を躱す為にハイネスは連続で背後に跳躍を続ける。軽やかな動きを普通に追いかけては捕まえられないと判断したオルフェウスは、疾走したまま両手の爪を地面に突き刺し魔力を送り込んで放出しながら、大地を掘削するように抉り正面へとぶちまけた。

大量の土砂がハイネスを頭上から襲い視界を奪う。

「――潰れろ!!」

オルフェウスの両足の筋肉が隆起し、靴下と靴を引き千切った下から、狼の如き毛皮で覆われた脚が露わになる。周囲が揺れるほど地面を強く踏み込み跳躍した彼女は、降り注ぐ土砂に合わせて自らの体躯を落下させた。地面に広がった土砂は次の瞬間には、オルフェウスが落下する衝撃を受け波紋状に舞い上がる。が、想定していた手応えはなく、鋭い爪の生えた脚が潰し抉ったのは何もない地面だった。

「目に頼り過ぎなのよ、もっと気配を追わなくちゃ」

「――なにっ!?」

背後から殺気を感じたオルフェウスは振り向きざまに右腕を振るう。

金属音を立てて爪が何かに触れ、上空に弾かれたハイネスの剣がクルクルと回転しながら舞っていた。

その一瞬。オルフェウスの意識は不意を突いた剣の投擲に奪われていた。

故に密かに凶刃が忍び寄っていたことは、脇腹に激痛が走るまで気取れなかった。

「な……んだ、と⁉」

低い体勢で屈みながらいつの間にか間合いを詰めていたハイネスが、逆手に持ったもう一本の剣で脇腹を裂いたのだ。オルフェウスは苦悶の表情を浮かべながらも、動きを止めることなく首元を狙い剣を振るうハイネスの腕を掴む。しかし、それすらも計算の内で空いている片手で落下してきた剣を握り、腕を掴んだオルフェウスの手首を斬る。毛皮の薄い腕の内側は刃が通りやすく、切断までは至らなかったが、刃は血管まで届き噴き出す鮮血が二人の間を染める。

「アンタ、素直すぎるのよ。いい女ってのは徹頭徹尾、ずるいモンなの」

「舐める……ッ⁉」

「――遅い！」

力任せにハイネスを圧し潰そうとするが、それより早く逆手から握り直した剣が、オルフェウスの胸部と腹部をリズミカルに数回突き刺した。半獣人の彼女は手足以外は普通の人間のまま。鍛えられた筋肉でも鋭く磨かれた切っ先を阻むことはできず、計四カ所の傷痕が血を噴き真っ白なシャツを赤く染め上げた。貫通こそしていなかったが、手首に続き一瞬にして大量の血を失ってしまったことに、オルフェウスの意識は白く遠のき、吐血と共に膝を折った。

「傷は肺まで届いているわ。下手に動かなければ、アンタなら死ぬことはないでしょ」

「ほ、ざけッ」

　膝を突いても前のめりに倒れることは堪えたオルフェウスは、口内をゆすぐようにして溜まった血を吐き捨てる。手首と胸の傷からの出血はもう止まっていて、おぼつかないながらも衰えぬ闘志を宿し立ち上がった。受けた傷による弱々しさを感じていたのも僅か、数回の深呼吸で青白かった顔色に血色が戻り、十数秒前に致命的に近いダメージを受けたとは思えぬ様子で再び拳を握り締めた。

　これにはハイネスも追撃を忘れ唖然としてしまった。

「獣人のタフさと自己再生能力はずば抜けてるって、話には聞いてたけど……いやいや、今ので足止めにもならないって、どんな身体の構造をしてるのよ」

「文句を、言いたいのは、こっちも同じだ」

　持ち直しても体力自体は消耗しているのか、息遣いは荒く発する言葉も苦しげだ。

「実力を隠しているのは気づいていたが、ここまで化物じみていたとは予想もしていなかった。認めたくはないが、ウツロ会長と肩を並べるレベルに達している」

「残念、過小評価よ。あたしの方が強いわ。女子力のレベルが違うってヤツよ」

　くるくると剣を指先で回転させながらハイネスはうそぶく。ウツロに対して絶対的な忠誠を誓うオルフェウスへの挑発の意もあったが、ハイネス自身も実際に生徒会長と相対しても負けないだけの自負は持っていた。だが、獣人と正面からやり合うのはハイネスでも骨が折れる。人間とは一線を画す彼らを押し留めるには、肉体を完膚なきまで破壊するか頸（くび）を落とすか心臓を潰すか。つまりは確実性を重視するなら殺すのが一番手っ取り早い。

　柄を握る小指に力が籠（こ）もるが。

（……いやいや、流石（さすが）になしでしょ）

　剣士としての本能を理性と常識が否定する。

　彼女を甘く見ているわけでも同じ生徒会役員としての情があるわけでもない。全ては作為ありと見抜きながらも、これまで静観を続けてきてくれたガーデンへの義理を通す為（ため）、庭園の花を下世話に刈り取るような真似（まね）はしない。

　オルフェウスを殺さず最速で制圧し、ウツロの身柄を確保する。

「速度を上げていくわよ。付いてこれなきゃ死ぬから、死ぬ気で追い掛けなさい」

「敗北には慣れている。どのような無様を晒（さら）しても、最後に勝利を得るのはボクだ」

　戦いの気配が色濃くなるガーデンの地、花の塔の真下で学園でも屈指の猛者たちが刃を交える。一瞬でも意識を背ければ命取りとなる状況故に、二人はその鋭い嗅覚と警戒心をもってしても気取ることができなかった。あるいは針の穴を通すような僅かな気配の死角を、絶妙に縫った彼女らに軍配が上がっただけかもしれない。

ハイネスとオルフェウスが火花を散らす中、影が二つ花の塔の中へと忍び込んだ。

薄暗い塔の一階部分は森のように木々が鬱蒼と生い茂っている。外からは恐ろしい戦闘音が鳴り響いているが、一歩、花の塔に足を踏み入れると静謐な空気が満ちている所為か、外の騒音も遠い世界の出来事のように感じられた。だからか、妙な安心感と共に侵入者は自身にかけていた気配遮断の術式を解くと、周囲の風景から輪郭が浮かび上がり、人の姿形へと色づいていく。

「上手く、忍び込めた」

吐息と共にロザリンは満足げに呟いた。花の塔の前で戦闘が起こったのは想定外だったが、見張りの目を盗み忍び込もうとしていた身としては幸運だった。如何に気配を遮断しても足音を消しても、獣人の鼻を誤魔化すことは難しい。どうしたモノかと頭を悩ませていたが、ガーデン内に渦巻く混沌は彼女に風を向けてくれたようだ。ロザリンの侵入から数秒遅れて、背後で地面の土を踏み込む音が聞こえた。振り向くと先ほどと同じように、何も無い空間に輪郭が浮かんで人の姿が現れる。制服姿に身を包んだミュウだ。彼女は自分に施された気配遮断の魔術が窮屈だったのか、猫背で身体のあちこちを掻き毟る。

「あ〜、クソッ。胸糞悪いわ……魔術ってあんなに窮屈なの？」

苛立ちを隠さず何度も舌打ちを鳴らす。気配遮断はロザリンにとっても、組んだばかりの術式で慣れない部分はあったが、ここまで露骨な嫌悪感と痒みという身体的異常を引き起こすのは想定外だった。

「そんなに、大変だった？」

「ええ、吐き気を催すほど気分が悪い。ちぃっ、まぁだ皮膚がピリピリ痒い」

「なんで、だろ。拒絶、反応？　ここまで人体が、過剰反応するような術式、組んでない、はずなんだけどなぁ」

「もっと不快な目で見るな」

戸惑い半分、興味半分から前髪を弄りながら、爛々と輝く視線をミュウに注ぐ。それが不快だったらしい彼女は、肌が赤くなってミミズばれのようになっても構わず爪を立て、睨み付けながら素足の爪先で脛を蹴る。

「くだらないことで時間を潰してる暇はないでしょ。折角、馬鹿二人が角ぶつけ合ってよろしくやってんだから、火事場泥棒するなら今しかないわよ」

「泥棒じゃ、ないけど。うん」

ロザリンは首を上下に振って頷く。彼女が花の塔に侵入した目的はウツロを調べる為……ではなく、外敵因子の存在を見極める為だ。本来ならアルトと行動を共にするべきなのだろうが、ウツロと顔を合わせた場合、絶対に戦闘へと発展するはず。口には出さないが昨日の今日で、精神的にも肉体的にも疲労を残しているだろうことを考えれば、せめて後一日、休める時間が必要だと気遣ったのだ。しかし、オルフェウスの存在を考えると単身で乗り込むのはリスクが高い。そこで護衛役に選んだのが部屋で暇を持て余したミュウで、お願いすると意外にもすんなり同行を受け入れてくれた。

「えっと、ミュウ」

「あん？」

「一緒に、来てくれて、ありがとう」

素直に礼を述べると肌を掻くのを止めてから、物凄く嫌そうな顔をして猫背のまま上階に続く螺旋階段へと向かい、ロザリンも小走りで後に続いた。

ロザリンが花の塔の内部に入るのは初めてだが、概要は以前にアルトから聞いている。とは言っても、入り口から最上階の空中庭園へ続く階段を昇って行っただけなので、細かい部分はよくわかっていない。これだけの規模の塔を虱潰しに調べるのは、手間がかかるし何より時間が足りないと思っていたのだが、中を実際に観察してみると木々こそ生い茂っているが、塔自体は上まで吹き抜けになっていて、部屋に準じる場所は殆どなくひたすら壁に沿って庭園へと伸びる階段を昇り続けるばかり。一応、道中に小部屋に通じるドアはあったが、施錠などはされておらず、軽く覗き込んでも簡易的な教室や資料置き場になっているだけで、目を引くようなモノはない。資料室などには足を踏み入れて適当に調べてはみたが、植物に関する記述だけで不審なモノは見当たらなかった。魔眼で塔内を視ても魔力を帯びた霊草や霊樹、それを餌とする昆虫などが多く生息している所為もあって、上手く周辺の魔力の流れを読み取ることができない。つまりは花の塔内部の捜索は自らの目と足で行うしかない。

「ミュウは、ここに、住んでたんだっけ」

「あん？　まぁ、そうね」

周辺を調べながら進むロザリンに対して、興味なさげに指先で壁の欠けた部分を穿ったりしていたミュウは、気怠げな様子で答えた。

「けど、わたしに聞いても無駄よ。何となく居た気がするってだけで、塔の構造なんて知りもしないし興味もないわ」

「何処に、居たのかも、わからない？」

「わからねぇわ……ああ、いや」

素っ気なく否定してから、ミュウは欠けた壁の一部を親指で更に大きく抉っていく。

「ウツロの部屋で転がされてたのは覚えてる。塔の何処かにあったかも……けど」

突き立てる親指に力を込めると、壁は砕けるように大きく弾け飛んだ。

「記憶が曖昧すぎて覚えてない」

「なる、ほど」

頷きながら最上階に続く五つのフロアの三つ目に差し掛かる。フロアといっても吹き抜けなので、壁に沿ってぐるっと半円に床が延びていて、次の階層に昇る螺旋階段へと続いている。上の方はまだわからないが、一階を除く二つ、三つ目のフロアは花壇が作られた小規模な公園のようになっていて、壁際には前述したように複数の小部屋が存在しているが、どれも私室と呼べるような場所ではなかった。

次の階段の前まで進んだロザリンは足を止め、眉間に皺を寄せ口をへの字に曲げる。

「……ねぇ。なんか、変な気配、しない？」

どうにも嫌な感覚が纏わりつく。植物の影響で魔眼が使い辛いのもあるが、足の裏がむず痒くなるような違和感、不快感が花の塔に踏み入れてからずっと続いていた。単純に霊的な純度の高いこの場所が合わないだけかとも思ったが、確認の為に問いかけたミュウも怪訝な顔などはせずギョロッとした目付きを塔内に這わせた。

「するわね。胸糞悪い、ドブに溜まったヘドロみたいな臭い」

吐き捨てるような言葉。実際に特別な臭気を感じ取ることはないが、草木の霊力に紛れるようにして異端の気配が確かにある。ミュウはそれをヘドロのようと喩えたが、彼女が曖昧なモノに僅かな輪郭を与えたことで、魔眼は一つの理解を得て違和感を明確に浮き彫りにしていく。そしてそれはロザリンが以前にも感じたことのある、禍々しい存在であることを思い起こさせた。魔眼が僅かだがか細く毛細血管のように塔の木々に這い寄る赤黒い残滓の存在を視た。

「――うっ⁉」

不意に込み上げた吐き気に口元を押さえた。違和感の正体を理解した。これは以前、王都にあるボルド＝クロフォード邸の地下で見た物と類似している。

「マガマガの、樹？」

脳裏に浮かぶのは赤黒い色をした大樹が、壁や床に根や枝を伸ばす不気味な姿。魔力を燃料に魔力を鍛造する術式だ。王都では神崩しを企んだ天楼の一派が、数十のマガマガの樹を触媒に大規模な異界を作り出し、そこに渦巻く魔力を使って水神リューリカに挑んだ。結果は惜しくもなく打ち砕かれたのだったが、神に抗う為に作り出されたマガマガの樹がガーデンにも存在するとしたらそれは由々しき事態、外敵因子だと言ってもよいだろう。

「いや、それは、違う」

ロザリンは浮かんだ考えを即座に否定する。存在自体が反転魔術の塊で、精霊のような存在にはある種の天敵と呼べるだろう。しかし、王都での戦いでは膨大な数の樹を用意しても、水神リューリカを打倒することは叶わなかったことから、ガーデン内で樹が生成されたこと自体をマドエルが危険視するとは考え辛い。

同時に全くの別口ではあるが、引っ掛かることがあった。

マガマガの樹を違和感として捉えたのは、一度視たことがあるのも大きいが、魔眼自体が樹の影響を受け反発しているから。それを生理的な不快感として捉えていた。同じようにミュウも、いや、ロザリンよりも強く明確にマガマガの樹の影響を感じ取っていたのなら、彼女自身が普通とは違う部分が大きいのかもしれない。

（確か、アルが、彼女は不死身って、言ってたっけ）

アルトから情報を得てはいるが、彼自身も深く彼女を知る機会は与えられなかったようで、ミュウが天楼の首魁シドの娘で、腕が千切れてもくっ付くほどの異常な再生能力の持ち主であることくらいだ。間違いなく、彼女が持つ再生能力が樹に反応している。樹の気配は感知できても魔眼では存在までは捉え切れない。ならば発想を変えるべきだろう。

「ミュウ。お願いが、あるんだけど」

「……面倒なことはごめんよ」

此方を振り向き嫌そうな顔をしたが聞く耳は持ってくれたようだ。

「理由とか、いらないから、塔の中で、危なそうな場所、わかる？」

「はぁ？　……ううん」

怪訝な顔をしながらも予想以上にミュウは素直に塔内部を見渡す。上から下、下から上、ぐるっと身体ごと回転させながら視線を巡らせる。途中、目や動きが止まる瞬間があり、同じ箇所をロザリンが魔眼で確認してみると、マガマガの樹から伸びる線を薄らと確認することができた。このことからやはりミュウは、マガマガの樹の影響を普通の人間より色濃く受けていることがわかる。

緩慢な動きだが思っていた以上に丹念にミュウは異変を探る。時間にして約三分ほど探知を続けた後、大きく息を吐いてから何時の間にか浮かんでいた額の汗を拭う。

「一番ヤバそうなのは真下。そいつとはちょっと毛色は違うけど……」

言いながらミュウはフロアの一角を指さす。

「あそこ。多分なんかあるわ……知らんけど」

指摘された箇所をロザリンも視てみる。壁や扉ではなく花壇に植えられていた庭木。木自体は他にも一定の間隔で植えられた、細身で霊樹でも何でもない普通の樹木で、指摘を受けなければ目を留めることもなかっただろう。だが、魔眼で視て、更に怪しむよう深く視線を送ると、木の中に揺らぐ一本の縦線のようなモノを捉えることができた。

ロザリンは少し考えてからフロアの手摺に近づき吹き抜けの階下を見下ろす。

上から見下ろしてみると余計に、室内とは思えない庭園が広がっている。何も知らなければ緑豊かで贅沢な作りをしていると、羨ましがれたのだろうが、深淵に潜む異物を感じ取ってしまった現在では、名も知らぬ怪物が咢を開いて此方を待ち構えているような不気味さを受けてしまう。木々の魔力は土壌にも影響しているようで、魔眼、精霊眼でも完璧に見通すのは難しいが、塔の地下十数メートル先にマガマガの樹と同種の存在が埋め込まれている。しかし、これを人知れず掘り起こすのは難しいだろう。

「いや。マガマガの樹は、人工物だから、何処かから、地下に降りる方法が、あるはず」

確信を懐きつつロザリンは手摺から離れた。マガマガの樹が地下に埋められているとしたら、反転属性の所為で魔力が吸収され塔周辺の土や植物は死に絶えてしまう。その様子がないのだから、樹の周辺には何かしらの対策が施されているだろうから、土に直接触れないよう室内、あるいはそれに準じた結界の中に閉じ込めている可能性が高い。更に推測するのなら、樹を管理する為に地下へと降りる手段も用意されているはずだ。

「あそこしか、ないよね」

ロザリンの視線は当然、違和感を視た一本の樹木だ。近づき注意を払いながら手を伸ばすが、指先が木に触れても特に何事が起こるわけでもなかった。

「鍵でもパクってきてやろうか？」

後ろで見ていたミュウが茶化す。

「ん～、でも、時間が、ないから、ミュウが得意な方で」

「は？」

「ぶち、破る」

軽口を洒落で返してからロザリンは、人差し指を木に爪の先端が触れるギリギリの位置に添えた。魔眼は既に異変を捉えている。呼吸と共に循環させた魔力を指先に集中して、針を伸ばす意識で木に注いでいく。パキパキと物理的な干渉を受けて幹が音を立てるが、そこから更に魔眼を稼働させ自身の魔力で異変を捉える。魔力同士が干渉し合い脳裏に複雑な術式が流れ込んでくるので、ロザリンはそれら一つ一つを文字合わせのように解析していく。時間はかからずものの数秒で術式同士が噛み合うと、樹木自体が大きく歪み正面にクラシカルな木製の大きな両開きの扉が出現した。

感心するようにミュウが口笛を鳴らす。

「よし」

扉を開けようと踏み出そうとしたロザリンだったが、後ろから肩を掴まれ制された。

「ミュウ？」

「馬鹿が。罠とかあったら迷惑だから」

何故かとても不機嫌そうに吐き捨ててからロザリンを下がらせ、扉の正面に立ったミュウは息を吸い込み前蹴りを叩き込んだ。扉を砕く勢いで放たれた一撃は音となって塔の中に響き渡る。想像以上に頑丈だった扉は破損こそしていなかったが、施錠も特にされていなかったようで、蹴られた衝撃と同じ勢いで押し開かれた。

「おお、開いた」

反射的に前へ出ようとするロザリンを再びミュウは手を上げて押し留める。

「先に行くわよ」

「あ、待って」

躊躇(ちゅうちょ)なく踏み入れるミュウの背に触れながら、ロザリンも続いて扉を潜る。扉の向こうには禍々(まがまが)しい樹が鎮座している……と、ロザリンは予想していたのだが、実際は大分違っていた。吹き抜けで外の光を十分に蓄えていた塔の中とは打って変わり、窓のない内部は暗く、扉が開けっ放しになっていなければ真っ暗闇に閉ざされていただろう。ただ、とても静かで気温は涼しいくらいのモノだろうか。植物の関係で塔の内部では湿気を感じていたが、この場所にはそれがなくとても過ごしやすい。ミュウは視界が利かないからか摺(す)り足で慎重に歩みを進めていたが、魔眼を持つロザリンなら問題無く進むことができた。

「ここって、部屋、だね」

前髪を手で上げ魔眼が暗闇を見通すと、この場所が室内であることがわかった。足元には絨毯(じゅうたん)が敷き詰められそこそこの広さがある部屋は、パッと見まわした限りではソファーとテーブルくらいしか物が見当たらない。目に留まる物があるとすれば、テーブルの上に置かれた火の消えた燭台(しょくだい)くらいだろう。考えられるのはウツロの私室という可能性だが。

「ミュウ。ここに、見覚え、ある？」

「暗くてよくわから――ッ⁉」

「――みゃっ⁉」

不意に横からロザリンは突き飛ばされ床に転がる。ミュウ自身も何かを避けるよう反対側に転がると、一瞬前まで二人が立っていた場所を背後から何かがユラリと通り抜ける。同時にロザリンの全身が粟立つ。暗がりの森の中で気が付かず、恐ろしい肉食の獣とすれ違った時のような嫌な感覚だ。

「……っ」

「待て、動くな馬鹿ッ」

体勢を立て直そうとするがミュウが早口の鋭い声色で制す。その間に影は此方を気に留める素振りもなく、ゆらゆらとソファーの方まで進む。影と形容したのはそれ以外の表現方法が見当たらないから。暗闇に紛れているわけでもなく、ロザリンの魔眼で視てもそれは月明かりの中に浮かぶ、ぼんやりとした影としか認識できなかった。

ソファーに腰掛けられる位置まで来て影は静止する。途端に室内の空気は重苦しさを増した。ミュウが動くなと言ったのは正解だった。下手に動けば殺される、確信めいた予感にロザリンは音を立てぬよう唾を飲み込む。逃げ出すことも難しく、ロザリン達が出来るのは息を潜め影を注視し、次に何事が起こるのかを警戒する他ない。輪郭すら有耶無耶な影は動かず、ただ不気味な気配を撒き散らすのみ。

数十秒、真っ暗な室内で沈黙に耐える中、ロザリンの魔眼は影の僅かな綻びを視た。

（……ウツロ？）

決して声には出してない。しかし、深く視(み)ること自体が影の気を引いてしまったのか、闇に紛れる影に輪郭を作り、恐らく頭部と思われる部分を此方(こちら)に向けた。

「水の匂いがするわ」

「――部屋から出ろッ⁉」

叫ぶと同時にミュウが前に飛び出した。影は自己を取り戻すかのよう瞬く間に形と色を得て、制服を着たウツロの姿を顕現させる。夢遊病患者のようなぼんやりとした顔つきながらも、周囲にはひりつく殺気を撒(ま)き散らし振り上げた自らの右腕を真正面に落とす。

右手には剣が握られ、踏み込んだミュウは腕を交差して刃を受け止めた。

断末魔の悲鳴にも似たおぞましい音が破裂する。無作為に振り下ろした故か両腕を切断することはなかったが、刃は左腕の骨の半分まで届き、発せられた瘴気(しょうき)が音となって周囲に赤黒い霧を撒き散らす。そしてウツロが握る剣にはロザリンも見覚えがあった。

「あれは、魔剣ネクロノムス⁉」

「――くそがッ‼」

ミュウは突き飛ばすように前蹴りを放つが、ウツロは後ろに飛んで軽々と回避する。

刃を受けた左腕は傷口から手の甲、肘に届く範囲まで瘴気に蝕まれ紫に変色している。

出血こそ少ないが焼けるような痛みが絶えず続くのだろう。ミュウは腕を押さえ苦悶の表情を浮かべていた。

「け、怪我の、治癒をしないと……!?」

「うるせぇ、邪魔くせぇ真似するな！　この程度、直ぐに治るわッ」

余裕のない声色で怒鳴りこそしたが、言葉の通りミュウの腕の傷は塞がっていく。だが、瘴気での浸食に再生が阻害されているのか、範囲こそ縮まっているモノの完全に消えるのは時間がかかりそうだった。

「ああ、痛ぇ、クソがッ……面倒な武器、振り回しやがって」

「どうして、会長が、その魔剣を、持ってるの？」

テーブルの上に飛び乗っていたウツロに問いかけるが、彼女の意識は覚醒していないのか、ゆらゆらと横に揺れているだけで自己をハッキリと認識できない。だが、右手に握る魔剣ネクロノムスは怪しく刀身から瘴気を発する。明らかに異常な様子だが問答をする余裕はなかった。ウツロはテーブルを踏み割る勢いで加速しミュウへと迫る。

「——ッ!?」

一足で反応する間もなく鼻先が触れ合う距離まで接敵した。魔剣の刃は既に互いの腹と腹の間に差し込まれ、一薙ぎで次の瞬間にでも胴体は真っ二つに裂かれるだろう。が、それを良しとしなかったのはロザリンだ。

「引っ張り術式！」

扉付近まで下がっていたロザリンが、伸ばした右手を広げた指を閉じながら引っ張る。

予め内緒で制服の背中に付与した術式が、掛け声に呼応して伸縮するゴムのようにミュウの身体を背後へと引っ張った。魔剣はギリギリ切っ先が制服の表面を掠める程度で空を切り事なきを得た。ミュウは背中からロザリンに抱き留められる。

「暗くて、狭い場所は不利。外に出よう」

「テメェ、余計な真似しやがって……ああ、クソがッ。わかってるわよ！」

二人はそのまま転がるように開けっ放しの入り口から外に飛び出す。その際に魔眼を展開して魔術式を構築、出入り口に無数の網目状の結界を作り出し閉じ込めようとしたが、間髪容れずに放たれた刃が、結界はおろか室内から空間を断ち切った。無数に走った斬撃は空間を内側から破壊し、ガラス片のように飛び散らせながら脱出してくる。光を浴びて少しだけ意思を取り戻したのか、焦点の合った視線が今更、絶句するミュウに注がれた。

「誰かと思ったらミュウではないの。生きていたのね、おかえりなさい」

「なぁにがおかえりなさいよ、この腐れ処女がッ！」

普段の調子を取り戻した嘲笑が憤怒を呼び起こす。心神喪失状態だったとはいえ、今まで好き勝手に弄ばれていたことを、プライドの高いミュウが許容できるはずもない。

素足で地面を蹴り、左右に飛びながら相手の意識を散らし間合いを狭める。ウツロは焦らない。視線だけで動きを追い、リズムを合わせ握った魔剣を手首の動きで回転させる。間合いに入ると同時にミュウは身体を深く沈め、鋭く最短の距離でウツロの脇腹を狙い拳による打撃を繰り出す。ウツロは拳に肘鉄を合わせて防御。呼吸音を鳴らしてから魔剣を上へ振るうと、目にも留まらぬ斬撃が身体を足元から昇るように襲い、彼女は打ち上げられるように刻まれ吹き飛んだ。

「——ガッ⁉　け、剣筋すら、追えないなんて……ッ⁉」

「ふふっ、避けなければ串刺しよ」

打ち上げられたミュウの心臓を魔剣の切っ先が狙い澄ます。しかし、ウツロの視線はミュウではなく、引っ張り魔術を警戒してロザリンに向けられていた。このままミュウを引っ張れば、いや、魔術の起動を確認した時点で攻撃対象が此方に変わるだろう。だが、ロザリンには二の手が存在する。今度は左手を前に突き出す。

「悪戯にはお仕置きが必要ね」

瞬時にウツロが此方を狙い疾走、魔剣の間合いに入ると同時にロザリンはパチンと指を鳴らした。その瞬間、ミュウとロザリンの位置が入れ替わった。

「——あら」

「——っ、と⁉」

驚きこそしたモノの、この程度で動きが鈍るウツロではなく、ならば手負いのミュウから始末してやろうと迷わず魔剣を振るう……が、ほんの僅かだがウツロの反応が鈍った。一瞬だけ、全身にか細い糸が絡み付いたような頼りない拘束が、瞬き一回分の隙を生み出してしまった。原因は位置を入れ替える際、ロザリンが同時に行っていた魔眼による干渉。ウツロほどの実力者には、多少違和感を与える程度の拘束力しか持ち合わせないが、目の前に入れ替わった人物もまた実力者。瞬きほどの隙でも見逃すはずはない。

「クカカッ、ぶっ殺しチャーンス!」

拳を握り力を溜めるよう腰を落とす。全身を蝕む瘴気の痛みなど、勝機を得た愉悦に比べれば些細なことだと唇を歪ませ、手加減無用の乱打を浴びせかけた。しかし、ウツロの薄笑みを消すには至らなかった。

「ふふ、温いわ」

凍える微笑と共に空いている左手でミュウの乱打を全て遮断する。魔力を使用した障壁を張っている訳でもなく、純粋な技術だけで完璧にシャットアウトしていた。

「あらあら」

「——くそがッ!?」

息が乱れ始めたミュウの一撃を大きく弾き飛ばしてから、ウツロは屈み地面に左手を突く。背後から不意打ちを狙い術式を組んでいたロザリンだったが、この想定外の動きに放ちかけた魔術が中断されてしまった。ウツロは逆立ちの状態に身体を跳ね上げ、ミュウの首を両足で挟み拘束する。

「あの珍しい魔術はどうやら、連発は出来ないみたい——ね!」

「――ッ⁉」

足で挟んだミュウをロザリンがいる場所まで投げ飛ばした。そのまま流れる動きでウツロは着地と同時に地面を蹴り、投げられたミュウを追う。抱き留めた状態、抱き留められた体勢でウツロの追撃に対処するのは難しい。だから、ミュウは投げられ身体の上下が逆さまになった瞬間に反撃の手を打った。

「――痛っ」

迫るウツロの顔面に鋭い痛みが走った。左の頬から右の眉にかけて。傷は浅く僅かに血が滲む程度だったが、不意を突いた以上にウツロの意識を強く引き付け、手に入れかけた勝機すら捨て去り足を止めた。顔を触れる指先には血と透明な液体が混じり合っていた。

「これは――水？」

「――そうよ、そうだってのよ！」

ロザリンに逆さまの状態で抱えられミュウは両目を見開き叫ぶ。

「なんでかわかんないけど、わたしの身体の中が煮え滾ってんのよ……アンタを、ぶち殺せってなぁッ‼」

右手の指を全開まで開き、爪で引っ掻くような仕草で大きく腕を振る。親指を除く四本の指から細い糸状の物が鞭に似た動きで、立ち止まるウツロに向かって伸びていく。外からの光が反射し煌めくそれは細く伸びた水。ミュウが持つ荒々しい魔力が宿った水は鋭く丈夫で、反射的に放った時とは違い鉄板すら裂く鋼糸と同等の性質を持っているだろう。

人体くらいなら容易く断ってしまう水の糸がウツロを狙い撓う。

鋭さを帯びていても所詮は水。ウツロは軽く考え魔剣で薙ぎ払うが……。

「――おっと」

払えたのは刃が触れた一部分。残りは爆ぜて細かな粒の刃となってウツロの腕や肩を切り裂く。先ほどより傷口は深く、噴き出た血が制服を汚すが致命傷には全く及ばない。

「くそがッ。この距離でも水が拡散しちまったわ……おい、もっと確り制御しなさいよ！」

「む、無茶、言わないでっ」

ミユウを抱えるロザリンが力を入れ過ぎて真っ赤になった顔で声を震わせる。唐突にミユウが謎の力に目覚めたわけではなかった。彼女の高い自己治癒能力の源は、肉体に根差した水神リューリカの魔力が元となっている。それに魔眼で干渉することで限定的だがミユウが水を操れるようになった。もっとも王都のならともかく、ガーデン内で操れる水量は極僅かな上、常に魔眼で術式制御しなければならないので、不意打ち以外では実用に耐えるモノではないだろう。ロザリンの苦労など顧みずミユウは全力で自身の力を振り絞る。

「だったらさぁ、全身をズタズタにしてやりゃ、その澄ました顔面も少しは見られるモンになるわよねぇッ‼」

今度は両腕を振るい連続で水の糸を繰り出す。糸は互い互いに交差し合い網目の形状を作った。水自体は少量でも前方を覆う水網は、これを剣で払えば無数の雨粒がウツロの全身を貫くだろう。タイミング的にも横に避けるのも難しい。被弾を覚悟して振り払う以外の方法は見つからないはず。

勝敗を分ける刹那の中、ウツロは楽しげに微笑み左手で魔剣の柄の下を触れる。

「面白い」

呟き魔剣を握っていない左手を正面に翳す。瞬間、網目状の水は全て霧散し空気の中へ溶けてしまった。左手は間違いなく魔剣を握っていなかった。彼女が握っているのは小柄な体躯には不釣り合いで、自身の身長を超えるほど長く重量のある長物。使い込まれた雰囲気のあるハルバードをウツロは軽々と旋回させ、身体にいっさい水の残滓が降りかかることなく散らしてしまったのだ。何処からそんな物を取り出したのかと問われれば、驚く二人は真正面から視認していた。魔剣の柄の下部分から、まるで引っ張りだすように出現したのだった。馬鹿げたことを言っているようだが、そんな手品みたいな説明しかできない。

ハルバードの旋回を止め、柄に付着した雫を払ってから肩に担ぐ。

「付け焼刃の技ほど提示されてガッカリするモノはないわ。自己を喪失して尊厳を踏み躙られてもなお、生き汚くいられた貴女が、その程度ではないはずでしょ。それとも、もっと無様に貶めてやらなければ、内なる獣は飛び出してくれないのかしら」

「ああッ、意味のわかんねぇこと吠えてんじゃないわよ、イカレ女ッ‼」

（……同族嫌悪？）

怒鳴るミュウを地面に下ろしながら、ロザリンは心の中だけで呟いた。

両足で立ち背中を前のめりに曲げたミュウは、闘争心を息遣いと肩の上下で表す。

「お望みなら見せてやるわよぉ、わたしを殺さなかったことを後悔しやがれッ‼」

雄叫びのような咆哮を上げ、ミュウは地面を蹴りウツロ目掛けて一直線に駆ける。地面が割れるほどの加速を冷静に見ていたウツロは、魔剣を振るい連続で瘴気の斬撃を飛ばした。しかし捉えられたのは残像のみで、接近するミュウを押し留めることはできず、懐まで踏み込むと同時にウツロの顔面に渾身の右の拳が突き刺さった。目標を失った斬撃を避けたロザリンが、制止の声を上げる間もない瞬く間の出来事だ。

高速移動から繰り出される殴打が隕石でも落下したような轟音を響かせた。

が、拳が当たった音が鳴った。ただそれだけだった。

「……なっ⁉」

ミュウは我が目を疑う。拳は間違いなくウツロの顔面を捉えていたが、彼女自身は微動だにせず、衝撃で頭部が後ろに跳ねることもなかった。打撃を加えたというより、顔面で受け止めたと表現した方が正しいだろう。頭蓋を砕くつもりで繰り出した拳は、触れていた頬の部分を僅かに赤く染める程度の価値しか示すことができなかった。ウツロは落胆するように大きく、長くため息を零す。

「これで本気なら興醒めね。それとも目を覚ましていないのは、貴女の方かしら」

「──このッ！」

「ふん」

近距離からの魔剣による刺殺を避け、回転しながらバックハンドブローを打つが、バックステップで透かした後、ウツロはカウンターで再び前蹴りを放ち、咄嗟に防御したミュウの身体を後ろへと突き飛ばす。

「クソがッ、何度も同じ蹴り方を。足癖が悪い女ねッ！」

「なら、次はもっと暴力的にいきましょう」

間合いは離れているが、ウツロは構わずハルバードを頭上に翳す。強く握ったことに反応して柄の部分に紫電が走る。その時にはロザリンは走り出していて、頭に血が昇り迎撃とうとするミュウの背中に手を伸ばした。

ハルバードが落とされた瞬間、斬撃が雷鳴のような衝撃で花の塔を割った。

塔の下で戦っていたハイネスとオルフェウスにとっても驚愕の出来事だった。

落雷のような轟音が響いたかと思うと、花の塔の五分の一ほどの範囲に上階から真下に向かって斬撃が落ちてきた。切断され吹き飛ばされた石壁の欠片や千切れた樹木が、土砂のように上から降ってきたのだから、流石の二人も戦闘を中断して塔から離れざるを得なかった。瓦礫の落下で土煙を上げる様子に唖然とする二人には、数秒前までの激戦を物語る傷が身体のあちこちに刻まれている。

「な、なにが起こったってぇのよ⁉」

「塔にはウツロ会長しかおられなかったはず……まさか、侵入者が⁉」

半獣人化し牙も生えているオルフェウスの顔色が青ざめる。

「誰かが忍び込んだってわけ？　ってか、あたしらが夢中になり過ぎてただけか」

ハイネスも戦闘で欠けた仮面の一部に触りつつ苦渋を滲ませた。

既に戦闘する雰囲気は薄れ始めていた中で、モクモクと立ち込める土埃から人が動く気配が感じ取れた。反射的にハイネスは双剣を構えるが、反対にオルフェウスは獣人化を解き慌てた足取りで駆け寄る。現れたのは魔剣とハルバードを両手に持ったウツロだ。

「ウツロ会長！　ご、ご無事ですか⁉」

「問題ないわ。でも、貴女の方は手こずっていたようね」

埃まみれであること以外は特に外傷のないウツロは、心配するオルフェウスを気にかけながら視線はハイネスの方へと向けていた。ゾクッとする嫌な眼光。それなりの期間、ウツロとは同じ生徒会に属していたが、あのような目を見たのは初めてな上、纏う雰囲気も最後に会った時より圧倒的に禍々しくなっている。少なくともオルフェウスのように、安易に近づく気にはなれない。底知れない雰囲気はいつも通りと言えばいつも通りだが、今日は格別に嫌な気配を放っている。

「オルフェウスと交戦しているということは、やはり機を見て動いたのね」

普段と変わらぬ口調で語りかけてから、歩み寄ったオルフェウスを横目で見る。

「彼女の実力は？」

「悔しいですが、手心を加えられました。ボクより強いです」

「あら、そう。やっぱりなのね」

屈辱が滲む報告にウツロは薄く微笑む。ハイネスは警戒しながら逆手に持っていた剣を握り直し、視線は彼女の右手に注がれた。

「魔剣ネクロノムス……どうしてアンタがそれを持ってるのかしら？」

「……ふふっ」

微笑みを絶やさないウツロに対して、側に控えるオルフェウスの方が動揺するよう身体を揺らす。恐らく彼女も魔剣を持っていることを含め、ウツロの異変に気が付いているが、強い忠誠心が疑問を挟むことを許さなかったのだろう。

「貴女が動いた切っ掛けは、やはりラス共和国の人間が現れたから？　最初は連中の監視かとも思っていたけど、どうやらそれも違うようだし……さぁて。その仮面の下には、いったい誰のどのような思惑が隠れているのかしら」

かつてないほどの威圧感が圧し掛かるが、気圧されるようなハイネスではない。

「暴きたいってんなら力尽くでどうぞ。会長自ら出向いてくれるんなら好都合だわ。お互い、近い場所には居たけど全く分かり合えも、理解し合えもしなかったんだから、鈍る刃もありゃしないわ」

「あら、つれないわね。ワタシは理解していたわよ……貴女が牙を隠し持っていることは」

「――っ⁉」

動く。相手の呼吸を読み取りハイネスは腰を落とし迎撃態勢へ移る。ウツロも加速の為の最初の一歩を踏み出したが、それよりも先に動いたのは未だ立ち込める土埃の中から飛び出した少女だった。

「ウツロォォオッツッ‼」

憤怒の感情に衝き動かされ土煙から現れたのはミュウ。獣のように両手を使った四つ足で地面を蹴りウツロの背中目掛けて加速する。

「ぶち殺してやるッ――ウツロォォオッ‼」

「あまり激情をぶつけないで頂けるかしら」

背後から襲い掛かる寸前でウツロは振り返った。

「淑女に相応しくない興奮を催してしまうわ」

剣閃が舞う。重量物とは思えないほど軽々しく操られたハルバードの、離れた位置にいたハイネスが思わず「速い」と呟いてしまった斬撃は、目前で放たれれば反応し切れるか微妙なところだろう。最初から全てを見切るつもりはなかったミュウは、激情に駆られても勝つ為の闘争本能に刺激され、首や心臓など最低限、致命傷や戦闘不能になる箇所を狙う斬撃だけを弾く。腕や太腿、腹部などが刹那の内に斬り裂かれ、真新しかった制服が血に染まる。魔剣と違い瘴気による浸食こそ薄かったが、腕力だけでなく遠心力も乗せたハルバードの破壊力は強烈で、掠った程度でも肉は抉れ、腕や膝で受けた刃は斬撃以上に衝撃が強く切断されなくとも骨を砕く破壊力を持つ。異常な再生能力を持つミュウでなければ、全てを受け切ったとしても全身の骨がバラバラになってしまうだろう。だが、強敵であるウツロに近づくだけでも、満身創痍くらいの傷は覚悟の上だ。ウツロも肉を斬らせて骨を断つミュウの覚悟なぞ見抜いていた。ハルバードによる攻勢が途切れたほんの少しの隙。呼吸の切れ間を待っていたミュウが拳を放つより先に、魔剣が彼女の腹部を刺し貫いた。

「あら、上手く避けたのね。心臓を狙ったのだけど」

「クッ、カッ……だろうよ。テメェの狙いは、正確、過ぎんのよ」

貫いた剣を引き抜かれないように、ウツロの手首を握り締める。

「捕まえたぁ、ぜぇぇぇ……ばぁぁぁかがよぉぉぉ」

ぜひぜひと嗤いながらワザとウツロの顔面に血の混じる唾を飛ばす。飛沫を受ける表情に浮かぶ笑みは消えていたが、それは唾を浴びせられたことに対してではなく、肩に担ぐように背後に向けたハルバードの切っ先にいる人物。好機と見て頚を獲る為に動いたハイネスの奇襲を寸前で押し留めていた。

「その面白味の無い奇襲はワタシに対する過小評価かしら。手の内を隠し続けるのも、そろそろいい加減にして貰いたいものだわ」

「……はは。このあたしが諭されるとは、ちょいと平和ボケし過ぎたわね」

本人的には良きタイミングを狙ったつもりだったが、こうもあっさり止められてしまうと自分の不甲斐なさを嘆きたくなってしまうだろう。

「ハッ！　関係、あるかよぉぉぉッ!!」

「好都合」

魔剣を封じる為、身体に力を込めて筋肉で刃を締め付けるが、その程度でウツロの動きを止めることは叶わない。ハイネスが再び動こうとする気配を察知し、ミュウを浮かせ刃で突き刺したまま、鈍器を操るかのような動きで背後のハイネスに叩きつけた。

「――なっ、んて非常識な!?」

流石に刃で受けるのは躊躇われ腕で防御するが、小柄とはいえ人の体重が思い切りぶつかってくれれば一溜まりもなく、真横に吹っ飛ばされてしまった。ウツロは魔剣をそのまま地面へと突き立て、苦悶の表情を浮かべるミュウを踏みつけ無理やり引き抜いた。血液が付着した刃は流れる動作で、土煙の中からウツロを狙って投擲された三本の石槍を切り払う。同時にウツロは右足を持ち上げ、足元で倒れるミュウに落とした。

「――んがッ、ガハッ⁉」

傷口を踏みつけ身体に食い込んだ足が負荷をかけ、肋骨が砕ける嫌な音を鳴らす。

「こうしていれば、入れ替わりも引き寄せも出来ないでしょう。いい加減、土埃の中は息苦しくはないかしら」

そう言ってウツロはハルバードを旋回。巻き起こった突風が立ち込める土埃を払い、中に潜んでいたロザリンの姿を炙り出す。彼女の右目は蒼く輝き魔眼が発動していて、既に戦闘態勢に入っている。

「考えてみれば純粋な魔術師と戦ったことはなかったわね。外からいらっしゃった貴女は、どの程度戦えるのかしら」

「訂正を、要求する。私は……」

言いながらロザリンは両手で印を切る。詠唱を魔眼で肩代わりして更に、印を切ることでより複雑な術式を構築できる。上位魔術式を同時に構成するに等しい荒業は負荷も大きく、普段のロザリンには不可能な芸当だが、大人の器を得た現状でこそ使える奥の手だ。

「魔女、ロザリンだよ」

完成した術式に呼応して足元が鳴動。割れた地面から出現したのは無数の木の根で、それらが絡まり合いながら大柄の狼の形を作り出す。三メートルを超える巨狼は、身体が木の根で構成されている歪さこそあるが、まるで意思を持っているかの如き闘争心剥き出しの威圧感は、本物の獣かのように錯覚させる。

「術式・疑霊操術土ノ型」

「ふぅん、これは興味深いわね」

初めて見る魔術にウツロも感嘆の声を漏らす。

「花の塔の木々を利用したのね。ガーデンの植物は全てマドエル様の影響を受けているから、それを利用した疑似精霊ね」

「加減は、できない、からっ！」

魔眼に送る魔力を高めると同時に木の狼は地を駆ける。そのタイミングに合わせてハイネスも挟撃する形で背後から奇襲を迫った。更には踏みつけられていたミュウも、このままでは終われないと支点となっているウツロの左足首を掴み、力任せに引っ張ってバランスを崩させた。

「おっと」

　ウツロの身体が傾いた隙に抜け出したミュウは、彼女の足元から反撃の機を狙う。正面、背後、真下。ロザリンはタイミングを合わせ、ミュウは本能の赴くまま、ハイネスは機を見計らい、三者三様の形でウツロを強襲する。一方で未だ状況を飲み込めず困惑するオルフェウスは動けずにいた。ウツロはバランスこそ崩したが、湛(たた)えた微笑(ほほえ)みは消えず握る魔剣とハルバードに力を込める。

　一人と三人が激突する。その直前、破裂寸前の殺気を怒号が引き裂いた。

「テメェら、待ちやがれえええええええええッッッ‼」

　疾風迅雷が如(ごと)き走りで殺気の塊が花の塔前の広場に飛び込んで来た。四人が気が付いたのはぶつかり合う寸前で、唯一、距離を取った場所に立っていたロザリンだけが、抜き身の剣を片手に鬼の形相で飛び掛かる少女の姿を真っ先に確認できていた。

「アル？」

「俺がいないところでぇ――――ッ！」

「――なに、がはっ⁉」

　背後から不意打ちをされる形になったハイネスは、反応し切れず飛び上がったアルトに仮面の上から顔面を蹴り飛ばされる。

「――貴様ッ⁉」

「人様の喧嘩(けんか)にぃ――――ッ！」

慌てて横から飛び込んできたオルフェウス。彼女が獣人化した腕から打撃を繰り出すより早く本気の斬撃を放つ。頑丈さと弾力を併せ持つ腕の毛皮は易々と断たれ、肩口まで斬り裂いた一撃に、オルフェウスは鮮血を撒き散らし吹っ飛ばされてしまった。

「──ば、馬鹿なぁッ⁉」

「割り込んでんじゃあ──ねぇぞド阿呆共がぁぁぁッッッ‼」

「……あら」

「──んがぎゅッ⁉」

跳躍してきたアルトを迎撃する為にハルバードを飛ばすが剣に弾かれ、アルトは屈んだままのミュウを両足で踏みつけた。その勢いを維持して両手で握った剣を振り下ろし、真正面から迫りつつあった木の根で構成された疑似精霊を唐竹割りに一刀両断。断末魔の叫びはなかったが、中核を成すコアが破壊されたことで、疑似精霊は絡み合った紐が解けるように崩れ木の残骸だけが残った。一瞬の出来事。瞬きをする暇も与えない間に、ガーデンでも屈指の実力者達はアルトによって文字通り蹴散らされてしまった。ミュウを踏んづけたまま治まらぬ怒りをふんぬと鼻息で撒き散らす。

「おおっ。アル、強い。前の強さが、戻った、みたい」

一人、ロザリンだけが嬉しそうにパチパチと手を叩く。

「でも、早く退かないと、ミュウが死んじゃうよ」

「あん？　こいつが死ぬわけ……あ」

足元を見るとミュウが血の泡を吹いて失神していた。肉体的にはほぼ不死身のようなミユウだが、何度も魔剣ネクロノムスの瘴気を帯びた刃を受けた影響で、かなり再生能力が落ちダメージも蓄積していたのだろう。そこにアルトの一撃がトドメとなったようだ。

「……ふん。人の喧嘩を横取りしようとしたコイツが悪い。まぁ、死なんだろ」

悪態をつきながらもひょいっとミュウの身体から飛び降りる。そして改めて左手に持った剣の切っ先をウツロへと向けた。

「テメェもだぞ生徒会長。簡単に喧嘩を買いやがって、浮気かこの野郎」

「何故かしらね。貴女に浮気を咎められると、不思議と眉を顰めたくなるわ」

アルト的には全く身に覚えはなかったが、後ろでロザリンが大きく頷いていた。

「うるせぇ!!　今、大事なのは俺との先約が出し抜かれたってことだ。ロザリンの尻は後で引っ叩くとして、問題はテメェだ仮面や……って」

ハイネスを蹴り飛ばした場所に顔を向けたが彼女の姿はそこにはなかった。

「あいつ、消えやがった。なんつー逃げ足してやがんだよ」

「あら。人の浮気を咎めておいて、自分はよそ見をするのかしら？」

「単なる状況確認だ。言っとくが、俺ほど誠実を絵に描いたような人間はいねぇぞ。誰にでも喧嘩を売ったり買ったりしない」

「それこそ、ワタシという存在を誤解しているわ」

ウツロはゆっくり横へ移動を始め、向ける刃もその動きに合わせる。

「今日の出来事は降りかかる火の粉を払っただけ。戦いに身を置く者なら、想定外に戦闘が生じることは多々あるでしょう？」

「嘘。先に攻撃してきたのは、そっち」

「って、ウチの相棒は言ってるが？」

「不法侵入を咎めただけ。それに……それに？」

アルトを中心に円を描く歩き方で、ウツロは自分の言葉に疑問を懐くよう首を傾げる。

「ワタシは部屋に戻って、それで、それで……ええっと、何だったかしら」

「……ん？」

「う、ウツロ会長？」

要領を得ない物言いにアルトだけでなく、地面に倒れた状態のオルフェウスも困惑を深めていた。先に交戦していたロザリンなら何か知っているかと、離れた位置にいる彼女に視線を向けるが首を横に振られた。だが、表情にオルフェウスと同じ困惑がなかったことから、雰囲気が妙なのは続いているのだろう。原因があるとすれば一つしかない。

「そういえば会長。単刀直入に聞くが、どうしてアンタがネクロノムスを持ってやがる。そいつはテメェの持ち物じゃねぇだろ」

「いいえ、これはワタシの剣よ」

淀みなく答える。前もって用意された答えのような不自然のない受け答えが、逆に不気味さと不自然さを増している。その証拠にオルフェウスの顔色は異変を察知してか、みるみる青ざめていた。

「ウツロ、会長。ウツロちゃん、いったい何が……」

「テメェも魔剣に取り込まれちまったって訳か」

「そんな、馬鹿なッ!?」

悲鳴にも似た声をオルフェウスは張り上げた。ウツロはいつの間にか花の塔を背後に足を止め、普段の冷笑とは違う薄気味の悪い微笑を浮かべ一歩、後ろへ足を踏み出す。

「魔剣に取り込まれた？　ふふっ、あり得ないわ、勘違いも甚だしい。ふふ、うふふふふ」

「止まれ、動くんじゃねぇ」

向ける刃に殺気を込めて威嚇するが、ウツロは意にも介さず後退を続けた。どうにも嫌な予感がすると、アルトの直感が警笛を鳴らしている。ロザリンもそれは同じようで、塔から離れるようにウツロと距離を取りながらも、異変に対応できるようにと魔眼に魔力を集中していた。

「ふふ、うふふ、うふふふふふふ」

尚も笑い続けウツロは魔剣を逆手に握り地面に切っ先を向けた。

斬るか、斬らないか。迫られた二択にアルトの決断は早かった。

「上等じゃねぇか。だったらこの場で……ッ!?」

斬り込む為に踏み出そうとした足が誰かに掴まれた。仰向けに倒れたままのミュウだ。

「っこの野郎、邪魔すんじゃ……なに？」

「…………」

振り払おうと足を動かすが、掴まれた手には異様な力が籠もり動かせない。しかも、当のミュウは未だ白目を剥いて気絶したまま。まるで彼女の中にある何かに衝き動かされ、ウツロに斬りかかろうとするアルトを制したようにも思えた。そして嗤っていたウツロの顔から表情が消えた。

「……花が、咲くわ」

呟いて右手の中から魔剣が滑り落ちる。刃の切っ先が地面に触れた瞬間、魔剣は突き刺さるのではなく、そのままウツロの足元に吸い込まれてしまった。この状況にロザリンは何かを察し息を飲む。そして塔の方を振り返ると同時に異変は現実に浸食する。

「う、うおっ!?、なんだ、地震かぁ!?」

緩やかに地面が上下に揺れると、空が雲で陰るよう何度も点滅を繰り返す。そして地鳴りと共に花の塔の周囲にある地面が割れ、真下から赤黒い色をした木の根が何本も生え外壁部分を浸食、上へと昇っていく。一瞬にして塔を覆ったそれは大きく上空へと広がり、まるで逆さまになった巨木から空に木の根を張っているかのような形に至った。

巨大な逆さ樹木。赤黒く禍々しい姿に、アルトとロザリンは見覚えがあった。

「マガマガの、樹」

『そのような品のない名前で呼ばないで貰おうか』

ロザリンの呟きを否定したのは、突然に鳴り響いた男の声だった。

『魔樹ネクロノミコン。この偉大なる巨木を表す時は、正しくそう呼んでくれたまえ』

不幸なことにこの声にもアルトは聞き覚えがあって、むしろ第一声で気が付いてしまった自分の勘の良さが嫌になってしまうと顔を顰める。

「テメェ、その耳にこびり付くキザったらしい声は、ボルド＝クロフォードだな」

『私を知っているのか。ふふっ、流石はマドエルが呼び寄せたお嬢さん方だ』

紳士的に、けれども強い傲慢さが滲む声が周囲に響く。姿形が変わっているから、ボルドがアルト達の存在に気が付くことはなかったが、わざわざ正体を明かしてやる必要などないだろう。声の発生源は方向から考えて塔から聞こえる。塔の中にいる……いや、あるいは塔そのものが、ボルドなのかもしれない。

「いったい、なにがどうなって」

この状況にオルフェウスは全くついて行けず、目を見開いて唖然とするばかり。

「会長様も隅に置けないぜ。清楚面ぶら下げておいて、実は男を部屋に連れ込んでたってわけか」

「――っ⁉　そんなわけ……痛っ⁉」

軽い挑発のつもりが思った以上に刺さったのか、ウツロは不快感に表情を歪ませるも直ぐに頭痛を感じてか頭部を押さえる。明らかにまともな状況ではなかったが、原因は魔剣ではなくボルドの方という可能性もある。ボルドの存在があの塔を生んだのなら、外敵因子の真の正体はあの男だ。

「くっ、ワタシに干渉しないでっ。ここはワタシの戦場、あの娘達はワタシの宿敵よ」

『これは失礼。けれど、誤解しないでくれたまえ。ネクロノミコンの精神汚染は、僕の意思でどうこうすることは出来ないのだよ。未だにまともな身体すらないんだからね』

「……身体が、ない？」

呟いたロザリンは視線を足元、塔の地下へと向けた。

『ウツロ。遊びの時間は終わりだ、君も中に戻るんだ。いよいよ計画の最終段階といこうじゃないか』

「ワタシに命令しないで」

『わかっているさ。僕も、君もね』

「………………」

自我と共に瞳に光を取り戻したウツロは、痛む頭を押さえながら大きく息を吐き出す。その姿に先ほどまでの不気味さはなかったが、元のウツロに戻ったかというと、何処か弱々しさすら感じさせる佇まいは、アルトが二度、敗北した相手にはとても思えなかった。

「おいおい。天下無敵の生徒会長様が、まさかボルドなんてドサンピンの言いなりってわけじゃねぇだろうな」

「物事には優先順位というモノがあるの。遊びの時間はおしまい」

「ざけんなッ!! 俺との決着はどうなる、勝ち逃げするつもりかッ!!」

逃がすモノかよと一気に間合いを詰め斬りかかるが、片手で持ったハルバードで阻まれてしまう。刃と柄が噛み合った状態から強く押すと、最初は余裕の表情だったウツロは両手でハルバードの柄を握り足を踏ん張るも、数センチほど後ろへと押し込まれた。

「驚いたわね。この前よりも格段に強くなってるわ……何があったの？」

「ふふん。俺様は伸びしろの塊なんだ——よッ!!」

「……むっ!?」

バランスを崩そうと身体ごと押し込むが、素早い判断でウツロは相手の力を利用し反動で後ろへ大きく跳ぶ。アルトは直ぐに追撃しようとするが、阻むようハルバードを投擲。回転しながら飛んでくるハルバードを弾き飛ばすが追いつけず、着地したウツロは更に数歩、後ろに下がって花の塔だったモノに背を預ける。

「貴女との勝負は面白くなりそうだったけど、残念なことにもう時間切れよ。貴女達は最後まで外敵因子の存在に辿り着けなかった。魔樹ネクロノミコンがガーデンに根付いてしまった以上、もう九分九厘勝敗は決してしまったのだもの」

「はぁ!? ざけんな、納得できるか。悪さすんなら俺との決着を付けてからにしろ!!」

「二度も負けた貴女に固執するほどの興味はないわ。ただ……」

チラッとウツロは仰向けに倒れ気絶しているミュウに視線を細める。

「心残りがあるのはあの娘を……いいえ、もう飽きたわ」

軽く目を瞑り仕切り直すよう息を吐く。

「魔樹ネクロノミコンが開花すれば、紛れもなく女神マドエルの脅威となる。学園へ戻ったらクルルギに伝えなさい。ワタシと勝負しろと。そしてワタシはクルルギを打倒し開花したネクロノミコンを取り込んで、神座へと至るわ」

ウツロが左右に両腕を広げる。それに呼応して地面を割り太い無数の魔樹の根がウツロを守るよう出現した。同時に樹の根元部分が左右に開き中へと通じる入り口が出現。目を開いたウツロは身を翻して、現れた入り口へと足を進めていく。

「くそっ、待ちやがれこの野ろ——ッ!?」

正面を遮る太い根を避け、追い掛けようとするアルトだったがその眼前に斬撃が飛ぶ。

無意識の防衛本能で仰け反り回避することができたアルトは、目の前を通り過ぎる独特の刃に目を見開いた。

「ネクロノムス⁉」

『ははっ、駄目じゃないか。去っていくご令嬢を追いかけ回すような、不作法な真似を君のような可憐な少女がしては』

　再び耳障りな気障ったらしい声が届く。今度は周囲に響く音ではなく、明確に元となる音源があった。現れた太い根からすり抜けて出現した、赤黒い触手が混じり合い蠢くような気色の悪い巨大な甲冑。身の丈二メートルを超える体躯の右手には、アルトの記憶より一回り大きくなっている魔剣ネクロノムスが握られていた。

「アル。その鎧、中身、空っぽだよ」

「……ああ、そうかよ。んな予感はしてたぜ」

　不快感から鼻の頭に皺を寄せてアルトは吐き捨てる。似たような状況は以前にも王都で経験していて、その時の苦い感情が胸に蘇る。

「どいつもこいつも、どうして直ぐに人間を止めたがるかねぇ。俺には理解できねぇぜ」

『ふはは！　それは当然というモノだよお嬢さん』

　アルトの独り言を自分に対してだと勘違いし動く甲冑、ボルドは嗤った。

『人間の真価は飽くなき探求心によって定められるモノ。戦いにのみ特化したガーデンの小娘ら如きに、魔道の深淵が覗けるわけがないだろう！』

語る内に熱を帯び荒くなる語気にアルトは不快感を強めた。

そうこうしている内にウツロは我関せずとばかりに、入り口の方へ向かって歩いていく。追い掛けたいアルトだったが、魔剣を持った甲冑は元がボルドとは思えない圧と殺気を纏っていて、迂闊に視線を外すことができなかった。ロザリンの方は既に魔樹から距離を取っていることから、単身ではウツロを追えないと判断したのだろう。

「上等だ。なら、テメェから始末してやるぜ！」

突きつけられる魔剣の刃を片手剣で弾き、二人の刃が正面から噛み合う。鍔迫り合いから感じる圧や物理的な腕力は、圧倒的にウツロの方が上だったが、魔剣から常時噴き出している瘴気が間近にいるアルトの肌をチリチリと焦がす。

『ふむ。少女を手に掛けるのは気が引けるが、この身体の試運転も必要だ。より高みに昇る為の踏み台に……』

「ボルド」

厳しい口調で名を呼ばれボルドの圧が緩んだ。

「ここは貴様の遊び場ではないわ。魔剣を振り回して鼻息を荒くするより、やるべき使命があるのではなくて？」

『……全くの正論だね』

叱責に似た言葉に僅かな間を置いて、ボルドは穏やかな声色で後ろに下がり魔剣を納めた。元の彼を知らない人間なら聞き分けの良い人物という印象を懐くだろうが、王都での体験があるアルトとロザリンには、今は無きボルドの顔に青筋が浮かんでいるのが透けて見えていた。ウツロを呼び止めたいのは、アルトだけではない。

「――ウツロちゃん！」

生徒会役員としてのオルフェウスからは考えられない弱々しい声色で、ダメージとショックで這い蹲ったまま名前を呼ぶが、ウツロは振り向くことはない。

「ここからは生徒会の職務外よ。貴女は自由になさい、オルフェウス」

「そ、そんな……待って⁉」

立ち上がろうとするが上手く下半身に力が入らない。彼女の中に流れる獣人の血が魔樹に対する本能的な恐怖を、強く呼び覚ましているのだろう。人間よりも精霊に近い獣人にとって、魔樹が生み出す瘴気は毒以外の何物でもない。

それでもオルフェウスは突いた両膝を引き摺り、ウツロの背中に向かって手を伸ばす。

「ボクを置いていくのかい？　君がいてくれたからボクは自分の血を肯定できた、強くあり続けられたんだ。君がいなくなってしまったら、ボクは何の為に戦えばいいか、誰の為に強くなればいいかわからなくなってしまう……だから、だからボクを置いてかないで。ボクをまた、独りぼっちにしないでよ、ウツロちゃん⁉」

悲痛とも思える叫びだったが、ウツロは歩みを僅かに緩めるだけで振り返ることはなかった。そのままボルドを引き連れ魔樹の入り口の中へ消えて行くと、オルフェウスは絶望に顔を歪め地面に突っ伏した。

「んにゃろう、逃がすモンかよ！」

「アル、駄目」

ウツロを追い掛け急いで入り口に飛び込もうとするアルトを、後ろからロザリンが襟首を掴んで制止。力尽くで引っ張られないように、持ち上げて両足を浮かせる。

「なにしやがる⁉」

「樹の中が、どういう状態かわからないから、無防備に入るのは、危険すぎる」

両足を振り回し暴れるアルトを強い口調で窘めた。

「まだ、余裕はある、はず。準備するから、せめて一日、待って」

「……勝ちの算段があるってのか？」

「用意してたリソース、全部ぶち込む。私と、アルが揃えば、天下無敵だから」

「ふん」

襟首を掴む手を身体を捻って強引に引き剥がし、アルトは地面へ着地する。

「ま、元々の約束は明日だったんだ。俺はアイツと違って約束を守る質だからな……それに」

眉間に皺を寄せたまま、誰もいない魔樹とは反対方向にある森へ睨みを利かせる。

「逃げた仮面とその飼い主もとっ捕まえて、問い詰めてやらねぇとな」

「うん。ヴィクトリア達にも、報告、しないとね」

「ああ。連中にも一言、文句をぶつけてやらんと気が済まん。後は、こいつらだな」

言いながら顔を向けたのは気絶しているミュウと、泣いているのか突っ伏したまま身体を小刻みに震わせているオルフェウスの二人。そしてウツロが放置したハルバードが地面に突き刺さったままだ。剣を背中に納めたアルトは、困り顔で頭を掻いた。

「こいつら、どうすっか」

「ミュウに関しては、アルの所為」

「んじゃ、俺が責任もってこいつを担ぐから、お前はあっちの方を頼む」

親指で恐らく茫然自失のオルフェウスを指す。

「ずるい。おも……背が高い方を、押し付けないで」

「体格を考えれば妥当な判断だろうが」

「私、ウツロと戦って、結構疲れてる」

「俺だって校舎からここまで全力疾走してきたんだぞ。文句ばっか垂れるなら、抜け駆けしたお仕置きとして二人担いで帰るか？」

「横暴。アルだって、学校サボってる」

「俺はいいの。いつものことだし、そもそも学生じゃない」

言い合いをしている内に飛び出したアルトを探し、追い掛けてきたクイーンビーとクワイエットの手を借り、気絶したミュウと心神喪失しているオルフェウスを、学園の保健室に運ぶことができた。

第七十一章　神座に至る樹

突如、学園の敷地内に誕生した魔樹ネクロノミコンは、僅か数分で花の塔を全て飲み込み、一回り以上も太く長い大樹として拡張していった。空に根差すように伸びる根も広く、校舎側から覗けば見上げる空の一部が覆われてしまうほど。その巨大さはガーデンの市街地のみならず遠く離れた丘の上、アフロディーテ達の野営地からも確認できた。遠目からは魔樹自体が発している瘴気の所為で、濃い紫色の霧がかかっているように見える。なにより異様なのは魔樹の上空。通常なら虹色に輝くガーデン特有の空が展開しているはずが、魔樹の上だけは溢れる瘴気に毒されるようどす黒く変色していた。

この異常事態には流石のガーデンの民達も動揺を隠せなかったが、丘の上に陣取るアフロディーテ達ラス共和国の一軍は違った。野外に用意したテーブルでアフロディーテは昼食を食べていた。グルメな彼は遠征先であっても極力、保存食などではなく調理された食事を口にするようにしているが、幸運なことにガーデンでは住人から食料品を買い付けることができた為、昨日の夕食も今日の朝食も、そして昼食も温かく新鮮な食材を味わうことができた。ちなみにランチのメニューはサラダにハムとチーズ入りのオムレツにパン。

そして大勢の隊員達を賄(まかな)う為(ため)に大鍋で大量に調理された具沢山のシチューだ。

「プライマル副隊長」

陣幕を潜り外から戻ってきた斥候の女性兵士は、気にせず食事を続けるアフロディーテに一礼してから背後に控えるプライマルに近づき、顔を近づけそっと耳打ちする。報告を終えると女性兵士は一礼して直(す)ぐにその場から離れて行った。

直ぐに伝えられたことを報告せずにいると、先にアフロディーテが口を開いた。

「綺麗な花が咲くのだと聞いて期待していたのだけれど、あまり食事をしながら見るべきモノではなかったわねぇ」

「所詮(しょせん)は人工物ですからねぇ。あんなモノでしょう」

「同感だわ。それで外からの連絡はなんと？」

「聞くだけ無駄かと。例の仲介人が騒ぎ立ててる程度に思って頂ければ十分ですよ」

そう言ってプライマルは面倒臭そうに軍帽のツバを弄(いじ)る。

「顔は良いのだけれど、思慮に欠けるのは難点だわね。けれども、考えてみれば一番お可哀そうなのは、あの子かもしれないわ」

「まぁ、本人は中心にいるつもりでも、実際は蚊帳(かや)の外な訳ですから」

「そうね。だから、せめてわたくし達は心を広く持ちましょう。プライマル、荷からワインを持ってきてちょうだい」

「駄目に決まってます。任務中ですので水で我慢してください」

言いながらプライマルは控えている部下の一人に視線で促され、置いてある空のワイングラスに水差しから水を注ぐ。アフロディーテはグラスを手に取り小指を立てながら、コクッと上品に水を飲む。

「外のことはさておき、ガーデンの方はどうなっているのかしら。動きは？」

「特に目立った動きはありません。町の様子も特に殺気立っていることもなく、買い出しに行った部下達も問題なく品物を入手できました。立ち話をした限りでは、学園の方では血気盛んな生徒が、戦闘に赴く際の一番槍を志願しているとかいないとか」

「それは素晴らしい心掛け。我が故郷の腑抜け共に聞かせてやりたいわ」

「少なくとも現状では直ぐに戦闘開始とはならないでしょうね。魔樹が根付いてしまっては尚更です」

「ふぅむ。それはつまり……」

アフロディーテは水をワインのようにグラスの中で回した。

「わたくし達はもう暫く、のんびりと日光浴を楽しみながら、当地の新鮮で美味しい食材が味わえるということね」

「……お酒は禁止ですよ」

釘を刺されたアフロディーテは広い肩幅を竦めて水を含む。

アフロディーテ隊は装備と人数が揃っていて、何時でも戦える準備は整っているが、陣地内の雰囲気は剣呑さとは正反対の呑気な空気に満ちて、戦場へ遠征に来たというより遠足でキャンプをしていると言った方が相応しいほどの、極端な言い方をしてしまえば楽しげな雰囲気があった。勿論、訓練をしている兵士達もいるが、それは日々の日課の延長のようなモノで、これからガーデンと戦うという気迫は感じられない。

「それでマダムは、人が神座に至れるという与太話、本気で信じているんですか？」

「わたくしは自分の目で見たモノしか信じないわ。だから、その答えはこれから決めることでしょう」

「そんな政治家の答弁が欲しい訳じゃありません」

優雅にはぐらかす態度にプライマルが目頭を押さえた。

「状況が不穏過ぎます。明らかに此方側に全ての情報が渡されていません。ガーデンとの衝突はある程度想定していたとはいえ、魔樹なんてモノを引っ張り出されては、我々だけでは手に余ります。正直、騎士局のお歴々に出張って頂く案件かと」

クドクドと苦言を呈するがアフロディーテの表情はどこ吹く風だ。

「プライマル」

「はぁ」

「わたくし達の任務は何かしら？」

「行方不明の皇女殿下を捜索、保護する……という建前の下の拉致監禁です」

「発言はエレガントを心掛けなさい」

　あけすけな毒舌に困り顔を覗かせるが、プライマルは不満を隠さない。

「そもそもにして、皇女殿下という釣り針は大き過ぎます。未だ共和国内でも民衆の支持が強いとはいえ、一人放置したくらいで、御国の行末は左右されません」

「一人ではないわ、彼女の側にはナナシもいる」

「……コードネーム・ネームレス。名前がないのにコードネームとは、悪ふざけにもほどがありますが、帝国が今も続いていたのなら、北方戦線の英雄はシリウスではなく、彼女だったでしょう」

　英雄になったかもしれない人物を語るには、プライマルの表情は晴れやかではない。

　ネームレス。その呼称をラス共和国の中で正しく知る者は、果たしてどれだけ存在するのだろうか。こう見えても旧帝国時代の上流階級出身のアフロディーテは、帝国軍部のほの暗い部分をある程度、知ることが出来ているのだがそれでも一部、軍の暗部が極秘裏に進めていた計画の中にネームレスという記述があった以外は、虚言ともつかない眉唾な噂話程度のモノ。曰く、人体改造を施された強化人間。曰く、古代魔術式を埋め込まれた魔人。曰く、竜姫を倒す為に育てられた決戦兵器。どれもオカルト未満のホラ話ばかり。だが、断片的にだが実在を証明する資料は存在していて、実際の戦闘記録で北方戦線に参加し、英雄シリウスと交戦したという記述が残っている。残念なことに記録や資料の大部分が破棄されていて、交戦の結果までは知ることが出来なかった。資料を目にした者達は「シリウスに敗北して戦死したのだろう」という考えが大半だった。元々が存在すら危うい人物だから、戦死したとしても正式な記録が残されるわけもない。しかし、未だにネームレスが生きていたとして、このガーデンに滞在しているのなら、アフロディーテ達が目的を果たすに至って最大の障害になるだろう。

「貴女(あなた)はどう思うかしらプライマル。彼女は……本物だと思う?」

「本物でも偽物でも一年以上も共和国の追撃を躱(かわ)し続けた功績は、皇女殿下の側(そば)に控える騎士の存在です。何処(どこ)の野良犬か、野良犬になってしまったのかは知りませんが、私の仕事が増えて増えて迷惑極まりありません」

普段、冷静なプライマルからは考えられない憎々しさが伝わる口調。元々は現場ではなくデスクワーク志望だったのだが、何の因果か皇女捜索に駆り出された挙げ句、ガーデンなどという危険地帯に放り込まれてしまったのだ。愚痴の一つも言いたくなるのだろう。

「おほほ、そう拗(す)ねないの。ネームレスやクルルギを含め、ガーデンには各国の英雄英傑と肩を並べる剛の者が大勢存在するわ。仮に不測の事態で戦闘になった場合、わたくしではなく貴女のような搦(から)め手が得意な人材が勝敗を分けるの」

「わたしにアレらをどうにか出来るとは思えませんがね。はぁあ、貧乏くじ貧乏くじ」

口調は冗談めいていたが、うんざりした表情が本音であると物語っていた。

「そう嘯きながらも、きっちり期待に応えてくれる貴女だからこそ、側に置いておく意義があるというもの」

「あまり期待されても困るんですけどねぇ……おっと」

陣幕内に設置された時刻を知らせる鐘の音に、午後を迎えたことに気が付いたプライマルは襟元を正した。

「休憩の時間ですね。ではマダム。自分も昼食を取りたいと思いますので、席を外させて頂きますよ」

「別にわたくしと同卓しても構わないわよ。直ぐに準備を……」

「ああ、結構です」

部下に声をかけようとするのを、プライマルは慌てて止める。

「友人と食事をする約束がありますから、この場はご遠慮させて頂きますよ」

「友人？　この部隊に貴女の友人がいたとは驚きね」

「マダム。率直な意見は、時に人を傷つけるんですよ……まぁ、事実ですが」

眉間に軽く皺を寄せていたが、特に言うほど傷ついた様子はなかった。戦争と革命の傷を癒やすため、実力主義の方針を推し進める共和国内で、プライマルのように十代で要職に就く人材は少なくはない。だが、旧貴族の、しかも近衛騎士局直属の部隊長に、側近として配置されるのはプライマルが非凡な才能の持ち主であることの証明だ。いずれは軍の上層部、あるいは官僚になるかもしれないエリート中のエリートに、同じ部隊だからといって気安く接するほど豪胆な者も少ないだろう。

「実は町の方々と意気投合しまして。時間があったら食事をしないかと誘われたので、折角(せっかく)ですのでお言葉に甘えようかと。では、失礼します」

「……まぁ、仲がよろしいのは結構なことだわ」

いそいそと陣幕から立ち去っていくプライマルを見守り、アフロディーテは少し寂しく思いながら昼食を続けた。

昼時となり授業を終えた生徒達が、それぞれ昼食を取る為(ため)に賑々(にぎにぎ)しく廊下を歩く中、逆走するよう大股で闊歩(かっぽ)するアルトとロザリンの姿があった。明らかに学園外の存在であるロザリンに廊下の生徒達は怪訝(けげん)な顔をするが、直(す)ぐに鼻息を荒くして歩くアルトの姿に、関わるべきではないと顔を背け隅へと寄る。

二人が目指す場所は他でもない学園長室だ。学園長のヴィクトリアとメイドのクルルギ。色々と隠し事をしているのは察していたが、アカシャの存在やラス共和国の介入はまだ目を瞑(つぶ)れても、ボルド=クロフォードの登場までは流石(さすが)に度が過ぎている。ガーデンがどうなろうとアルトの知ったことではないが、他人の思惑(おもわく)通りに動かされ続けるのは気に入らない。タイミングよく休み時間なのとアルトの剣幕のおかげで、誰にも咎められることなく学園長室の前まで辿り着くと、足を止めず蹴破る勢いで扉を開いた。

「邪魔するぞ！」

乱暴ながら一応の挨拶と共に学園長室へと踏み込む。

魔樹ネクロノミコンが顕現したことで、アルト達の来訪は予想していたのだろう。待ち構えていたのは神妙な面持ちのヴィクトリアとクルルギ、だけでなく、一足お先にとばかりに来客用のソファーに腰を下ろすアカシャの姿もあった。

「待っていたぞ貴様ら」

出迎えると言うには居丈高な態度で、クルルギは二人をソファーの方へ誘う。

「文句も喧嘩も十分に買ってやるからまずは座れ。座ってヴィクトリア様の愛くるしい声色に耳を傾けるのだ」

「ふん。準備万端ってわけかよ」

不機嫌に鼻を鳴らしてからアルトは、背もたれに飛び乗り勢いよくソファーの上へ腰を落とした。ちょうどアカシャとは対面になる形になるので、アルトは威嚇の意味も込めて睨み付けるが、彼女は無礼な態度にも一切怯まず涼やかな微笑を浮かべていた。学園長の席に座るヴィクトリアも、年端も行かぬ顔立ちに不安の色を浮かべてはいたが、彼女の瞳には見た目にそぐわない覚悟が宿っていた。

「アルト様もロザリン様も歓迎するわ。本当ならロザリン様以外は授業をサボっていることを、メッて叱らなくちゃいけないんだけど、もうそんな暇はなさそうだもんね」

「そもそも、学園に通う為に来てるわけじゃ――痛てぇ!?」

言いかけたところ瞬時に背後へと回ったクルルギに脳天を引っ叩かれた。

「お嬢様のお言葉を身勝手に遮るな、殺すぞ」

「……はいはい、黙って聞きますよ」

頭蓋に響く鈍痛に頭を摩るとたんこぶができていた。軽く皮肉を言っただけでこれだから、あまり軽口を叩かない方が身のためなのだろう。アルトは不満げな顔を晒しつつも、両腕を組んでヴィクトリアに耳を傾ける。その間、ロザリンも同じソファーの隣に腰を下ろしていた。

クルルギが再びヴィクトリアの方へ戻ってから、頷いて話を進めることを促す。

「緊急事態なの。皆様方も知っての通り、状況はとってもよくありません」

「魔樹が、生えたのは、想定外って、こと?」

「馬鹿を抜かすな。外敵因子の存在を確認した時点で、連中の着地点がマドエル様へ影響を与えることだということは想定していた」

「んじゃ、アンタらは最初っから外敵因子の正体も、ウツロの正体も、魔剣ネクロノムスに関するあれこれも、全部把握済みだったたってわけかい」

「当然だ」

「──ふざけんなッ⁉」

悪びれもしないクルルギの態度には流石に頭に血が昇り、アルトは正面のテーブルを両手で叩いた。

「だったら何か、俺らはこんな茶番に付き合わされる為に、こんな面倒臭い状況で厄介事を背負わされたのかよ。馬鹿馬鹿しいにもほどがあるぜ」

隣で同意するようロザリンが眉間に皺を集め何度も頷いている。

「ううっ……返す言葉もありません。ごめんなの」

きつく責められたヴィクトリアは、今にも泣きそうな表情で目尻に涙を溜めて謝罪の言葉を述べる。正直、幼い外見もあってこっちが虐めているように見えるが、背後で睨みを利かせ怒りを堪えている影響でカチカチと歯を鳴らしているクルルギの姿を見ると、申し訳なさも薄れてしまう。言いたいことはもっとあったが、幼女を平謝りさせ続けたところで溜飲は下がらないし、その内にクルルギが爆発して大暴れされても困るのはこっちだ。

アルトは大きく深呼吸をして、不平不満を飲み込むとともに、座り位置を正しく直す。

「今更、四の五の言っても仕方ない。ここからは隠し事はなしでいこうぜ」

言ってから視線を正面のアカシャに向ける。

「アンタも含めてな」

「勿論だ。とは言っても……」

頷いてからアカシャは軽く肩を竦めた。

「私が把握していることもそう多くはない。今の状況は流石に想定外さ」

「だったら定番通り、自己紹介からいこうぜ……アンタは何処の誰なんだ？」

「そこは、まぁ、気になるところだろう」

痛いところを突かれたようにアカシャは苦笑する。正直、彼女の正体は薄々だがアルトにはわかっていて、アカシャ自身もそれを察しているだろう。だからこそ、改めて名乗らせる必要がある。理解した気になっていて、後から足元を掬われるような状況になるのはごめんだ。たとえ正体に予想がついていたとしても、自己紹介は互いを正しく把握する為のスタートラインとなる。

「では、改めて名乗らせて頂く」

アカシャは前髪を直してから切り替えるよう背筋を伸ばした。すると不思議なことに彼女の雰囲気は一変。何処か威圧感すら漂う高貴さを纏い始めた。

「私の名前はアカシャ。アカシャ＝ツァーリ＝エクシュリオール。今は亡きエクシュリオール帝国の皇帝一族、その末席を担っていた者だ」

「エクシュリオール、帝国」

思わずロザリンが口の中でその国名を反芻する。

「チッ……やっぱりな」

隠し切れない嫌悪感がアルトの表情を歪ませた。予想はついていたが、やはり本人の口から告げられると、心の奥底に押し込んでいた感情に蓋をし切れなかった。エンフィール王国とエクシュリオール帝国の因縁は根深い。ましてや北方戦線に参加していたアルトからすれば、憎んでも憎み切れない一族の一員と対峙しているのだから、にこやかに接しろと言うのは酷な話だろう。詳細は知らずともアルトがエンフィール王国の人間であることを知っているからこそ、アカシャもその表情の意味に気が付き複雑そうに視線を下げた。

気まずい僅かな沈黙に割って入ったのは、ロザリンの好奇心だ。

「帝国の、お姫様が、元帝国の人達に、追い掛けられてるの？」

「私自身に限ればそうだ。けれど、誤解しないで頂きたいのは、確かに旧帝国はクーデターで崩壊、一族の殆どは失脚してしまったが、皇帝を含めて全員が粛清された訳じゃないんだ。多くは権力を剥奪され地方に軟禁されている。軟禁って言い方は聞こえが悪いと思うけれど、寒いことを除けば十分に悠々自適の生活が保障されているんだ。勿論、余計な野心を懐かないことを条件に、だけれど」

「じゃあアンタは、その余計な野心ってのを懐いちまったわけだ」

睨みを利かせながらアルトが突っ込むと、アカシャはバツが悪そうに顔を顰めた。

「ごめんなさい、言い方が悪かった」

直ぐに謝罪してから真っ直ぐアルトを見つめる。

「大前提として理解して欲しいのは、私は決して帝国を復活させるとか、そんなモノの為に行動している訳じゃないんだ」

「なら、どんな高尚な目的があるんだか、お聞かせ頂きたいね」

「人工天使計画」

小馬鹿にするつもりだったアルトの表情が、その一言で凍り付いた。

聞き覚えのない単語にロザリンなどは怪訝な顔をしたが、これは彼女が俗世から離れた生活をしていたからではない。アルト自身だって人工天使計画という存在を、正しく意味を認識している訳でも、その最終的な終着点を知っている訳でもない。だが、人工天使計画……いや、人工天使という存在はアルトにとって、あの過酷な北方戦線で戦った人間にとって、特別な意味を今も刻み付けている。

アカシャにとってもアルトのリアクションは予想外だったのだろう。

「驚いたね。その反応を見る限り、貴女は人工天使計画の存在を知っているようだ」

「んな計画は知らねぇよ。ただ、人工天使ってのにはちょいと因縁があるだけだ」

動揺を隠すようアルトは口元を摩った。

「詳しい内容は長くなってしまうから省くけれど、人工天使計画というのは帝国時代に存在していたプロジェクトのことだ。人の手によって上位精霊を作り出す。帝国の研究班はその存在を天使と呼称したの」

「上位精霊を、作るって……⁉　そんなの、どうやって、どんな方法でっ⁉」

「ええいっ、話が逸れるから好奇心を満たすのは後にしやがれ！」

「うぐぅ」

「気にせず続けてくれ。簡潔にな」

身を乗り出すロザリンの首根っこを掴み、ソファーに戻してからアカシャに先を促す。

「結論から言えば計画は失敗した。完成したプロトタイプの人工天使は実戦投入されたけれどあのお方……竜姫様と相打ちとなって敗れた」

相打ち。アカシャからすれば特に意識した訳でもない言葉だったが、アルトと、そしてクルルギが眉をピクッと動かし反応を示す。それでもアカシャが違和感を覚えない程度に、すぐさま感情を引っ込めたのは、無駄に話を停滞させたくなかったからだ。

「本題はここからだ。プロトタイプとはいえ人工天使は上位精霊に近い存在にまで昇華された。知っての通り精霊に死の概念はない。その理屈から言えば人工天使もまた、完全に消滅させることは叶わない。つまり……」

「人工天使はまだ存在している。ってことか」

何処か硬いアルトの声色にアカシャは頷く。

「勿論、以前と同等の存在という訳ではない。魂……と呼んでいいのかわからないけれど、人工天使の魂は分割され現在の共和国領土の各地に飛び散った。そして共和国は現在、秘密裏にその魂の欠片を回収する為に動いている」

「なんだと？」

腕組みをして聞いていたアルトの表情が険しくなる。

「テメェら帝国の連中は、まだ懲りもせず身の丈に合わねぇ力を引っ張り出すつもりか」

「誤解しないで貰いたい。これは共和国の総意じゃない」

怒気を露わにするアルトを宥めるようにすぐさま否定する。

「当時の研究を捨てられない魔術師と、野心を燃やし続ける一部の権力者の仕業だ。彼らは表向きは共和国に恭順の意思を示しているが、内心では帝国時代の利権に固執し反逆の機会を狙っている。欠片が彼らの手に渡り人工天使計画が再開するようなことになれば、折角、安寧を手に入れつつある大陸に再び戦火が上がってしまう。あの戦争に加担した一族の人間として、私にはそれを阻止する義務がある」

「だったら何で単独で動いてやがる。外に押しかけてる連中のお目当てはアンタなんだろ。言葉の通り一部の連中の暴走なら、それ以外の共和国の人間に協力を求めるのが筋道なんじゃねぇのか」

「誤解を恐れずハッキリ述べよう」

疑われてもアカシャは毅然とした態度で臨む。

「私は現体制のトップに立つ男。ミシェル＝アルフマン大統領を信用してはいない」

「……なんだそりゃ」

ハッキリと言い切った意見に、アルトは大仰にため息を吐いた。

「要するにテメェらの身勝手な権力争いじゃねぇか。んなくだらねぇことを場外乱闘でガーデンに持ち込むな。馬鹿馬鹿しい」

「ほう。まさか、貴様の口からガーデンを気遣う言葉が飛び出るとはな」

アルトの吐き捨てる言葉に食い付いてきたのはニヤケ顔のクルルギ。側ではヴィクトリアも嬉しそうな表情で、音を立てないよう手を叩いて喜びを露わにしていた。

「うるせぇな、茶化すんなら黙ってろ……まぁ、ともかく、そのなんとか大統領閣下が、今回の一件に関わってるってことなのか？」

「それは……わからない」

「はぁ？」

首を左右に振られアルトは怪訝な表情をする。

「アルフマンはクーデターの首謀者で共和国を設立し、長きに亘る帝政と戦争を終焉に導いた英雄として国民から絶大な信頼と支持を得ている。私の目から見ても彼ほど高潔で、私利私欲を持たない人間は見たことがない。指導者の資質を持つ者と言ったら、彼を指しても何ら問題はないだろう」

「そいつはいけ好かない人間だな」

「ふふっ。共和国に来ることがあったら、その手の発言は控えた方がいいよ。信奉者も多いから、聞かれたら袋叩きにされてしまうから」

「おお、凄い。こわっ」

ロザリンがぶるぶると大袈裟に身体を震わせた。

「だから、大統領様に不信感を懐いているアンタは、共和国の兵隊に追いかけ回されてるってわけか」

「まぁ、それだけが理由ではないけどね」

苦笑してからアカシャは再び表情を引き締める。

「アルフマンは清廉潔白で高潔な人物だ。その評価は帝国時代の要職に就いていた頃から変わらない。後ろ暗い部分など不自然なくらい一切存在しない彼だが一点だけ、汚点とも思われる箇所が存在する」

「そりゃ何だ？　人妻との隠し子でも存在したか？」

「彼、ミシェル＝アルフマンは、人工天使計画の発案者の一人の可能性が高い」

「……へぇ」

自分でも驚くほど冷淡な声がアルトの口から零れた。これまでの説明でただのいけ好かない男という印象だったアルフマンが、一気にアルトにとって敵愾心の対象となる。

「ある筋から私が手に入れた人工天使計画の資料に、数人の著名な魔術師に交じりアルフマンの名前があった。ちなみに明記された魔術師は全員、病死や行方不明、不自然な失脚を遂げている。このタイミングはアルフマンが共和国を起こし、人工天使計画を凍結した時期に一致している」

「それが、事実なら、かなぁり、不自然」

「勿論、証拠は提示できない。手元にある資料は私達にとっても秘中の秘だからね。だから、この話は私の口頭からの説明で信用して欲しい……無茶な願いだとは、わかっているけど」

「ま、馬鹿げた話なのは確かだな」

　アルトは鼻で一笑した。

　ミシェル＝アルフマンの名前は知っている。とは言っても知識としてあるのは、人工天使云々以外はアカシャが説明してくれた程度までだ。他に補足できるのは、性別が男であるということだけで風貌も知らない。一国のトップとは言っても所詮は他国。政を担う立場にある人間ならともかく、アルトのような一般市民には一生縁のない存在だろう。

　それを言うなら目の前の元皇女殿下も、椅子に腰かけた状態でハラハラと様子を見守る幼女学園長様も、普通ならお目にかかることのない人物ではあるが。

「だけど、正直んなことはどうでもいい。証拠が出せない以上、どんだけ突き回しても時間の無駄だ。俺にはアンタの事情なんて関係ないしな」

　そう割り切ってアルトは足を組む。

「もっとシンプルに行こうぜ。アンタがガーデンに来た目的はなんだ、どうしてウツロを狙う？」

「単純な理由だ。彼女こそが、人工天使の欠片の一つだからだよ」

　アカシャが告げた瞬間、アルトとロザリンの嘆息が重なった。意外、と呼べるほどの驚きがなかったのは、ここまでの話の流れである程度の予想がついていたからだ。逆の言い方をすれば、強者揃いのガーデンの中でアレだけ突出した実力の持ち主に、そういった事情があったということはある意味で納得の一言だろう。

「欠片がどうして人の姿に？　という疑問はとりあえず横に置いて、欠片の回収をする為に私はガーデンの門を叩いた。けれど、編入は許されたモノの、学園側は欠片の存在を黙認していて情報を渡して貰えず、私達はやむなく学園生活を送りながら調査することになったんだ」

　チラッと横目を向けるとクルルギは文句があるかとばかりに睨み返す。

「ふん、当然だ。欠片であろうと大魔王の生まれ変わりだろうと、マドエル様が門戸をお開きになられた以上、等しくガーデンの乙女であることに変わりはない」

　ここら辺のスタンスは一貫して変わらないようだ。

「ウツロが、欠片だって、いつ気が付いたの？」

「当初からウツロに目ぼしは付けていた。彼女の実力は明らかに異常だったからね。ただ、確証がない状態で此方も動くわけにはいかない。ウツロの実力が高いと言っても、過去のガーデンにはそれに匹敵、いやそれ以上の猛者が在籍していたと聞くから」

「ふふん」

何故か誇らしげにクルルギが胸を張っていた。

「仮に見切り発車で動いて違いましたじゃ、私達の敵が余計に増えてしまうだけだ。それも大陸でもっとも敵に回したくない一人を、ね」

「ふふふ～ん」

更に得意げになってクルルギは身を反らしていたが、チラ見だけして気が付かないフリをする。いちいちツッコむと面倒臭いことになるからだ。

「具体的にウツロの正体が欠片だと判断したのは先日、ちょうど君達がテイタニア……レイナと戦った夜のことだ」

「そりゃ、随分と最近のことだな」

「正直、色々と手は尽くしていたんだが決定打がなかった。ウツロは確かに風変わりな人物ではあるけど、常識を逸脱しているかと問われるとそこまでではない。積極的に活動を行っていた初期に比べれば、現在はかなり活動を縮小していて、人前に出る機会は失われていたが、生徒会の人間とはコミュニケーションをきちんと取っていたし、問題が起きればちゃんと行動を起こすリーダーシップも残っている。風紀委員長のニィナ辺りは、自覚が足りてないと憤慨するんだろうけど、少なくとも世の中に無関心ってことはなかった」

ここで言葉を区切り、喋り過ぎが祟ったのかアカシャは何度か咳ばらいをする。すると狙い澄ましたように、クルルギがいつの間にか用意したティーセットをアカシャだけでなく、アルト達の前に置き優雅な仕草で温かいお茶を注いだ。この辺の所作は流石メイドを名乗るだけある。

「ありがとう」

礼を述べてアカシャはお茶で喉を潤し話を再開する。

「そんなウツロが変わり始めたポイントが三つ、存在する」

言いながらアカシャは指を一本立てた。

「一つは明確な時期は不明だけど、恐らくアルトさんのお友達、えっとミュウさん、といったかな。ウツロが彼女と出会ったタイミングなのだろう」

「ふぅむ、なるほど」

アルトは顎を片手で摩る。色々あって忘れていたが、ミュウは何故かウツロに監禁されていた上に、異常とも思える執着心を彼女に持たれていた。あまり他人に執着するタイプには思えないだけに、改めて考えると不可思議だしその理由も定かではない。

「二つ目はテイタニアが行方不明になった前後。この場合のテイタニアはレイナではなく、本物の彼女だ」

最後に三本目の指を立てた。

「そして三つ目は先日、君がレイナ＝ネクロノムスを倒した日。恐らくは状況から考えて、消えた魔剣ネクロノムスが彼女の元に送られたのが切っ掛けだろう」

「そうだよ。なんでアイツが、魔剣を持ってたかずっと疑問だったんだ」

「現状を鑑みれば魔剣ネクロノムスは、最終的にウツロの手に渡る手はずになってたんだろう。いくらウツロとはいえ突発的に魔樹ネクロノミコンを発現させることはできない。何処からかは断言できないが、これら一連の事件は全て仕組まれたことなのだろう」

「待て」

アルトは少し強めの口調で説明を遮る。

「アンタのその言い方だと、ウツロの他に絵を描いている人間がいるように聞こえるぜ」

「ああ、いる」

探るような言葉をアカシャは力強く肯定した。

「私の判断ではウツロには自身が欠片である自覚はなかった。戦うことに飢えてこそいるが、それ以外は普通の人間と変わり映えはなく、ガーデンをどうにかしようという野心は持ち合わせてはいないはずだった……だとすれば私の結論は、彼女は第三者の作為によって変えられてしまったんだ」

アカシャの推論に思い浮かぶのは、いけ好かない男の顔だった。

「ボルド＝クロフォードか。あんにゃろう、まさかこんな場所で生き恥晒してやがるなんて、思ってもみなかったぜ」

「同感。会いたく、なかった」

王都での出来事が出来事だけに、アルトも嫌悪感丸出しで毒づく。隣のロザリンも因縁があるだけに、普段以上に厳しい面持ちで深々と頷き、アルトの言葉に同意していた。

「その様子だとあの奇妙な鎧の異形。君たちの知り合いのようだね」

「仲良しって訳じゃねぇぞ、アレは敵だ。死んだって聞いてたが、何の因果かガーデンに流れ着いていてたみてぇだな」

そう言って視線を向けた先はヴィクトリアとクルルギだ。

「ふむ。彼奴の存在については、私の口から説明しよう」

堂々とした様子で説明を引き受けたのはクルルギだ。

「率直に言えばあのボルドという男は、我々が全く関知しない存在だ」

「おいおい。乙女の花園に不審者が、それも男が入り込んでんだぞ。セキュリティがガバガバなんじゃねぇのか？」

「面目次第もないの」

アルトに呆れられヴィクトリアがしゅんと肩を落とす。

「でも、クルルギ様。貴女ならあの存在がなんなのか、見通しがついてるんじゃないんですか？」

「目敏いな、皇女。あまり長生き出来ない賢さだぞ……まぁ、いい。我の可愛いお嬢様をこのまま、落ち込ませしまうのは可哀そうだからな。我の見立てを語ってやるから、耳穴をかっ穿って聞き逃すな」

「ん。了解」

ロザリンだけが言われた通り、自分の両耳の穴に指を突っ込み穿っていた。

「あの異形の男だが、結論から言えばアレは生きてはいない。これは断言できる」

「死人、ってこと？」

「間違ってはいないが、我が見た限りではもっと無機物に近い存在だな。具体的に言うのなら、魔剣ネクロノムスに乗っ取られた状態が近い」

魔剣ネクロノムスは意思を持つ剣。使い手を浸食することで自我と個性を同調させ、自己を本人と魔剣が混じり合った状態に作り上げる。それこそがレイナが語っていた完成系魔剣レイナ＝ネクロノムス。恐らくボルド＝クロフォードの状態は、完成系魔剣を更に昇華させた存在なのだろう。そして魔剣が人間を浸食する条件に本人の生死は関係ない。レイナの場合は死んだ直後に寄生された為、大部分の人間性を残した状態を維持できたが、死後時間が経っているボルドに、本来の人間らしさを期待するのは難しいだろう。

「アレは生命体ではなく殆ど無機物、道具に近い存在だ。ある程度の対抗手段を用いて持ち込まれれば、流石に感知し切るのは難しい」

「人間やめても迷惑な野郎だぜ。ってことは、今回の黒幕はボルドの野郎なのか？」

「ううん、多分、違う」

少し考え込んでいたロザリンが首を左右に振って否定する。

「私が視た、限り、あの状態のあの人に、人間としての自我は、殆どない」

「その割には随分とべらべら調子よく喋ってたが？」

「あれは、殆ど残留思念。生前の、恨み辛みだけが、疑似的に自我に似た形を、作ってるだけ。辛うじて、会話できてるように、聞こえてたけど、時間が経てば、言動が支離滅裂に、なってくるはず」

「なら、背後に絵を描いている人物がいるのだろう」

「それが誰かってのが問題なんだろ。なら、ボルドを持ち込んだ奴が黒幕なんじゃねぇのか？」

ボルドの自己意思がないのなら、自発的にガーデンへ忍び込んだ可能性は皆無。逆に考えるなら、なんらかの意図を持ってボルドの元となった存在を、ガーデン内に持ち込んだ人物がいるということだ。

ここに来て日が浅いアルト達に心当たりはなく、視線は自然とアカシャに向けられる。

「ボルド氏を送り込んだ人物の特定は難しい。なにせつい今しがたまで、我々に存在を気取らせなかったのだから。ただ、もう一つの鍵となる魔剣を持ち込んだ人物なら判明している」

「魔剣を持ち込んだのはレイナだろ」

「いや。ネクロノムスと呼ばれる魔剣は最低二振り、このガーデンに持ち込まれている」

「……そう、か」

アカシャの説明に何か気づいたロザリンがハッと顔を上げた。

「魔樹ネクロノミコンは、魔剣ネクロノムスを素体に、作られてた。でも、私と戦った会長は、魔剣を持ってたから」

「必然的に二振り存在していた、ってわけか」

思い返してみれば腑に落ちる点が多々ある。レイナ＝ネクロノムスの言葉では魔剣は伝説上の存在ではなく、とある剣鍛冶が鍛えた物で人が作った剣。鍛冶師が複数剣を打っていたとしてもおかしい話ではない。それに魔剣を手に取った時、テイタニアの記憶が流れ込んできたと言っていた。てっきり同じ魔剣を本物のテイタニアも手に取っていたのだと思ったが、出入りが困難なガーデンで魔剣を往復させるのはリスクが高いだろう。そうなると可能性として高いのは……。

「本物のテイタニアが、魔剣をガーデンに持ち込んだ？」

呟いた一言に場が静まり返る。

本物のテイタニアに関してアルト達が知っていることは殆どない。だが、レイナが送り込まれたことに何らかの意図があること、テイタニア自身がウツロと関わって行方不明になっていること。それらを踏まえると彼女が、この件に関して全く無関係だとは考え辛いだろう。

「おい」

アルトが声をかけたのはクルルギだ。

「テイタニアって奴に関して、知ってることがあったら教えてくれ……まさか、この期に及んで、だんまりってことはねぇだろうな」

「無礼者め。少しは淑女らしい口の利き方を……」

「クルルギ。教えてあげてなの」

小言が始まりそうな雰囲気を察しヴィクトリアが止めに入ると、クルルギは彼女に向けてだけ謝罪の意を込めた礼をしてから、改めて此方に向き直る。

「テイタニアが魔剣を持ち込んだかどうかまでは我々も把握はしていない。だが、テイタニアの入学した数日後に、マドエル様に対して不明な干渉が始まったのは事実だ。恐らく魔樹の種子を花の塔のいずこかから打ち込んだのだろう。そしてそれは、テイタニアの姿が学園から消えたタイミングに一致する」

「そこまで把握しといて放っておいたのかよ」

「ううっ、仕方がなかったの」

学園側の無責任さを責めるような言葉に、ヴィクトリアは申し訳なさそうにしょげる。

「魔剣の記憶改竄（かいざん）はレイナさんと入れ替わった時だけじゃなくって、テイタニアさんがいなくなったことに対しても干渉しているの」

「全てが詳（つまび）らかになった現状なら、過去の出来事を繋（つな）ぎ合わせてそういうことだったかと理解しているが、当時は我らでも把握し切れない事象が多発していたのだ。で、なければマドエル様が緊急事態として、水神を頼り貴様らを呼び寄せる必要もなかった」

「ガーデン攻略において一番の障害は、クルルギ様だろうからね。黒幕は事が露見しないように、現状で把握している以上に幾重もの策を講じていたはずさ」

「くそっ。こっちはいい迷惑だぜ」

アカシャの補足を受けてアルトは吐き捨て、乱暴に頭を掻（か）き毟（むし）った。

「だが、そうだとしてもテイタニアが黒幕ってことはないだろ。アイツ自身、ウツロに消されちまってるし……ってことは、テイタニアも利用されてたんじゃねぇのか」

「うん。私も、そう思う」

テイタニアに魔剣を持ち込ませたのは、外でレイナに接触した人物と同じか関連する人間なのだろう。

「そいつはいったい、何を考えてやがるんだ。ガーデンをぶっ潰したいのか、ウツロを操りたいのか」

「両方、かもね」

ずっと話を聞きながら頭を指でトントンと叩き、頭の中で情報を纏めていたロザリンはそう推理する。今までの言動を見る限り、ウツロに人工天使としての自覚はないし、特別な野心めいたモノも感じ取れなかった。あるのは強者との戦いへの渇望。昼間に戦った際、どうにも様子がおかしかったのは、その辺りを黒幕に付け込まれたのだろう。魔樹ネクロノミコンもガーデンに直接作用し、創造主である女神マドエルにまで影響を及ぼしているることから、害を為すつもりはないなどという戯言は通らない。ここで問題になるのは黒幕の正体だが、最終的に何を目的にしての行動なのかだ。

「一つ、考えられることがある」

腕を組んだままそう言ったクルルギに視線が集まる。

「アルト。お前が王都で天楼と戦った時のこと、忘れてはいまい」

「そりゃ覚えてるけど。ってか、なんでアンタがそれを知ってんだよ」

「ふん。我らの情報網を甘く見るな。では、その時の最終目的はどうだ」

「最終目的ってそりゃ……なんだっけ？」

答えがパッと脳裏に思い浮かばず隣のロザリンに耳打ちをする。

「神殺し。弱体化状態の、水神様を、異界に引きずり込んで、やっつけようとした」

「そうそう、それだ」

「自分の関わった事件すら覚えられないとは、残念な頭だな」

「うるせぇ⁉　相手の都合なんていちいち気にして戦ってられるかっ！」

それはどうなのか。という視線が方々から突き刺さるが、無視してアルトはぷんすかと怒りながら注がれているお茶を飲み干す。空いたティーカップに素早くクルルギがお茶を注ぎ、視線はアカシャへと向ける。

「では元皇女殿下。人工天使計画の最終目標は知っているか？」

「大昔に失われた旧帝国の国家神、エクシュリオール様を人の手で再現すること。つまり、完全体の人工天使を帝国の新たな国家神に据えること、だったはずだ」

「エクシュリオールって、大精霊の名前、だったんだ」

知らなかったロザリンが感心した声を漏らす。

「その通り」

アカシャの説明にクルルギは頷（うなず）いてから、改めて話を続ける。

「よほど腕の良い魔術師がいたのだろう。奇跡的に帝国の人間は人工天使を大精霊に近づけることに成功した。しかし、あの女……竜姫との戦いで相打ちになったことで、分断された魂の欠片では、大精霊としての存在価値には届かない。ならば、と、この件の黒幕は考えたのだろう」

何かに気が付いたロザリンが勢いよく顔をクルルギに向けた。

「足りてない部分を、マドエル様で補おうと、してる」

「不遜にもほどがある考えだが、上手い具合に色々な事柄が噛み合ってしまっている。瘴気は精霊にとって天敵のようなモノ。それを魔樹と呼ばれる存在にまで昇華されては、流石のマドエル様でも弱体化は否めない。こうなる前に外敵因子を特定、排除しておきたかったのだが……」

「なんだよ。見つけられなかった、俺が悪いとでも言うつもりか？」

ジロッとした視線を注がれるが、アルトは不本意だとばかりに鼻をふんと鳴らす。しかし、予想に反してクルルギは首を左右に振った。

「否。ギリギリのところだったが、魔樹ネクロノミコンは完全な状態ではない。連中とて馬鹿ではない。大精霊を敵に回すのだから、ラストカードを切るのならば確実に勝利を得られる状況を作りたかったはずだ。だが、未だマドエル様はご健在である。つまりは現在の状況はウツロ達にとって不本意、想定外の状況だと思われる。ま、貴様らを連れてきた甲斐があったというモノだな」

「つまり、抜け駆けした、私のおかげ」

「うるせぇ。調子に乗るな」

　ふんすと得意げな顔をするロザリンの頭を掴み、わしゃわしゃと髪を乱す。

「だが、連中に泡を食わせたってんなら悪くない。メイドからもお褒めの言葉を頂いたしな」

「調子に乗るな。別に褒めていない」

「いいや、褒めたね」

「褒められた」

「まぁ、褒め言葉だったかと聞かれれば、褒め言葉だったかな」

　不愉快そうに顔を顰め否定するクルルギだったが、アルト、ロザリン、アカシャからも続いて畳みかけられ、珍しく口をへの字に曲げて「ぐぬぬ」と怒りと困惑が入り混じったような顔を晒していた。一方でヴィクトリアはニコニコと楽しげに両手を擦り合わせていた。

「良いじゃない良いじゃない。仲良しさんなのは素晴らしいことなのだわ。もっと確り褒めたり、頭を撫でたりしてあげればいいのに」

「そんなっ⁉　我が撫でたり舐めたり弄ったりしたいのはお嬢様だけです⁉」

　必死になって非常識な言葉を並べるクルルギに、一同は続く言葉に困ってしまうが、聞かなかったことにするように、アカシャが少し大きな咳払いと共に場を切り替える。

「つまりは、ウツロが完全に天使化するまでにはまだ猶予があるようだ。問題は具体的な時間だけど……」

「あんまりない」

少し緊迫感のある口調でロザリンが告げる。

「本当に、マドエル様を取り込めるかは、わかんないけど、私が視た限り、明日の今頃には、ガーデンの崩壊が始まる。と、思う」

「んじゃ、猶予は丸一日ってところか」

言いながらアルトはソファーから立ち上がる。

「待て。貴様、何処に行くつもりだ。話はまだ終わっていないぞ」

「これ以上、話し合ったって、結局のところウツロをどうにかせにゃならんってことだろ」

精神状態を通常に戻したクルルギの咎める言葉にアルトは肩を竦めつつ言い返す。

「だったら、パッと行って決着付ける以外に方法はねぇだろ。どのみち、アイツには返し切ってない借りが溜まってんだ。そいつを清算するついでに、よくわからん連中のよくわからん野望をぶっ潰してきてやるさ」

「三度も負けた分際で、でかい口を叩くな」

「今日のは負けてねぇ!? 勝手に数を増やすなッ!!」

眦を吊り上げて言い返すも、クルルギはため息と共に首を左右に振った。

「通常状態でも勝ちの目が薄い状況で、人工天使として覚醒しつつあるウツロを、今の貴様が倒せるとでもほざくのか」

「ほざくね。三度目の正直だ、絶対に勝つ」

睨み付けるような視線と共に強く言い切る。しかし、クルルギは再び、今度はより深くため息を吐きだした。

「この万能メイド様が断言してやる。魔樹の内部は瘴気が充満する、いわばウツロの領域。更には門番のようにボルドという輩が鎮座している以上、今の貴様が単身で勝ち切るのは不可能だ。身の程を弁えろ」

言い終わった瞬間、威嚇するようアルトは片足をテーブルの上に音を立てて乗せた。

「わかった。喧嘩売ってるってんなら買ってやる。テメェの首を手土産にすりゃ、堂々と魔樹の中に乗り込めるんだろッ」

「……面白い」

胸の前で組んでいた腕を解く。

「この我を相手に叩いた大口が、どれほど無知であったか教導するよい機会だ。身の程というモノを、骨の髄にまで叩き込んでやろう——来い！」

不敵に笑いクルルギは室内で跳躍。同時にいつの間にか窓際に寄っていたヴィクトリアが、よいしょと窓を開いた瞬間、クルルギはそこから外へと飛び出していった。すっかり頭に血が昇っているアルトも、「上等だ、覚悟しやがれクソメイド！」と叫び、テーブルから学園長の机へ連続で飛び乗り、窓の縁を蹴ってクルルギの後を追いかけた。

ヴィクトリアは一息ついてから、パタンと窓を閉じカーテンを引いて日差しを遮る。

振り返り何事もなかったかのような笑顔を、ぽかんとするロザリン、困惑しているアカシャへと向けた。

「それじゃあ、気を取り直してお話を続けましょうなの」

「そだね」

「……あ〜、その。彼女達は、よいのだろうか」

直ぐに切り替えたロザリンと違い、真面目なアカシャの戸惑いは続き窓の方を指さす。

「良くはないけれど、お話の最中にずっと横で苛々されているよりはずっとマシなの」

「でも、大切な戦いの前に怪我をしてしまうんじゃ……」

「アルは頑丈だから、大丈夫。怪我しても、ごはん食べれば、平気」

「そういうモノ、なのだろうか。まぁ、確かにハイネスも似たような部分が……」

元々が箱入りの皇女様だけあって、無茶苦茶な二人の言葉も飲み込んでしまう。身近にいる人物が、本質的にあの二人に近い存在だから尚のことだ。

遠くに激しくぶつかり合う音を感じながら、残った三人が話を仕切り直す。

「ガーデン側としては結論は一つなの。魔樹ネクロノミコンの攻略。マドエル様に影響がある以上、放ってはおけないの」

「私としても人工天使の覚醒は見過ごせない。問題は……」

続く言葉に苦慮するようアカシャは左手で口元を何度も擦る。

「ウツロをどう倒すか。天使としての覚醒が進めば、ただでさえ手が付けられないウツロを、止める手立てがなくなってしまう。いや、既に手段は限られている」

「クルルギが、戦うのは、駄目、なの？」

同じ考えを持っていたのだろう。疑問を向けるロザリンと共にアカシャの視線もヴィクトリアに注がれた。性格に難があろうとも、クルルギがガーデン最強であることは揺るがない。彼女の実力をもってすれば、人工天使として完全覚醒したウツロとでも戦えるだろう。しかし、机に向かうヴィクトリアの表情は晴れない。

一度、考え込むように目を閉じ、一拍待ってから開くと……二人は息を飲んだ。

瞳の中に星が弾け、髪色が薄い桃色に変色する。そして変わり者な雰囲気はあったが、少女らしい愛らしさがあったヴィクトリアに、言葉では言い表せない神聖が宿る。

「そのお話は、私の方からさせて頂くのだけど、その前に……」

ニコッと、姿かたちはヴィクトリアらしき人物は微笑んだ。

「ロザリン、アカシャ。こんにちは」

「……えっ」

「……は」

二人は固まる。戸惑いもあるが、それ以上に奇妙な雰囲気に気圧されていた。

「こんにちは」

もう一度、笑顔のまま変わらない口調で挨拶する。が、何処となく逆らい難い空気を宿していた。

「こん、にちわ」

「こんにちは」

二人が声を揃えて挨拶を返すと、ヴィクトリア？は満足げに頷く。

「よくできました、偉いですよ。何事も最初は挨拶が肝心ですからね」

「貴女、ヴィクトリアじゃ、ない？」

恐る恐るロザリンが問いかけると、彼女はにっこり視線を細める。

「はい、違います。ああ、いえ。厳密に言えば肉体的にはヴィクトリアですが……そうですね。ちゃんと名乗りましょう」

そう言って立ち上がり、机の前に歩み出てからスカートを摘み優雅に一礼する。

「こうやって直にお会いするのは初めましてね。私はマドエル。愛の女神マドエルよ」

衝撃に二人、とりわけロザリンは大声を出しそうになるのを、両手で口を押さえて堪え

た。流石のアカシャも動揺が隠し切れないようで、顔色が真っ青になった状態で怯えるように身体を震わせていた。相手は大精霊。この世界における神の領域にいる存在で、人間とは根本からして次元が違う。悪意や敵意がなくとも本能的に畏怖の感情を懐いてしまうのは、人間が天災を恐れることと相違ない。何よりも彼女の言葉に嘘偽りがないことを、一瞬で知らしめる存在感は、まさしく神々しいという表現がぴったりだろう。

疑念など欠片も湧かなかった。彼女は間違いなく愛の女神マドエルだ。

本来は契約者以外の人間に易々と大精霊が対話することはない。つまり、それだけ状況が切迫していると言える。

「ヴィクトリアちゃんには申し訳ないけど、少し身体を依り代にさせて貰うわ。魔樹の影響で私の力が削られてしまっているから、お話用の身体を作るのが難しいの」

「な、るほど。契約者だから為せる荒業ということか」

「ええ、そうよ。それでさっきの質問だけれど、クルルギちゃんには重要な役割をお願いするから、ウツロちゃんとの直接対決は無理なの」

「重要な、役割？」

ロザリンが首を横に傾げた。

「魔樹を排除する為には内部で核となっているウツロちゃんと戦う必要があるわ。けれど、魔樹は瘴気そのもの。普通の人間では内部に潜っても数分と活動できない。だから、外から補助する役目が必要なの」

「その役割を担うのが、クルルギさんということか」

「ええ、そういうこと」

　女神マドエルが続けて概要を説明する。

　魔力を浸食する瘴気は精霊や人間の天敵のような存在。触れただけで痛みを伴い、濃度次第では皮膚は爛れ肉が腐り落ちる。ましてや、瘴気の塊が如き魔樹の中心点では、どれほど高濃度な瘴気が渦巻いているのか予想もできない。魔樹を排除する為には核となる存在、恐らく魔剣ネクロノムスを取り込み、人工天使として覚醒しつつあるウツロなのだろうが、彼女をどうにかしなければならない。どうにかする為にはまず魔樹の内部に侵入し、ウツロが鎮座する人工天使の寝所まで降りなければならない。前述の通り人間が生身で生き延びられる環境ではないが、それならば外部からの干渉で瘴気から侵入者の身を守ればよいというのがマドエルの考えだ。

「対瘴気の防御術式を組み、決着がつくまで侵入者を守るの。魔樹全体に影響を及ぼすほどの魔術ともなれば、術式は複雑化する上に注ぐ魔力も膨大。術者は繊細なコントロールだけでなく、絶えず流し込まれる術式と魔力に耐えられる強靭な肉体が必要となるわ」

「その条件に合致するのがクルルギさんだけ、という訳ですか」

　マドエルは頷く。

「クルルギちゃんには魔力の中継点となって術式の維持に集中して貰うことになる。彼女は強いけれど、流石に魔樹全体を覆う瘴気を抑え込むとなると、術式を維持しながらの戦闘は不可能よ。だから、彼女以外にウツロちゃんと戦える人が必要なの」

「それが、アル、ってこと？」

「はい、正解。よくわかりましたね」

パチパチと手を叩く。小さな子供を褒めるかのような仕草だ。

「しかし、どうして彼女を？　実力者という意味ならクルルギさんには及ばなくとも、ガーデン内にはいくらでもいるはずでは」

「理由はちゃんとあるわ。でも、それを貴女に教えるのは野暮というもの」

マドエルは悪戯っぽい笑顔でウインクするが、意図が全く読めないアカシャは困惑。けれども、大精霊相手に突っ込んで問い質すこともできず、この場は「わかりました」と言って納得するしかなかった。一方でロザリンの方は違う事柄に引っ掛かりを覚えていた。

「はい。質問」

「はい、ロザリンちゃん」

元気よく手を挙げるロザリンを指さし質問を許可する。

「魔樹の内部は、異界になってるから、外からの干渉を、受けないはずだけど」

「うん、良い質問だね。えらいえらい」

笑顔でロザリンのことを褒めてから、マドエルは机に戻り椅子へ腰を下ろす。

「確かに魔樹自体が結界になっていて内部が異界化しているわ。ガーデンから隔絶しているからこそ、私やクルルギちゃん達が今まで感知することができなかった。けど、魔樹の本体が顕現しガーデンに強く根付いたことで、魔樹とガーデンの一部が同質化してしまっている」

「つまり、内部に干渉、できるってこと」

「その通りよ。ただ、完全に干渉することはできないし、干渉には幾つか条件が存在するわ。その上で私が手伝えることは、クルルギが行使する魔術を私を通して内部へ届けることだけ……けれど、この方法には一つ、欠点があるわ」

「欠点ですか?」

「魔樹の内部に瘴気除けの術式を展開することはできるわ。けれど、内部を見通すことは難しい」

「内部全体に術式を展開すれば、中の様子は関係ないのではないですか」

「それは、難しい」

アカシャの疑問に渋い顔で返答したのはロザリンだった。

「魔樹の内部は、異界だから、見た目以上に、広い可能性が高い。ガーデンと同等か、下手したら、それ以上に広い。そんなの、ガーデンの人達、全員の魔力を使っても、十分も維持できない」

「そうか、なるほど。それは私が無知だった」

納得したアカシャも事態の難しさを知り顔を顰めた。

魔樹の内部が広いか狭いか、それは実際に乗り込んでみないとわからない。瘴気除けの術式は範囲を広げれば広げた分だけ、消費する魔力量は膨大になるし術式の構成も高難易度になっていく。僅かでも術式外に出れば瞬く間に瘴気に飲み込まれてしまう以上、小規模に絞るという選択肢は取れない。当然、そのことはマドエルも理解していた。

「その限定条件をクリアする為に、魔樹の内部に入って貰いたい娘は、アルトちゃん以外に後二人いるの」

「だれと、だれ？」

「ロザリンちゃんと、ミュウちゃんよ」

声こそ上げなかったが、三人目の名前に二人の表情に驚きが広がる。

「ミュウちゃんはこの作戦に必須よ。貴女達が魔樹に侵入した際、見失わない為の目印の役割を担って貰うわ」

「他の二人では駄目なのですか？」

「契約者のヴィクトリアちゃんならともかく、普通の人間の魔力を追うのは精霊である私には難しいことなの。瘴気渦巻く魔樹の中なら尚更だわ」

「だったら何故、そのミュウさんだと大丈夫なのですか？」

質問を重ねるアカシャに直ぐには答えず、少し楽しげにマドエルは微笑む。

「んふふ。逆に質問。どうしてミュウちゃんが目印になり得ると思う？」

「い、いや。それを聞きたいのですが……」

「……ん」

困惑するアカシャとは反対にロザリンはポンと手を叩く。

「もしかして、水神の因子？」

「はい、正解♪」

嬉しそうにマドエルは拍手を送る。

「ミュウちゃんは特殊な環境下で育てられた影響で、水神リューリカちゃんの魔力を色濃く受け継いでいるわ。精霊、とまでは呼べないけれど、その存在は疑似精霊に近い性質を得つつある。本当だったらそれだけじゃ判別は難しいのだけれど、私とリューリカちゃんは仲良しだから」

当然のような流れで言った瞬間、マドエルの前に置いてあるヴィクトリアの飲みかけの紅茶に波紋が走り、ティーカップを粉々に砕いてしまった。何事かと驚いた二人がソファーから腰を浮かせるが、マドエルは嬉しそうな笑顔を浮かべたまま、欠片を指で摘み砕けたティーカップを一ヵ所に集める。

「うふふ。相変わらず照れ屋さんな上、過保護なのね。そんなに心配なら引き籠(こ)もってないで、ガーデンまで出てくればいいのに」

「い、いまのは……」

一瞬、何が起きたのか理解できなかったアカシャだったが、直(す)ぐに悪意がないことと、今の現象の元となったのが何者なのかを察し、息を吐き出しながらソファーに腰を戻す。

「やれやれ。神に見守られているのは心強い、ということにしておこう」

肩を竦(すく)める言葉に同意するようロザリンも苦笑を浮かべていた。

「話を元に戻すと、ミュウさんがいれば、魔樹の内部にいてもマドエル様は把握することができる。そういうことですね」

「はい、そうよ。ちゃんとお話が聞けて偉いわね」

言ってマドエルが軽く宙を撫(な)でると、アカシャの頭部をふわっと柔らかい風が薙(な)ぐ。子供というか幼児を相手にするような物言いに、アカシャは反応に困りながらも乱れた髪を手櫛(てぐし)で直す。

「そしてロザリンちゃんの役割は、魔樹内部においての対瘴気(しょうき)術式の微調整。基本的な部分は消費魔力も含めて外で賄(まかな)えるけど、やっぱり相手の領域内では何が起こるかわからないから。まぁ、流石(さすが)に外とのラインが断ち切られることは、あり得ないと思うけれど」

「ふぅむ、なるほ、ど」

　ソファーの背もたれに体重を預け、ロザリンは自分の口元を手で摩りながら頭の中でマドエルの言葉を反芻する。魔樹の中は未知の領域。瘴気が充満しているのはわかり切っているが、それ以外にどのような状態で異界が顕現しているかは不明だ。室内のような状態が保たれているのか、疑似的にガーデンの景色が再現されているのか、あるいは全く別世界、だだっ広いだけで真っ暗な空間が展開されている可能性だって大いにあり得る。ただ、ボルド以外に戦力が存在する可能性は低いと見ていた。瘴気の中で活動できるのは魔剣と同化した存在か、今や魔樹そのものとも言えるウツロくらい。綿密に計画を積み重ねてきた連中でも、余力ある戦力を確保する余裕はないだろう。むしろ、ボルドに匹敵する戦力を魔剣を使って用意するくらいなら、その分の力を魔樹に注ぎ込んだ方が勝率は上がる。瘴気対策に関してもマドエルやクルルギが直々に陣頭指揮を執るなら、まず間違いはないだろう。内部に入った後も自分とアルト……おまけのミュウも加えれば、きっと勝てるとロザリンは確信している。気がかりな点は二つだ。

「はい、質問」

「はぁい。どうぞ、ロザリンちゃん」

　思考が纏まったところでロザリンは再び手を挙げた。

「外で、チャンスを窺ってる人たちは、どうするつもり？」

　気がかりなのは未だ動く様子を見せない共和国の一団。積極的に動く素振りはないようだが、彼らには彼らの目的があるはず。クルルギを始めとするガーデンの主力が魔樹攻略に集中した隙を狙い、動き始める危険性は十分にあるだろう。

「それは私の方で対処しよう」

決意の籠もった声色で答えたのはアカシャだ。

「連中の目的は私だ。だが、それ以上に人工天使の存在を知られるのは不味い」

「どうして？」

「人工天使の存在はいわば共和国にとって帝国時代の汚点だ。アフロディーテ殿が何処の派閥に通じているかまでは私の方では把握できてはいないが、利用する側でも破棄する側でも知られること自体にリスクがある。下手をすれば共和国の本隊に、ガーデンを攻める口実を与えてしまうかもしれない」

そうアカシャは自身が懐く危惧を伝えた。

「じゃあ、投降、するの？」

「まさか」

アカシャは笑う。

「真っ当に交渉するさ。この状況で動きを見せないということは、アフロディーテ殿にも不明瞭な部分が多いのだろう。そこら辺を上手く突いて、戦わずしてガーデンからご退場を願うさ」

「そんなに、上手く、いくかなぁ」

気軽に言っているが、要は舌先三寸で相手を丸め込もうという話。実際にアフロディーテと顔を合わせているロザリンは、見た目こそ奇抜だったが底知れない強かさを持つ人物という印象を懐いている。とても交渉だけでどうにかできるような人間には思えない。

そんな疑問の宿る声と視線を受けても尚、アカシャは不敵な笑みを崩さない。

「いかせるさ。その為の布石だって、既に打ってあるんだからね」

堂々とした態度は自信の表れか、言い切るアカシャの視線に迷いはなかった。ロザリンの見立てでは彼女の言葉に嘘はない。事実上、人工天使の回収が不可能になった現状で、アカシャがガーデンに拘る理由はなくなった。口に出しこそしなかったが、ガーデン側がウツロを始末する分には彼女が困ることはない。むしろ今、頭を悩ませているのはラス共和国の手勢で、向こう側にウツロの正体を知られること、アカシャ自身の目的が気取られることは非常によろしくないだろう。故に最優先事項はアフロディーテ達を撤退させること。この場に相棒のハイネスがいないことも、彼女の述べる布石に関係があるのだろう。

「じゃあ、共和国の子達のことはお任せしましょう。二つ目の疑問は、あの困った人もどきのことね」

変わらぬ笑顔のままの辛辣な物言いに、思わずロザリンの背筋に悪寒が走った。

彼女が指すのは当然、ボルド＝クロフォードのことだ。

「あのヤバい人、誰が、相手するの？」

ヤバい、というのは個人的な感情を差し引いても、瘴気を纏った怪物と化したボルドは決して油断できる相手ではない。魔樹攻略において必ず立ち塞がる相手ではあるが、ただでさえ強敵のウツロと戦うのに、余計な消耗は避けたいところだ。だが、アルト達は当然として術式を維持しなければならないクルルギ、共和国との交渉に同行する予定のハイネスが戦うことは難しいだろう。ガーデン内には他にも実力者は多数いるが、いつ決着がつくかわからない対瘴気の術式を維持するには、それなりの実力と魔力を持ち合わせた人間を揃えなければいかず、ボルドと戦う相手は限られる。

「順当にいくなら風紀委員長のニィナさんだろうか。序列から考えても彼女なら十分に戦える気がするけれど……」

「ニィナちゃん。確かに強い娘ね。だけど、今回は分が悪いかしら」

「それほどまでに、あのボルドという人物は強いと？」

「実力云々より相性の問題ね。ニィナちゃんの戦い方は、瘴気を帯びた存在との相性が致命的に悪すぎるの。だから、選択肢としては無しね」

物腰こそ柔らかかったが、断言する口調には有無を言わさぬ迫力があった。ガーデンの最高権力者とも言うべき女神マドエルが言うなら、ニィナの実力を正しく把握している訳ではないアカシャは、「そうですか」と答えるしかないだろう。

ならば誰が戦うのか。そう物語る二人の視線にマドエルは笑みを深くする。

「心配しないで。ちゃんと考えてあります。期待とか試練とか、色々と私的な思惑はあるけれど、きっちり勝ち切れるカードをお膳立てしたわ……後は」

一旦、言葉を区切ってマドエルは可愛らしく首を軽く横に倒す。

「彼女達が決断するだけね」

その一言にロザリンとアカシャは、マドエルが人ではない事実を完璧に理解する。独り言ではなく、かといって二人に話しかけた訳でもない。決断を促す言葉は明確に誰かへと向けられたモノで、ある種の圧がある命令とも取れるそれは、この場にはいない「彼女達」に抽象的な意味ではなく届けられているのだろう。この傲慢さ、人を理解していない超常的な思考は、まさしく精霊が人よりも上位種であることの現れだった。


学園の敷地内にある病院にオルフェウスは運び込まれていた。ここはアントワネットが入院している病院と同じ場所。学園で問題を起こし怪我をした生徒が治療を受ける特別な施設で、魔樹が顕現し茫然自失状態だったのを、風紀委員長のニィナに助けられそのまま、この病院に入院、隔離されてしまった。

（……ま、当然か）

物音ひとつ、消毒液の匂いさえしない静かで清潔な病室で、ベッドの上に横になったたままのオルフェウスは、覇気のない瞳で天井を見つめぼんやりと頭の中で呟く。オルフェウスは生徒会の役員でウツロの右腕的存在。会長であるウツロがガーデンに反旗を翻した状況で、無関係と放置される訳はないだろう。ましてや数日前に、同じ生徒会役員のアントワネットが騒動を起こしたばかりだ。

だが、今のオルフェウスにはそんなことはどうでもよかった。

「………」

かけられた毛布から右腕だけを出し、窓から差し込む陽光を遮るよう目元に置く。

身体の痛みは残っているが、獣人の生命力の強さからくる自己治癒能力とガーデンの高い医術のおかげで、傷は塞がり細かく残っている痕も、数日たてば綺麗さっぱりなくなってくれるだろう。痛むのは節々。特に肘や膝など酷使した部位は、痛みの所為で上手く普段通りに曲げることができない。原因はハイネスの戦闘速度に対して身体への負荷が大きかったことだろう。戦闘中は高ぶっていたこともあり気が付かなかったが、オルフェウスは全ハイネスの動きに全くついていけず、いつの間にか身体は限界を迎えていたのだ。

冷静になった今だからわかる。ハイネスは全力ではなかった。

「……強かったな」

純粋な感想には悔しさすら滲まない。ガーデンに来る前も、ガーデンに来た後も幾度となく地に伏せ、血と土の味を噛み締めてきた。その度になにくそと闘争心を奮わせたが、今回ばかりは胸の奥の炎が燻ってしまったのを感じていた。理由は敗北ではない。信じていた者、憧れていた人に、置いて行かれてしまったことが何よりも辛かった。

「……ッ」

脳裏に浮かぶウツロの顔。自分に一切興味を示さず諦めきってしまった姿に、オルフェウスは胸を掻き毟りたくなるほど感情が荒ぶる。だけど、身体を包むパジャマを獣の力は裂くことはなく、出来ることは奥歯を必死で噛み締めることだけ。ギリギリと軋む歯の隙間から、震える息が漏れる。途端に身体全体が寒くなったオルフェウスは、横向きになると少しでも温もりを保とうと身を縮めた。

（もう何も……考えたくない）

耳鳴りがするほど固く瞼を瞑り、無理やり思考を閉ざそうとする。が、考えないようにすればするほど、走馬灯のように様々な記憶が呼び起こされる。その度に胸がざわめき、熱くなる目頭と共に涙が溢れた。それを隠すようにオルフェウスは更に深く毛布の中へ潜り込む。ベッドの上で丸くなり声を押し殺して泣く姿は幼子のようで、普段の凛々しいオルフェウスしか知らない者からすれば驚くかもしれない。

「久しぶりだよね。オルフェちゃんが、そうやって泣いてるの」

「――ッ!?」

耳慣れた声にオルフェウスは反射的に跳ね起きた。いつの間に病室に忍び込んだのか、ベッドの足元側に制服を着たアントワネットが、普段と変わらないヘラヘラとした笑顔を浮かべ此方(こちら)に向け手を振っていた。

「アン、トワネット」

「やぁやぁ、珍しいところで会いますな」

茶化しながら横に来るとわざわざベッドの上に腰を下ろす。右手には布で包まれた荷物を持っていて、それをオルフェウスの胸元に押し付ける。

「はい、これお見舞い品。料理部の友達に作って貰(もら)ったスイーツだから、味の方はバッチリよ。怪我(けが)してるだけなんだから、甘い物くらい食べられるっしょ」

「………………」

押し付けられるまま受け取ったオルフェウスは、何か言おうと口を開くが言葉を発せず、唇を結び黙り込んで俯(うつむ)いてしまう。アントワネットはつまらなそうにジト目を作る。

「なぁによ、そのリアクション。お前にまともな友達がいたのか、とか。普段通りの切れ味が良い返しはできないの?」

「……そんな無駄口を叩(たた)く気はない。甘い物を食べる食欲もな」

包みを突き返すが、アントワネットは受け取らず無視するよう顔を背けた。

「おい」

「なんか、この前と逆じゃん」

「はぁ？」

「このシチュエーション」

振り返り訝しげな顔をするオルフェウスを鼻で笑う。

「借りを返すとか格好いいこと言ってた分際で病院送りにされるとか、マジで笑えるんだけど。それでメソメソ泣いてるとか、お前、マジで泣き虫な」

「――なッ⁉」

急激に顔を赤らめたオルフェウスは急いで目元を袖で擦る。

「き、貴様はわざわざ、馬鹿にする為に来たのかッ！」

「ったりまえじゃん。前回のアンタと同じ。こんなチャンス、見逃せないっしょ」

「そんな馬鹿げた理由で」

呆れるように息を吐き出す。

「どうして自由に動き回っている。怪我はもう治ったのか？　いや、そもそも自由行動が許される身の上ではないだろう。脱獄の手助けと思われて、ボクまで巻き込まれるのはごめん被るぞ」

「はいはい。んなはしゃがなくても、問題ないってば……そんなことより」

表情を真面目なモノに切り替え顔をグイッと近づけた。

「な、なんだ」

「人にアレだけ大層な啖呵切っといて、あっさり負けて泣かされるってどういった冗談？　あーしのこと、笑わせにきてる？」

「わ、笑わせるつもりなどないッ。それより顔が近いぞ、もう少し……」

押し退けようと肩を掴むが反対にその手を握られ、逆に身動きが取れなくなった。

「顔が近いくらいなに？　それアンタの得意技っしょ。あーしはムカついてんのよ」

「なんだと？」

「アルトちゃんに負けるのは、まぁしゃーなしよ。普通に強いし、正直、惚れ惚れするくらい気っ風がいいしね」

「貴様。やはりそっち側の趣味も」

「それなのに！」

嫌そうな顔をするオルフェウスの言葉を大声で遮った。

「なんで敵対してんのかわかんないポッと出の仮面女子に負けて、恥ずかしくないの？」

「負け!?　……ま、負けて、はない。まだ……」

引き分けとも言い切れない気まずさに視線を逸らすと、アントワネットはジト目になる。

「自分でも認めてんじゃん、負けたって」

「……ぐっ」

「ああ、でも負けたから落ち込んでるわけじゃないもんね。オルフェちゃんがへこんでる理由は、会長に冷たく袖にされたから」

「…………」

　ぐうの音も出ないとは、まさにこのことだった。ハイネスとの戦いに関しては、敗北を認め始めているので、心の整理は付きつつあると言える。それなのにオルフェウスが毛布に包まりいじけている一番の理由は、友人だと思っていたウツロに置いて行かれたからだ。裏切りとも取れる行為だが、内心でもその単語を使わなかったこと自体、オルフェウスが状況を飲み込めていない証拠になるだろう。現場にいなかったアントワネットに詳しい経緯はわからない。ウツロやオルフェウスに関する出来事は全て人づてに聞いたことだ。しかし、これでも二年近くオルフェウスと共に生徒会役員を務めた身の上。自分で思っている以上に短絡的なオルフェウスの感情など、人の心身を利用することに長けたアントワネットにはお見通しだ。

「だから言ったじゃん。会長にはあーしらなんか必要ないって」

　呆れながらも僅かに諭すような口調でアントワネットは肩を竦めた。

「貴様に……ボクやウツロちゃんの、何がわかる」

「なぁんもわからんし。あーしは魔道を進むことだけが目的の一介の魔術師で、国がどうだ神様がどうだなんて、馬鹿でかい物事を語れるような立場じゃないじゃん。それに居場所が出来て満足してるオルフェちゃんと、まだまだもがき続けてる会長じゃ、そりゃ着地点が違って当然だって」

「まん、ぞく？」

　指摘されてハッとした。

　人間としても獣人としても半端者だった自分は故郷に居場所がなく、流れ着いた先のガーデンでも直ぐに見つかることはなかった。最初に覚えたのは自分の居場所は自分で勝ち取ること。それを教えてくれたのは他の誰でもない、常に前だけを見続けていたウツロの背中だった。正面を真っ直ぐ突き進む彼女の背中を追い掛けていれば、半端な自分だって強くなれる、居場所を得られると確信していた。居場所は確かに得られていたのだ。生徒会という役職ではなく、ウツロの背中を追うという行為自体が、気が付けばオルフェウスの目的であり居場所になっていた。

　唖然とする無言の視線を向けられ、アントワネットは思い切り口をへの字に曲げる。

「今更、気が付いたって感じ？　遅いって。そんなんだから都合よく利用されるどころか、何もわからん内に切り捨てられるんだって。盲目と妄信は上位者の術だけど、自己満足は文字通り自分の責任よ」

「そんなッ⁉　ボクはウツロちゃんの為に……」

「アンタがそのつもりでも、結果的に会長の為になってなかったってだけっしょ。だから、妄信にも満たない自己満足だって言ってんの。そりゃ、背中だけ見て立ち止まってちゃ、相手の見たい風景も何処を見てるかもわからんて」

「………」

頭の中を衝撃が駆け巡るようにオルフェウスは絶句する。言葉が出ない。指摘され冷静に我が身を振り返れば、アントワネットの言葉は癪ではあるが事実を射抜いていた。気付かなかったフリではなく、本当に気が付けずにいたのは、オルフェウスが現状に満足しきっていた証拠だろう。別にそれ自体は悪いことではない。だが、ここはガーデンで、アルストロメリア女学園で、自分は生徒会の幹部だ。自らを研磨し、全ての理不尽に抗い、戦い続けることを宿命づけられた乙女達の庭園では、足を止め満足してしまうことなど許されない。今現在、多くの乙女達がウツロという絶対的な強者に心を折られてしまっている。不甲斐ないと思っていたオルフェウスもまた、彼女らのようにウツロの強さを我がことのように誤認し、満足してしまった一人だった。

「ぼ、ボクは、ボクはどうすればよかったんだ？」

「んなこともわっかんないかなぁ。ダメダメじゃん、オルフェちゃん」

誰に問いかけた訳でもない独り言。しかし、聞こえてしまえばアントワネットは、自らが考えた答えを示す。

「やりたいことをやればいいじゃん。因縁ばっかり作って結局、アルトちゃんやテイタニア……ああ、レイナちゃんか。と、戦う機会を失っちゃってさ。敵だと認識した時点でさっさと殴りかかればよかったのよ」

「……だ、だが」

震える声色と縋りつくような視線。王子様を日常的に演じるオルフェウスからは、想像もつかない弱々しい仕草で、本来ならばアントワネットの性癖、琴線に触れるモノだっただろう。思わぬ知り合いの反応に出くわして、アントワネットは頭を抱えて天を仰いだ。

「はぁ……学園の王子様が、んな情けない顔と声を晒すなってば。マジ解釈違い」

「き、貴様の解釈など知るモノか。ボクだって、弱気になる時くらい、ある」

「あ～、止めて。それ以上、喋るな。物憂げに視線を逸らすな。解釈違いであーしの情緒がぐちゃぐちゃになる！」

オルフェウスから漂う湿りけの多い雰囲気を吹き飛ばすように、頭を掻き毟り仰け反りながら叫んだ。

「ぐちゃぐちゃになる、と言われても」

「言われても、じゃないっつーの！」

かつてない剣幕にオルフェウスも戸惑う。一度、火が点いてしまってヒートアップしてきたのか、アントワネットは普段の飄々とした態度は何処へやら、眉間に皺を集めてベッドの上でにじり寄るよう詰め寄っていく。

「あーしがムカついてんのは、学園の王子様が、ベッドの上で丸くなって泣きべそかいてることよ」

「……知らなかったよ。貴様がボクを買い被っていたなんてな」

「買い被って悪いかってーの！」

　衝動のままオルフェウスの胸倉を掴み上げる。

「生徒会副会長のオルフェウスは、腕っぷしが強くて、クソ真面目で、融通が利かなくて、逆らう連中は全員ボコしてきた、生徒会の特攻隊長なんだよ！　ちょっとくらい足元が不安定になったくらいで、自分見失って日和ってんじゃねぇわよ！」

「……ッ。何度も言わせるな、貴様にボクの何がわかるッ」

「わかるっつーの！」

　ガツンと音が響くほど強く互いの額を叩きつける。視界が揺れる衝撃が二人の頭を揺らすが、両者とも息がかかる距離で睨み合いを止めない。

「アンタ言ってたじゃんか！　あーしらは同じ旗の下に集まった、群れの同志だって。正直、同じ志なんか懐いたことねぇけど、アンタが妙な仲間意識を持つのと同じくらい、あーしだって連れ感出ちゃってんのよ！」

　もう一度、額が割れる勢いで頭を叩きつけた。

「知り合って数ヵ月程度の仮面ちゃんや、結局なに考えてんのか理解してやれなかったウツロちゃんとは違う……アンタとあーしは相容れない存在でもさぁ、気付いちゃうんよ、わかっちゃうんよ。駄目な部分も、すげぇと思う部分も。あーしはこの学園の誰よりも、素のオルフェウスを知ってる自信があるっつーの！」

三度、額をぶつける。赤くなっていた皮膚が裂け、滲む血はお互いのモノと混じり合いながら鼻の横を伝い顎まで滴り落ちた。

「アンタだって同じのはずっしょ？」

「……ああ、そうだな」

オルフェウスは熱が籠もった声色で、アントワネットの両肩に手を置き後ろへと突き飛ばした。思い切りではなかったので背後に下がらせる程度のモノだったが、オルフェウスは額から流れる血を親指で拭い、ペロッと舌でそれを舐めた。

「理解しているさ。貴様が、こんな熱血漢みたいな物言いを、本気でするわけないとな」

「……ふへっ。やっぱ、わかってんじゃ～ん」

先ほどまでの情熱的な語り口調は何処へやら、強張っていた表情を崩すとアントワネットはヘラヘラとした様相で、流れる手を手の平で拭い取り、ベロッと大きく歯に血液が付着して赤くなる勢いで舐めとった。

「ふん。下品な仕草だ」

「いいじゃ～ん、サイコパスっぽくてさ。格好いいっしょ」

「真似(まね)などせずとも貴様はサイコパスだろ」

「ええ、オルフェちゃんってばひど～い」

非難するアントワネットを尻目にオルフェウスはベッドから降り、畳んで置いてあった制服のブレザーを手に取り袖を通す。寝ていた為(ため)、スカートなどに寄っている皺(しわ)を直しながら、ベッドに座ったままのアントワネットを見下ろす。

「悪ふざけはもう十分だ。罪人である貴様が、大手を振ってボクの元に来たのはそれなりの理由があるのだろう。さっさと話せ」

「さっすがぁ、オルフェちゃん。いい勘してるじゃん」

アントワネットはパチンと指を鳴らした。直(す)ぐに表情をへらへらしたモノから真面目な顔つきに切り替えて足を組む。

「我らが女神様直々のご指名。あーしと、アンタ」

指を差されたオルフェウスは、流石(さすが)にマドエルのことは予想外だったようで、驚いた表情を見せていた。

「マドエル様からのご指名……なるほど。貴様が厚顔無恥を晒(さら)して、出歩いてる理由がわかったな」

「いちいち、チクチク言葉使うの止めなぁ。最後にはぶち切れちゃうわよ」

ジト目で睨(にら)みながら組んでいた足を入れ替える。

「内容は魔樹を守ってるヤバい奴の排除だってさ。あーしはよくわからんけど、オルフェちゃんは知ってる？」

「……アレか」

　記憶を呼び起こしオルフェウスは苦々しく表情を歪めた。茫然自失の状態ではあったが、あの場で起こった出来事はきちんと認識している。魔剣を持った巨大な甲冑。アルト達がボルド＝クロフォードと呼んでいた人物の禍々しさは、今思い出しても鳥肌が立つ嫌悪感をオルフェウスに与えた。同時に聡明なオルフェウスは理解する。

「と、言うことは、ウツロ会長とはあの小娘、アルトが戦うということか」

「おお、さっすが。察しがいいじゃん。何だかんだ言いながら、結構アルトちゃんのことを認めてる感じ？」

「……腕前くらいはな」

　素直に褒めるのは癪なので視線を逸らしてから、もう一度アントワネットを見る。

「やるべきことはわかった。クルルギ様や風紀委員長ではなく、ボク達にお鉢が回ってきたのには、それなりの理由があるのだろう。だが……」

「だが？　なになに、なんか不安な点があるの？」

「……貴様も戦うのか？」

「――酷っ⁉」

迷惑と言わんばかりの視線を向けられ、アントワネットは思わず仰け反った。

「酷いもなにも、貴様は直接戦闘には向かんタイプだろ」

ベッドに倒れ込んで泣きまねをするアントワネットに呆れつつ、オルフェウスは正論を述べる。確かにそれは事実だ。アントワネットの魔術師としての才能は非凡なモノで、ガーデンでも間違いなく五指に入るだろう。だが、血と臓物に特化した彼女の術式は特殊過ぎる上に汎用性に欠ける。自身のテリトリー内で相手を罠に嵌めるならともかく、正面切っての決闘には間違いなく向かない。当然、アントワネットもそこは理解している。

「ま、オルフェちゃんの言う通りなんだけど、ね」

泣きまねを止め足を振り上げてから、勢いをつけて上半身を起こす。

「だから、あーしが出来ることと言ったらサポートくらい。でもさぁ、流石に泣き虫のオルフェちゃんを、一人で戦わせるのは心配じゃん？」

「……ぐっ。張り倒したい」

拳を握り締めるが泣いていたのは事実なので、奥歯を噛み締めグッと耐え忍ぶ。

「本音を言うと色々とあーしに便宜を図って貰う為には、ちょいと気合いを入れなきゃいかんのですよ。出し惜しみは出来ない状況ってやつ」

「出し惜しみとは大仰だな。貴様、まだ切り札を隠し持っていたのか？」

「あったり前だっつーの。このあーしが、ちょっと痛い目に遭ったからってしおらしくなるわきゃないっしょ。本当は隠し事がバレれて、ウツロちゃんやオルフェちゃんが敵に回った時に用意したモノで、最近はアルトちゃんへのリベンジに使おうって思ってたけど……何処にでも耳聡い人間はいるモンで、全部がまるっと筒抜けだったみたい。ま、そのお陰で面白いモノをお披露目できそうだし、あーし的には大満足的な？」

「意味がわからんぞ」

「そりゃそうっしょ。わからないように言ってんだから。折角の初お披露目、ネタバレなしに驚かせたいじゃん」

そう言ってウインクを飛ばすアントワネットに、頭痛を感じてオルフェウスは頭を押さえため息を吐いた。

「もういい。聞いたボクが馬鹿だった」

「本番を楽しみに待ってなって。絶対にビビらしてあげっ、から」

ベッドから勢いよく立ち上がったアントワネットは、自然とオルフェウスの横に立つ形となり、二人は当然のように同時に歩き始めた。肩を寄せ合うほどの距離感ではないが、久方ぶりに並んで歩く二人には、生徒会役員として共に過ごした確かな時間が存在していた。

第七十二章　庭園の前夜祭

魔樹が誕生して数時間。日が落ちガーデンに夜が訪れる。普段なら学園の生徒達は寮に帰り、校舎は静寂と暗闇に閉ざされるのだが、本日ばかりは昼と変わらぬ賑（にぎ）やかさ……いや、昼間以上の騒々しさと熱気に満ち溢（あふ）れていた。

「この魔術式だと出力が高すぎて、一部の生徒の負担が大きいわ」

「けれど、これ以上、魔力供給を絞ると術式の維持に問題が出ちゃう」

「あ〜、かもね。なら、魔術式の構成を見直すしかないかぁ」

「またぁ。もう何回目よぉ」

多くの生徒達が明かりの灯った教室に残り侃々諤々（かんかんがくがく）の意見を交わしていた。

魔樹攻略はマドエルからの指示ではあるが、それに使用する魔術式の構成、配置する人員、不測の事態も含めた状況に対処する別動隊の編成。更には残っている生徒達へ食事を届ける給食係や、作業状況を確認して全体に共有する進行役、その他諸々の雑務を担当する者など、明日、魔術式に魔力を送り続ける役目を担う生徒以外の殆（ほとん）どは、学園の校舎に居残り決戦の準備を急いでいた。

中でも大変なのは、魔樹内に突入したアルト達を瘴気から守る魔術式の構成だ。魔術自体は効果が限定的なので難しくはないが、生徒達の頭を悩ませているのはその規模の大きさ。百人以上の生徒を魔力供給源として、対瘴気結界を縮小や拡大、広範囲に移動させ続けながら途切れることなく維持させる。ハッキリ言って大陸の歴史を振り返っても、例を見ない大魔術の行使だろう。これを一日で完成させるなど普通なら不可能の一言で切って捨てられるのだろうが、ガーデンの乙女達の胆力は違う。武力を鍛えるイメージが強いガーデンの中でも、魔術に精通する人間はそれなりに存在する。彼女らは皆、外の世界に居場所が見出せず、流れ着いたはぐれ者の魔術師なので、いわゆる教科書通り、一般的な術者とは技術的な意味でも性格的な意味でも全く違うだろう。そんな普段は一人で研究に勤しんでいる彼女らが、一つの術式を完成させる為に額を突き合わせて、妥協のない意見交換を交わし続けているのだから、対瘴気結界の魔術式を一日で完成させる行為は、決して無謀なモノではないはずだ。ただ、ガーデンの魔術師はアントワネットほどではないが皆、真っ当とは言い難い曲者揃いなので、果たして完成までちゃんと協力し続けることができるか、という部分に一抹の不安が残る。

そして明日の決戦の重要人物。アルト、ロザリン、ミュウの三人はというと。

ガーデンの大浴場で一日の疲れを癒やしていた。

脱衣所から浴室に続く扉を開くと、湯気と共に流れて来た温かい空気と、ほんのり柑橘系の香りが裸のアルト達を出迎える。

「おおっ、広いな。向こうのおんぼろ寮のボロ風呂とは、天と地の差があるぜ」

素っ裸で右手に手拭いだけを持ったアルトが、浴場を見回し感嘆の声を上げる。

利用するのは寄宿舎内のではなく校舎内に作られた大浴場。普段、利用されることは滅多にないのだが時折、強化合宿など特別な事情で校舎内に生徒が寝泊まりする場合に、開放される特別な浴場である。特別、といっても源泉かけ流しの温泉だったりサウナが併設されているなどということはなく、ただ広いだけの浴場でしかない。しかし、その広さは寄宿舎内にある物の倍以上で、クルルギがキチンと管理しているからか、掃除が行き届いており新品のような清潔さが保たれている。最低限の管理しかされていなかった、アルトの寄宿舎の大浴場に比べれば雲泥の差だろう。現在は他に使用している生徒はおらず、三人の貸し切り状態というのも、大浴場の広さを実感できる要素の一つだ。

「ガーデンに来てよかったことを一つ挙げるなら、風呂には困らんことだな。下町の大浴場じゃ、時間帯選ばなきゃイモ洗いになっちまうし、家の風呂桶じゃ縮こまらなきゃ肩まで浸かれねぇからな。その点、今日は人がいない上に足も伸ばせる。最高だぜ。早速……」

「待って」

意気揚々とタイルの上に踏み出すアルトを、背後からロザリンが捕まえて持ち上げる。

こっちも手拭いを首に巻いているだけで、素っ裸のもろだしだった。

「んだよ、ロザリン。一番風呂を譲れってか?」

出鼻を挫かれ持ち上げられたアルトは足をぷらぷらさせながら不満を口にする。

「違う。最初は、頭と身体、洗ってから」

「え〜、いいじゃん別に。かけ湯すりゃ大丈夫だって」

「駄目」

早く湯に入りたくてダダをこねるも、ロザリンは断固として譲らず首を左右に振る。その横を同じく一切隠すことなく登場したミュウが素通り。チラッと二人を一瞥する。

「クルルギにアレだけボコられて転がされた後なんだから、アンタ絶対に汚いでしょ。言われた通りにしなさいよ」

「一方的にボコられたみたいに言うなっ! 俺だってボコり返してやったわ!」

怒鳴りながら言い返すアルトの身体には、湯気で見え難かったが所々、青っぽい痣のようなモノが浮き上がっていた。

女神マドエルが顕現する前に外に飛び出していったアルトとクルルギは、そのまま日が暮れる直前まで激しい決闘を続けていた。音が止んだのでロザリン達が様子を見に行ってみると、林だった場所は穴ぼこだらけの更地と化し、アルトは大の字になって地面に倒れていて、仁王立ちしていたクルルギも余裕の素振りを見せようとしていたが、全身汗だくで息が上がっている姿は、同行していたアカシャを驚かせた。ちなみにこの惨状を目の当たりにして、元に戻っていたヴィクトリアにクルルギはしこたま怒られていたが、何故か幸せそうな顔をしていたのは余談でしかない。

「どうでもいいわよ、そんなこと。お子様は保護者に素直に洗われてな」

「駄目」

「駄目に決まってんだろ！」

「――んがっ⁉」

片手を振ってさっさと湯船に向かおうとするミュウを、宙に持ち上げられたままのアルトが足を伸ばし彼女の首に捕まえるよう絡みつく。

「お前だって昼間に暴れてんだろ！　っていうかそれ以前に、まともに風呂入ってねぇだろうが！」

「う、るせぇ！　テメェら、わたし抜きで勝手に色々決めすぎなんだよ、馬鹿共が！」

「そりゃお前が呑気に気絶してたからだっての！」

「テメェが不意打ちかました所為だろうがッ！」

仰け反りながら首に絡み付く足を掴みミュウはアルトと怒鳴り合う。

「思い出したら腹立ってきた……ウツロの前にテメェを血祭りに……」

「まぁまぁ、まぁまぁまぁ」

浴場全体に怒声が響き合う中、ロザリンは宥めるような声を出しながら、首に絡み付くアルトをそのままミュウの上に乗せ肩車の形を作る。ミュウは「おわっ⁉」と驚きの声を漏らすが、律儀に乗っかってきたアルトの太腿を掴み肩車をしてしまう。

「喧嘩は、また今度。明日は、大事な日、でしょ？」

「……まぁ、そうだな」

「……ちっ」

素直な反応ではなかったが、とりあえず鉾は納めてくれた様子にロザリンは笑顔を浮かべ、ぺちぺちと両手を叩く。

「それじゃ、頭と身体、洗お」

しめし合わせたわけではなかったが、肩車状態の二人の諦めに似たため息が重なった。

喧嘩が収まったところで三人は改めて、湯船に入る為に身体を洗い始める。既に熱気が満ちていた浴場内は、軽くいざこざを起こしたことも手伝って、三人の身体を温め肌にしっとり汗を浮かべていた。それを湯船から汲んだ熱めの湯で流すだけでも、疲れと汚れが浮かぶ身体には心地よかった。身体を洗う為の石鹸は勿論、頭髪専用の粉石鹸も常備されていて、三人は無駄に全身を泡だらけにしてしまう。しかし、ガサツで面倒臭がりなアルトとミュウは傍目からも洗い方が雑だったので、ロザリンは二人に並ぶよう指示した。風呂用の椅子に腰かけ、泡だらけのアルト、ミュウ、ロザリンが並ぶ。

「おお、なるほど。こりゃ楽でいいな」

「ちっ。なんでわたしがこいつの頭を洗わなきゃならねぇのよ」

一番先頭のアルトは、背後からミュウに頭を洗われる。

「ごしごし、ごしごし」

更にその後ろで、一番身長が高いロザリンがミュウの頭を洗っていた。

正面に並んで洗い合うのは下町の流儀。流石にロザリンを洗ったことはないが、以前はカトレアの弟達を連れて丸洗いをしたモノだ。基本的に身体が大きなアルトが洗う側だったが、こうして人に身を任せて洗って貰うのも中々悪くはなかった。

「なぁ、ミュウ。頭のてっぺん辺りを強めに揉み込んで……ああ～、いい感じだぁ」

「何もしてない分際で注文が多い。かち割るわよッ」

「ミュウは、痒いところとか、ない？」

「……首筋。生え際のとこ」

何のかんのと文句を言いながらも、三人は仲良く頭を洗い、ついでに反転して互いの背中も洗う。最後にお湯で綺麗に濯げば、丸一日の戦闘でかいた汗も汚れもさっぱり流れ落ち、肌もピカピカと輝かんばかりだった。

「よぉ～し。これで風呂に入っても文句は言われないな」

「はぁ。もう疲れたんだけど。だるっ」

「アル。走ると、滑って、転ぶよ」

小走りに湯船へと向かうアルトと、気怠そうに背中を丸めるミュウ。そんな二人の後ろから、ロザリンが注意を促す。泳げるほど広い湯船に、流石に飛び込むような真似はせず片足を突っ込むと、ピリピリと軽く痺れるような熱さが伝わってきた。これはかなり気合いの入った温度だ。

「これ、熱すぎじゃないの？」

予想外の熱さに足の指先を浸けてから直ぐに引っ込めたミュウが眉を顰めた。一方のアルトは一瞬だけ動きを止めたモノの、ゆっくり片足から入っていき、肩まで湯に浸かると満足げな吐息を思い切り吐き出す。

「風呂は熱い方がいいんだよ。王都の下町じゃ、これくらいの熱さで文句言ってちゃ笑われるぜ」

「能天気通りの、お風呂屋さんは、熱すぎる」

熱湯に慣れきっているアルトに文句を言いつつも、同じく王都の熱い湯に慣れているロザリンも問題なく湯に浸かり、同じような声と息を吐き出す。片足を上げたままのミュウは「マジかよ」と信じられないモノを見る顔をしていた。

「ちっ。これじゃ、わたしが根性無しみたいじゃない」

風呂に入るのを諦める選択肢も頭を過ぎったが、頭を洗わされる手間までかけたのに、このまま戻ることや、洗ってやった張本人が気持ちよさげな赤ら顔を晒しているのに、このまま戻るのはかなり癪だと、ミュウは意を決して上げていた片足を湯の中に突っ込む。

「～～っ⁉」

痺れるような熱さを我慢してもう片方の足も湯船へ。そのままゆっくり身体を落とし胸まで浸かって数秒待つと、全身の体温がグンッと急激に上がると同時に、肌が湯の熱さを許容し始める。更に肩まで湯に浸かると……。

「……ふぅぅぅ」

自然と熱せられた吐息が大きく漏れ、取り込んだ湯気に温められた空気が今度は身体を内側から温めてくれる。

ロザリン、アルト、ミュウの横並びで暫し無言のまま湯を楽しむ。

湯の色は濃い乳白色。温泉ではないが学生が調合した入浴剤がたっぷり使われているので、打ち身や切り傷、疲労回復に効果的で何よりも肌艶が良くなると、女の子には嬉しい効能に溢れている。その証拠かどうかはわからないが、クルルギから受けた全身の傷も、熱い湯と入浴剤の効能がじんわりと効果を発揮し痛みが和らいでいく。これならば風呂上りに湿布でも貼ってぐっすり眠れば、ロザリンの治癒魔術に頼ることなく、明日を万全な状態で迎えられるだろう。

それらを差し引いたとしても、湯を贅沢に使った熱い風呂は極楽気分を与えてくれる。

「いい湯だぜぇ……心地よすぎぶぐぶぐ」

お湯に浸かり過ぎて口元まで沈み、代わりに両足が水面から飛び出る。入浴剤の効果から細いアルトの脚は艶の良い輝きをひと際放っていた。最初は文句を言っていたミュウも熱さに慣れたのか、湯船の縁に畳んだ手拭いを置き、枕代わりに後頭部を乗せて脱力し湯の浮力に身体を預けている。

「ああ、確かに……悪くないわね。いや、これは、いいわぁ」

普段の湿っぽい気怠さとはまた違った、快楽に身を委ねるような声色がミュウの心地よさを物語る。ロザリンもこの湯には大満足な様子で、普段はあまり見せない緩んだ表情で、アルトと同じように口元までお湯に浸かっていた。

大浴場には三人の長い吐息と、天井から滴る湯気の雫が落ちる音だけが聞こえる。

暫くすると唐突にミュウは後頭部を縁に預けたまま口を開く。

「勝算。あるんでしょうね」

少し間を置いてアルトは肩が湯から出るくらい身体を起こす。

「そりゃ、負けるつもりで喧嘩に出掛けるわきゃねぇだろ」

「馬鹿の答えを聞いてんじゃないわよ。三回も戦って歯が立たなかった相手の、攻略法は見えてんのかって聞いてんの」

「攻略法なんて言葉を、お前の口から聞くことになるとはな。そんな慎重な性格か？」

「他人の自殺行為に付き合うのが嫌なだけよ。だったら、わたし一人で挑んだ方が百倍マシ。一か八かって考えなら、素直に出番を譲れ」

体勢は変わらず手拭いを置いた縁に後頭部を預けたまま、目を瞑り湯に浮かぶミュウだったが、その声色には明確な棘が宿っている。熱い湯に浸かって少しは柔らかくなると思いきや、ミュウの剣呑さは少しも揺らぐことはなかった。

「抜け駆けした奴がほざくんじゃねぇよ」

両手で掬ったお湯を顔にかけてから、数回手を上下させ顔面を拭う。

「色々と考えちゃいるが、ウツロは真っ当に強い癖に搦め手への対応も機転が利く。ガーデンで戦いまくった経験ってところだろうな」

濡れた手をそのまま頭部に持っていき、前髪をオールバックのように持ち上げた。

「魔樹に特攻したら待ち構えてんだ。結局のところ、真っ向勝負でぶっ倒すしかない」

「つまり、いつも通りの、出たとこ勝負」

「負けじゃん。はい、四回目の敗北決定」

「馬鹿言ってんじゃねぇよ小娘共……と、言いたいところだが。実力差があるのは、わかり切ってんだよなぁ」

再びアルトは湯の中に沈みブクブクと泡と立てる。

ウツロとの三度の対戦に加え、アントワネットやレイナ＝ネクロノムス、風紀委員会の面々など、ガーデンでも指折りの実力者と戦い続けたことで、少女の身体にも慣れ本来の力を取り戻しつつある。だが、それでも足りない。経験や戦闘の勘は磨けても、やはり肉体的な差を埋めるのは容易なことではない。これは単純な性別の違いなどではなく、死線を潜り抜け研磨され続けた肉体に対して、まだ未熟で伸びしろのある幼い身体が勝る道理など存在しないだろう。経験値だけ高いのが災いして、本気の殺し合いになればアルトの感覚に肉体がついて行くことが不可能になる。せめて後数日、身体を鍛える時間が取れたのなら、勝率はかなり違っているだろう。

「なぁ、ロザリン。お前の方でなんかいい作戦とかねぇのか？」

「あるよ」

「まぁ、そりゃそうか……って、あるのかよっ⁉」

思わず古典的なノリつっこみをした後、アルトはバシャバシャを湯に波を立てて手拭いで汗を拭うロザリンに詰め寄る。

「一応、作戦は、ある。けど……」

言葉を濁しチラッと向けた視線は、アルトにではなくミュウへのモノだった。

「ああん？　なによ、やっぱりわたしの出番？」

視線に気が付きミュウが得意げな表情をして湯の中で両足を組む。

「あながち、間違いじゃ、ない。間違いじゃない、けど」

「んだよ、煮え切らねぇな。気が進まねぇ作戦なのか？」

「うん。気が進まない。夕ご飯を、軽く済ませるくらい、気が進まない」

「そりゃたいそうな問題だな」

「……そうなの？」

二人だけの意思疎通に思わずミュウは縁から頭を浮かせ眉を顰(ひそ)める。

「一番の、作戦は、とりあえず、保留にしたい。けど、どうしようも、なくなったら、使える準備は、しておく」

「そうか」

短く呟(つぶや)いてアルトか自分の顔にお湯をかける。

「お前がそう判断したんならいいんじゃねぇか。俺はとやかく言わない」

「いや、言えよ」

流石(さすが)に今度は完全に縁から頭を起こしミュウはツッコむ。

「勝つか負けるかの瀬戸際どころか、勝てるビジョンもない状況で勿体(もったい)ぶるとか意味不明だろ……なによ、テメェら。その面は？」

二人から向けられる驚くような微妙な表情に、ミュウは若干の戸惑いを見せた。

「いや、すげぇまともなこと言うなぁって」

「びっくり」

「はぁ？」

何を言っているんだといった感じにミュウは顔を顰めたが、これは王都での彼女を知る人間なら誰もが同じ反応を示すだろう。いや、ガーデンで再会した当初よりもずっと、性格が丸くなりつつある。記憶喪失だからか、ガーデンでの生活が影響しているのか、単純に風呂に浸かって気分が緩んでいるだけなのか。少なくともアルト達を驚かせるには十分な発言が多いのは事実だろう。

「やっぱ人って一回死にかけると、性格が変わるのかもしれねぇな」

何処か感慨深そうにアルトは一人で頷いた。

「うっざ。わたしのことなんでどうでもいいのよ」

ミュウは苛立つように大きく舌打ちを鳴らす。

「どのみち、実力でウツロを倒せないんなら、アンタの作戦に頼るしか方法はないでしょ。だったら、無意味に出し惜しみしてないで、さっさと情報を共有すべきじゃないの」

「やっぱお前、まともだわ」

「それはもういい！」

「──がぼっ⁉」

懲りずに茶々を入れるアルトの頭を掴み湯の中に沈めた。飛沫を立てて暴れるアルトの横でロザリンが暫し思案してから軽く息を吐く。

「……本当は、絶対に嫌がるだろうから、土壇場で、断れない状況になってから、言おうと思ってた、んだけど」

「お前、見た目以上に腹黒いわね」

「――ぷはっ⁉　んで、ロザリン。何をやろうってんだ？」

頭を掴む手から抜け出しお湯から飛び出たアルトは、勢いのまま立ち上がり問いかける。

「それは……」

湯から手を突き出し、ロザリンは指を動かして二人を呼び寄せる。

「ごにょごにょ、ごにょごにょ」

近づけられた耳にロザリンが考えた作戦を伝えると、最初は普通に頷いていた二人の表情が見る間に険しくなっていった。

「と、いう作戦、なんだけど」

「マジか……いや、理屈で言えば、確かに何とかなりそうだけど」

「絶対に嫌」

戸惑うアルト以上に拒否反応を示したミュウが語気を強める。

「そんなことするくらいなら、一人で突撃して死んだ方がまし」

「その言い方は気に食わんが、俺としてもゴメン被る。それをやっちまったら、俺の喧嘩じゃなくなっちまう」

「絶対、こうなると思ったから、黙ってたのに」

　予想通りの拒否反応にロザリンは目を細めて湯の中に沈み込む。

「でも、今できることで、一番効果的なのは、この方法だよ。嫌なのは、わかるけど、最後の切り札として、頭の片隅には、置いておいて欲しい」

「……あ～」

「……ふん」

「返事くらい、して欲しい」

　いまいちな反応を見せる二人にロザリンは悲しげな顔をした。

　数秒の沈黙の後、二人のため息が重なる。

「わかったよ。ま、要するに俺が勝てば問題ないわけだしな」

「明日が人生、最悪の日にならないことを祈るわ」

　渋々といった空気を露骨に醸し出しながらも、納得してくれたことにロザリンは伏せていた顔を上げにっこりと笑う。その表情を横目に「……泣きまねかよ。小癪(こしゃく)な」と、良くない方向への成長を覗(のぞ)かせるロザリンに呆(あき)れながら、流石(さすが)に熱くなってきたアルトは湯から立ち上がる。

「上がる、の？」

「はっ、もうのぼせたわけ？　だっさ」

「ちょっとクールタイムを挟むだけだ。烏の行水じゃないんだ、大人はこうやって湯を楽しむモンなんだよ」

「小娘が生意気……ああ、いや？」

大人という部分にツッコみかけたミュウだったが、不意に脳裏を見知らぬ男の影が掠め、立ち眩みに似た揺れを覚える。自分で言っときながらのぼせてしまったのかと思うが、その思考を邪魔するかのように浴場の扉が開き、現れた二人分の人影が湯気の向こう側に映し出された。

先に湯気の中から現れたのは、全裸のオルフェウスだった。

「……むっ」

向こうも先客がアルト達とは知らなかったらしく、此方の姿を視認した直後、気まずそうに皺を眉間に寄せた。もう一人はアントワネットだ。意外にも手拭いで身体の正面を隠しているのはオルフェウスで、アントワネットの方はアルト達と同じく丸出しだった。

「おっと、アルトちゃん達。奇遇じゃ～ん」

足を止めてしまったオルフェウスの横をすり抜け、アントワネットが滑らないよう慎重な足取りで素早く湯船の近くに寄ってくる。その際、大きな胸が上下に動いてしまうのを、アルトが思わず目で追ってしまうのは本能故に仕方のないことだろう。

「……ちっ」

ミュウは舌打ちを鳴らしてから顔を横に逸らすが、オルフェウスの剣呑な気配に中てられてか無意識に殺気立っていた。

「もう、駄目だってオルフェちゃん。お風呂場で暴れるつもり？」

それに気が付いたアントワネットが、振り向きざまに突っ立ったままのオルフェウスを咎めた。彼女もいきなり不作法だったと理解はしているようで、肩に力は入っているが気まずそうに前髪を弄る。

「別にそのようなつもりはない。ここが身体を労わる場所であって、痛めつける場所ではないのは重々承知だ」

「そうそう、大正解。ってなことで……」

ニコニコ笑顔で頷いてから改めてアントワネットが此方に向き直る。

「ご一緒してよろしいかしら、かしら？」

「なんで二回言うんだよ、好きにしろよ。ここは共有施設だろ」

「……わたしは軽く涼む」

アルトが促すと二人が湯船に近づくのに対し、ミュウは殺気は納めたモノのむっとした表情のまま湯船を出て、壁際に置いてある休憩用の長椅子に近づき、仰向けになって寝転がってしまう。露骨な避け方ではあるが、大浴場から出て行かなかったことから考えると、それなりに気に入っているのだろう。

代わりに二人が湯船の中へ。流石は学園生だけあってか、高温の湯に不満を漏らすことなく、むしろ気持ちよさげな様子で表情を緩める。広い湯船の中で同じ横のラインにはいるが、離れた位置にそれぞれ二人ずつ入浴している形となった。敵対していた、というより今も敵対しているようなモノだが、これが裸の付き合いだからか、熱い湯の効能なのか、不思議とそれほど気まずい雰囲気は流れなかった。縁に座ったままのアルトが何となく湯に再び浸かるタイミングを逃していると、不意に口を開いたのはオルフェウスからだった。

「……貴様らは」

恐る恐る。といった風の声色に自然とアルト、ロザリンの視線が向けられる。

「貴様らは戦うのだな、ウツロ会長と」

「その質問、改めて答える必要はあるのか？」

「愚問だったな」

ぱしゃりとオルフェウスは自分の顔にお湯をかける。

「露払いはボクが務める」

此方を見ずにオルフェウスは決意の籠もった言葉を告げる。

「ボルド＝クロフォードとかいう愚か者は、ボクが生徒会副会長の責任としてキッチリ自らの過ちを知らしめる。だから……だから」

言いかけて口籠もるオルフェウスは唐突に湯船から立ち上がり、そのまま外に出てしまう。何がやりたいんだとアルトが怪訝な顔をしていると、再び此方を振り向いたオルフェウスはその場に膝を突くと、勢いのまま土下座をする。

この行動にロザリンと、状況を見守っていたアントワネットも絶句した。

「……」

ただ一人、アルトだけが両腕を組んだまま厳しい視線をオルフェウスに向ける。

「こんなことを言う権利がないのは重々承知している。だが、その上で頼みたい……会長を、ウツロさんを頼む」

絞り出すような声でオルフェウスは額を風呂場の床に擦り付けた。

暫しの沈黙の後、アルトは両手で顔の汗を拭ってから口を開く。

「その頼むってのは、ウツロを助けろって意味か？」

「違う」

「なら、殺すなって意味か？」

「それも違う」

「じゃあ、殺せって意味か？」

アントワネットが息を飲む音が聞こえ、答えに窮するようオルフェウスは黙る。

「……いや、違う」

土下座した体勢のままオルフェウスは否定する。

「ボクは生徒会の一員であると同時に、ガーデンの乙女でもある。真剣勝負に水を差すような物言いはできない。けれど、ウツロさんを差し出すような言葉も吐けない。だから、ボクに出来るのはこうして頭を下げることだけだ」

そう言ってオルフェウスは更に頭を擦り付けるように、ズリッと額を前に滑らせた。

「オルフェちゃん……アンタ、無茶苦茶だよ」

呆(あき)れ顔で頭を抱えるもアントワネットは仕方ないかと嘆息してから、風呂から上がり土下座するオルフェウスの横で膝を突き、同じように頭を下げた。特に重ねる言葉を吐かなかったのは、言い分は全てオルフェウスが述べてしまったからと、今更、仲間面して何か願いを口にできる立場ではないと理解しているから。それでも並んで土下座をしたのは、偏(ひとえ)に彼女が生徒会の役員だったからだろう。

美女二人が全裸で土下座する姿は、何処(どこ)を切り取っても異常でしかない。

普段だったら喜んで茶化す言葉一つも投げかけるところだが、真剣な彼女の仁義を嘲笑(あざわら)うほどアルトは落ちぶれてはいなかった。精神面が少女に引っ張られていることも、この状況を楽しめない一因であることは、本人の胸の中だけに秘めておこう。

アルトは濡れた頭をわしゃわしゃと掻(か)き乱し、思い切り後ろへ撫(な)でつける。

「手加減するつもりはないし、殺す気で挑む。勝つ為なら多少、卑怯な手だって使ってやるさ。その上でウツロの矜持ってヤツを踏み躙るような真似はしねぇよ。極力な……これで構わないか？」

「ああ……感謝する」

「わかったから、もう起きろっての。こんな場面、他の連中に見られたら、俺に特殊性癖があるように思われるだろうが」

オルフェウスは絞り出すような声でコツンともう一度、床に額を押し付けてから顔を上げた。表情は決して晴れやかではなく、むしろ苦渋を強いられているような顔つきをしていて、土下座の後だと何だかアルトが無体を働いたように思えてしまう。一方でアントワネットの方は、特に気にした素振りもなくへらへらと笑いながらも、オルフェウスを気遣っているのか、彼女の肩に手を置きぽんぽんと叩いていた。

「ほんじゃま、一件落着ということで。そろそろ身体が冷えてきたし、お風呂に戻ろうよオルフェちゃん」

「……そう、だな」

「ちょっと、待ったっ！」

気落ちするオルフェウスの腕を掴み、アントワネットが立ち上がらせようとするのを、珍しく大きな声を張り上げて制したのはロザリンだった。彼女が勢いよく立ち上がった所為で湯船は波打ち、直ぐ横に居たアルトは頭からお湯を被ってしまう。

何事かという視線を向ける二人を、ロザリンは胸を揺らしそれぞれ指さす。

「緊張感が、あって、言いそびれたけど。二人共、湯船に入る前に、身体、洗って」

「……むっ」

「いやいや、もう一度入っちゃったし。身体が温まったら改めて洗うからさぁ、今は見逃してくれてもいいじゃん？」

「駄目」

ペロッと舌を出し手を合わせてお願いするも、ロザリンは無情に首を横に振って却下する。

「露払いをしてくれるんだろ？　ボルドなんていう汚物を洗い流すのに、お前らが薄汚くてどうすんだよ」

「失敬なことを言うなっ⁉　半獣人は綺麗好きなんだぞ！」

「あーしだって身嗜みは気にしてるっつーの……謹慎中は色々と制限されてたから、ちょっと怠け癖が出ちゃったかもだけど」

「ぐだぐだ言ってんじゃねぇ。ロザリン、やっちまえ！」

「了解」

指を差して指示すると同時にロザリンは立ち上がり、前髪をたくし上げて魔眼を発動させる。まさか、浴場で魔力を用いた強硬策を使用してくるとは予想外で、まともに魔眼の影響を受けてしまった二人は、立ち上がろうとする体勢と、立ち上がらせようとする体勢という中途半端な状態で身体の主導権を奪われてしまった。

「——なッ⁉ か、身体の自由が……」

「ま、魔眼なんて希少なモノで……ここまでするってマジか」

半獣人故の高い身体能力を持つオルフェウスも、魔術に精通しているアントワネットも、不意打ちに喰らった魔眼の拘束から抜け出せず、身体を揺らすくらいしかできない。あるいは湯を通して、水神が力を貸してくれたのかもしれない。

「よくやった！ んじゃ、今の内に丸洗いに……」

「アルは、だめ、だよ」

両手の指をわきわき動かしながら湯船から出ようとするが、ギロッと横目を向けられた魔眼から流れる魔力が警告するようピリピリと肌を刺す。

「……はい」

素直に手を握り締めその場に座り直した。その場のノリで失いつつある男子の魂を取り戻せるかと思ったが、ロザリンがそれを許してくれなかったようだ。結果、魔眼で拘束されたまま、最後は諦め顔のオルフェウスとアントワネットが、ロザリンの手によって丸洗いされることになった。

　乙女達が虚飾を脱ぎ捨て裸の付き合いをしているのと同じ頃、ガーデンの町を見下ろす丘陵の野営地では一足早く、一つの行動に幕引きが行われようとしていた。

　既に外は夜の暗闇に閉ざされ、焚かれた篝火だけが陣営の内部を照らしている。

　野営地の中心部に築かれたアフロディーテの天幕。周囲は入り口を守る最低限の見張りだけを残し、人払いをされた天幕の内部では、隊長のアフロディーテとプライマル、テーブルを挟んで対面に座るアカシャの姿があった。本来なら殺伐とした緊張感が漂う対峙であるはずが、不思議とプライマル以外の両者は微笑みを湛えた和やかな空気を纏っている。敵陣と言って良い場所でアカシャが拘束されていない時点で、二人の間にはある種の協定が築かれたことは想像するに容易いだろう。礼儀と形式を重視するアフロディーテが仕切る場でありながら、テーブルの上にはお茶も菓子も用意されていない。アカシャが招かれざる客、というわけではなく、この場で顔を合わせたという事実の痕跡を、僅かでも残さず隠蔽する為だ。

「ふぅむ。実に実りある会談だったわ、プリンセス」

　濃いメイクの目尻を下げながら微笑むアフロディーテの背後では、相変わらず渋い表情のプライマルが、何か言いたげな様子で立っていた。

「同感だ。マダム・アフロディーテ」

対面に座るアカシャも学園とは違う種類の笑顔。あえて言うならば対外的な、皇女として接する為の完璧な笑みを湛えながら同意する。悪意を込めた言い方をするなら作り笑顔。この顔から言葉が一つ発せられる度に、正確にはアフロディーテの発言も交えて、黙って聞いているだけのプライマルは何度も声を出してツッコミそうになっていた。

(為政者の腹芸だけは、どうにも慣れませんね。頭痛くなったりしないんでしょうか)

上っ面だけの笑顔に呆れ顔をするが、燭台に照らされたテーブルの周囲以外は薄暗かったので、アカシャの方からはプライマルの表情を確認することはできないだろう。これが計算の内なのだから、プライマルの腹黒さも二人のことを言えないだろう。

「本来なら美しい食事とワインを用意して、この記念すべき日を祝いたいのだけれど、残念なことに我々の立場ではそれは許されないわ」

「ご配慮、痛み入る。だが、悲観することはないさ」

大仰に嘆いてみせるアフロディーテに微笑んだまま首を横に傾けた。

「再び私達の進む道が交わる日が来れば、その時は喜んでお相伴に与ろう」

(……そんな日、来るんですかねぇ)

内心でツッコむプライマルの顔が思わず半笑いになる。

「では最後に、改めて約束事の確認をしよう。書面に残せない口約束ではあるからこそ、この確認は信頼の証だと考えている」

「ええ、同感だわ」

深々とした頷きを見てから、アカシャは表情を真面目なモノへと切り替えた。

「私達の要求は君達のガーデン内における活動の即刻停止と退去。そして行動開始から終了までの間を、何も起こらなかったことにする。つまり、今作戦自体の無効化だ。マダム達は何もしなかった、誰の指示も受けていなかった。というわけだ」

言葉を受けてアフロディーテは納得するよう一回頷く。

「わたくし共の主張は至極単純。プリンセスがガーデンを立ち去ること。ぬふふ。ここだけ切り取ると、まるで我々が不条理な条件を飲まされたように聞こえるでしょう」

「実際、今回の遠征費用が丸々無駄になった訳ですから。不条理は不条理ですね」

流石に堪らなかったのかプライマルがジト目をアフロディーテの後頭部に注ぐ。

「絶対にクライアントから文句が出ますよ」

「あらあら、我々は民間の万屋ではないわ。一国の戦力を担う騎士局の人間よ。元より後ろ暗い理由から回ってきた汚れ仕事。反故にしたところで騎士道精神に反することはないわ。それに得られるモノに比べれば、美少年の悪態くらい許容範囲だわ」

「報復行為を受けるかもしれませんけど」

「それこそ望むところ。休暇で十分に英気を養った後なのだから、存分に槍働きができるでしょう」

「……その矢面に立たされる人間の身になってください」

内心で留めるつもりだった本音が思わず零(こぼ)れてしまい、ハッとした顔をした後に咳払(せき)いをして誤魔化した。

「では、私はそろそろお暇(いとま)しましょう。長引けばそれだけ人目を引いてしまうからね」

「そうですわね。お見送りは必要かしら？」

「いや、不要だ」

アカシャは椅子から立ち上がった。

「マダムとは立場があるとはいえ同じ国の未来を憂う者同士、できれば良い関係を今後も続けていきたい。同郷の人間が刃を向け合う行為ほど、悲しいモノはないからね」

「同感だわ。けれど、わたくしは騎士。主(あるじ)の命があれば再び、プリンセスの前に立ち塞がることもあるでしょう」

「理解している。その時は我が騎士が相手を務めるさ」

我が騎士。その一言にアフロディーテの視線に鋭さが帯びた。

「噂(うわさ)のネームレス。この機会にお目にかかれると思っていたのだけれど、残念。プリンセスの胆力が優れているが故に、機会を逃してしまったわ」

「次の機会があった際、紹介させて頂くよ。美味(おい)しいお茶とお菓子も添えてね」

「ふうむ、マーベラス」

両手を広げ満面の笑みで歓迎の意を示すアフロディーテに見送られ、アカシャは一人、天幕を後にする。

外に出た途端、ひんやりとした空気が肌を撫でる。天幕の前で立っている二人の兵士達は、事前に言い含められていたのだろうか、アカシャが現れても一瞥することもなく、まるで誰もいないかのように振る舞っていた。彼女らの気遣いに軽く礼をしてから、アカシャは最低限の光源しか灯されていない野営地を足早に後にした。隔離された別世界であるガーデンに危険な動物や魔物、追い剥ぎや盗賊の類が出現することはないので、夜の闇の中を一人で歩いていても危険性は皆無だろう。例外があるとすればアフロディーテの軍勢。密会は和やかに進んではいたが、今この瞬間にも彼女の気が変わってしまうかもしれない。周囲を十分に警戒しながら野営地から離れていくが、彼女の足が向く先は学園があるガーデンの町ではなく、むしろ離れるように近場の林の中へと進んでいく。

林の奥へ延びる細い道を進むと、不意に背後の茂みが音を立てて揺れる。

足を止めるアカシャの前に人の気配が現れた。

「無事だったみたいね。連中に妙な真似、されなかった？」

「……ハイネス」

振り返ったアカシャは少し怒ったように眉を八の字にした。

「気配を消して忍び寄るなんて、悪趣味な真似は止めてくれ。心臓が止まるかと思ったぞ」

「あら、それは失礼。天下の皇女殿下は、この程度のことなど動じないかと思ってたから」

「馬鹿を言うなよ」

肩を竦め茶化すハイネスに、腰に手を当てたアカシャはジト目を作る。

「どれだけ大層な肩書があっても、私だって年頃の女の子だ。危険がなくたって夜道は怖いし、急に話しかけられればビックリもするさ」

「その素直さを普段から発揮できれば、もっと他人から好かれるだろうにねぇ」

頬を膨らませ年相応に少女らしく怒る姿に、呆れながらもハイネスは肩をポンポンと叩き、続きは歩きながらだと促す。並んで歩きながらも一歩分だけ先を進むハイネスは、さりげなく横から伸びる雑草などを払い、アカシャが歩きやすいように気遣いつつ、鋭く視線を動かし周囲を警戒していた。

「……監視されてるわ。方向的にアフロディーテの手勢ね」

後ろの離れた位置から僅かだが息を潜める人の気配を察知した。足音もなく茂みを通る音も、上手く風音に混ぜて尾行してくる辺り、それなりに手慣れた監視者なのだろうが、野生動物並みに鋭いハイネスを誤魔化すまでにはいかなかったようだ。

「敵意はないみたいだけど、どうする？」

「どうもしないさ」

特に考えることもなくアカシャは告げる。

「マダム・アフロディーテだって手放しに私達を信用はしていない。でも、取引をした以上、騎士として約束は守ってくれるはず。監視を付けているのは、まぁ、安全にガーデンを出られるよう配慮してくれたって、考えてもいいだろうね」

「そりゃ、好意的に考えすぎでしょ」

ハイネスは両手を軽く上に上げたが、だからと言って余計な言葉は混ぜなかった。監視の理由は恐らく、アカシャ達が他の連中と接触することなくガーデンを出るかどうか、その見極めをしているのだろう。

「せめて、世話になった人達に挨拶くらいしたかったんだけどね」

「……まぁ、気持ちはわかるよ」

少し寂しげな声色のアカシャの頭頂部を慰めるよう撫でる。

「でも、今生の別れじゃない。生きてればいつか顔を合わせる日もくるわよ。だから、きっちり戦って、確り生きなきゃね。アンタはアカシャ＝ツァーリ＝エクシュリオールなんだから」

「ああ、当然だ」

頷いてからアカシャは目元を袖で擦る。

「ハイネス。退路は？」

「勿論、確保済み。外に出た途端、囲まれるなんてことはないわ」

「なら、問題なく次の目的に向かえるね」

「……本当に行くつもり？」

ハイネスは思い切り渋い顔をしてそう問い掛ける。

「勿論だ。マダムにも目的地を告げてしまったから、今更、変更はできないよ。これも契約の一環だからね。何か異論でも？」

「異論っていうか場所が場所だけに……まぁ、アンタにはわからんか」

「……？」

何処か煮え切らない態度を見せるハイネスは初めてで、アカシャは小首を傾げてしまう。

「何でもない。あたしの一方的な傷心ってやつ……それより、あたし達は見逃して貰えるようだけど、本当に連中は約束を守るの？」

「ガーデンから手を引くって話かい？」

「アレだけ大々的に動いたのに、全てをチャラにしろってのは無茶な話よ。あたしらが見届けられない以上、最終的にどう動くかはわからないわけだし」

ハイネスの危惧はもっともだ。この手の重要な契約には、魔術式を用いた強力な強制力のある契約書を用いる。しかし、今回は両者が接触した痕跡を残さない為に、魔術どころか普通の書面による契約書も交わしていない。口約束だけで全てが解決したと胸を撫で下ろすのは、流石に楽観的過ぎるだろう。そんな心配もアカシャは涼しげな表情で一蹴する。

「心配はいらないさ。マダムは見た目こそ奇抜だけど、ものの道理をちゃんと理解している御仁だ。自分達が都合よく利用されていることを正しく理解してくれれば、間違った判断は選ばないはず。何せ向こうも、起こした行動の大きさほどこの一件に乗り気ではなさそうだしね」

「ああ、まぁ……そりゃそうか」

　腕を組みながら思案するハイネスは、思い当たる節に唸りながら頷く。

「マダムは騎士局の人間だ。つまりは騎士局もこの件を把握しながらも、積極的に動くことを推奨していない。マダムの行動は騎士局長の意図を汲み取ってのモノなんだろう」

「騎士局が不倶戴天の敵であるあたしらより、優先する事柄があるってこと？」

「そう。つまり、敵の敵は味方理論さ」

「敵の敵って……まさか⁉」

　驚きのあまり大声を出しそうになるのを、アカシャがそっと手で塞ぎ、もう一方で立てた人差し指を自身の口元に添えた。

「私達と騎士局。相反する私達が危険と認識している存在。まず間違いなく、アルフマン大統領がこの件に関わっている」

「……マジでか」

ハイネスは受けた衝撃を飲み込むよう大きく息を吸い込んだ。

「勿論、彼が主導の計画という訳じゃないだろう。私達が突き止めた一端、魔剣ネクロノムスを最初にガーデンに持ち込んだ人物は、マダムらに知らせることで意味を持つ」

「そいつが大統領側の人間だったたってわけね」

「恐らく」

アカシャは重々しく頷いた。

ラス共和国内においては大きな派閥が二つ存在する。一つは大統領派。革命の指導者で国民から絶対的な支持を得る大統領、ミシェル＝アルフマンを中心とする一派で、二つ存在するとは言ったが実質上、大統領が国の全権を握っていると言っても過言ではないだろう。

もう一つが近衛騎士局。帝国時代から続く唯一の組織で武力の中枢を担う精鋭部隊でもある。革命後は解体の声も多く上がっていたが、数多の戦火から帝国、及び帝都を守護し続けてきた功績から、全盛期に比べれば縮小こそしたモノの、解体は免れ共和国に移行した現代においても首都や重要拠点の防備を担当している。ただ、これには裏話が存在していて、アルフマンと騎士局のトップとの間に何らかの密約が交わされたことにより、騎士局は解体を免れたという噂だ。それが事実ならば騎士局にとってアルフマンは頭が上がらない存在であると同時に、目障りな目の上のたんこぶであるとも言える。何よりも現在の騎士局で局長を務める人物が、この現状を決して良しとしないであろうのは明白だ。

近衛騎士局局長、シン＝ハーン＝エクシュリオール。

その名が示す通り皇帝の一族でアカシャの親戚筋の男。本家ではなく分家であることと、本人の立ち回りの上手さから失脚を免れ、現在も要職につくことを許されてはいるが、彼がこのまま大統領に恭順の意を示し続けるとアカシャは思わなかった。おくびにも出さないが、シン局長は間違いなくアルフマンに対して強い対抗心を懐いている。だからこそ、大統領を出し抜くはずの今回の計画が、そもそも大統領派の息がかかっていると知れば、それはクライアントの明確な裏切り行為だろう。

もっとも、アフロディーテの消極的な動きを見る限り、騎士局側も薄々背後関係は読めていたのだろうが、決定的な証拠がない以上、慎重な立ち回りが要求されたのだろう。そしてアカシャから証拠を手に入れ、騎士局側は依頼を反故にする大義名分を得た。それはアカシャの行動を一定期間、見なかったことにしても十分におつりがくる。

ただ、問題もある。

「私らの行き先を知られたのは不味かったかもね。連中のクライアントを考えれば、騎士局は追い込み漁で追い詰めてくるかも」

「覚悟の上さ。幸いなことにヴィクトリア学園長の御好意で、紹介状は頂けた」

懐から取り出したのは一枚の封書。封蝋にはガーデンを示す紋章が刻まれている。

「これがあれば少なくとも、門前払いはされないさ」

「門前払いされなくても、連中が他の誰はともかくとして、私らの話をまともに聞いてくれるとは思えないわ」

目的地の場所とは因縁のあるハイネスの反応は厳しいが、アカシャも理解しているので困り顔はするが窘めたりはしなかった。あそこを頼るのはアカシャ自身、全く迷いがない訳ではない。しかし、寄る辺のないアカシャ達にとっては、何だって利用しなければこの勝ち目のない戦いに勝機を見出すことはできないだろう。

「まずは話をしてみるよ。後のことは相手の反応を見てから考えよう。協力を得る必要はないんだ。せめて共和国に戻れる算段さえつけられれば、残してきた仲間達と合流することができる」

「騎士局辺りに潰されてなけりゃいいけどね」

「……ハイネス」

流石に冗談が酷すぎると強めの口調で咎めると、ハイネスは「失礼しました」とばかりに頭を掻く。そんな話をしている内に林を抜け、綺麗な花畑へと辿り着く。ここがガーデンと外の世界を繋ぐ出入り口になっている場所だ。ガーデンと外の世界はちゃんと時間がリンクしているので、向こう側も同じく夜の時間を迎えているだろう。

「何処に出るかわからないけどできれば人里に近い……ああ、転移門がある場所だからそれは難しいか」

「あはは。じゃあ、せめて安全な場所に出られることを祈ろう」

花を踏みつけないよう慎重に進みながら、花畑の中央にある石で作られたサークルの中へ二人は立つ。

「さあ、一足お先に卒業だ。次の目的地はエンフィール王国」

第七十三章　少女、再び

魔樹が出現してから一夜が明け、ガーデンに決戦の朝が訪れた。

外の世界とは違いガーデン内での気温の上下は少ないが、今朝は不思議と肌がひんやりと冷えるくらいの冷気が漂っていた。原因は虹色の空の一部が裂け、夜空に似た異空間が覗く次元の裂け目の所為か、それとも昨日よりも一回り大きく成長したように思える魔樹の影響か。どちらにしても女神マドエルのガーデン内における支配力が、一時的だとしても低下しているのだろう。

下宿所から真っ直ぐ魔樹に向かう道中、これが最後と袖を通した制服に身を包んだアルトは、白く染まる息を手の平に吹きかけてから擦り合わせ暖を取ろうとする。

「ううっ、寒っ。昨日まで過ごしやすかったのに」

「大気中の、魔力が、乱れてる。それが、影響かも……さむい」

横を歩くロザリンは右目の魔眼で空を視ながらも、やはり寒さが身に染みるのかぶるっと肩を震わせている。

「お前はまだ俺のコート着てるからマシだろ。こっちの制服は寒さに対する防寒性能がゼロなんだぞ」

「普段は、暖かい、からね」

「女神様のありがたみが身に染みるぜ……それにしても」

アルトはジトッとした目で隣のロザリン……に背負われ眠りこけているミュウを睨む。

「この馬鹿はクソ寒い中、いつまで寝てるつもりなんだ」

「……ぐぅ」

嫌味に反応するかのようミュウは寝息を漏らし口元をもごもごと動かした。呑気な様子にアルトの額には青筋が浮かび、叩き起こしてやろうかと剣呑な気配を滲ませるが、ロザリンに笑いながら「まぁまぁ」と宥められた。

風が少し強めに正面から吹きすさび、二人は同時にぶるっと身体を震わせる。

「外の世界も、寒いの、かな」

「まぁ、外の世界っても、隔離されたガーデンの外が正確に何処なのかってのは疑問だけどな。流石に王都の方はまだ秋口で、涼しいくらいの気温なんじゃねぇの」

「ここに来て、まだ一週間、くらいだもんね」

「そんなモンだっけ?」

思わず聞き返すが、確かに考えてみれば王都を出てから今日まで、日数にすれば数えられる程度だ。色々あり過ぎた所為か随分長い間、少女の姿で学生生活をしている気がしてしまっていた。馴染み過ぎてしまった感覚に、アルトは口元を摩りながら「気が抜けてんなぁ」と一人愚痴った。

「アルは、楽しかった？　ここの、生活」

「楽しいか楽しくないか判断できるほど、普通の生活を送ってねぇよ。そもそも、まともに学校にも通えなかったんだぞ」

言いながら脳裏に浮かぶのは主に過ごしたアルストロメリア女学園の記憶。きちんと授業を受けたのは、初日の午前中くらいのモノで、後は戦ったり監禁されたり、調査の為に駆けずり回ったりと、学生として潜入したことが無意味に思えるほどだ。これを楽しかったと笑顔で言えるほど、アルトも豪胆な人間ではない。しかし……。

「でも、ま、悪くはなかったんじゃねぇの」

照れ隠しをするように、ちょっとぶっきら棒に言い捨てると、ロザリンは自分のことのように嬉しそうな表情で目を細めた。

「ってか、やめやめ」

頭を掻き毟ってからアルトは否定するよう片手を大きく横に振った。

「これから大勝負だってのに思い出話なんて、縁起が悪いにもほどがある。ここはもっと、盛り上がる話題で頼むぜ」

「盛り上がる……うぅん、そう、だね」

無茶ぶりも律儀に受け止めて、ロザリンは難しい顔をして暫し思案する。

「それじゃ、王都に、戻ったら、最初に、なにしたい？」

「最初に？　……そりゃあ」

ふと、特に考えることなく最初に思い浮かんだ言葉を素直に発する。

「久しぶりにカトレアの飯が食いてぇなぁ」

自分で思っていた以上にしみじみとした声が出た。ガーデンの食事に不満はない。むしろ普段より豪華で、栄養価の高いモノを口にしているという自覚はある。だが、毎日の慣れというべきか、習慣と呼ぶべきか、アルトの舌はすっかりカトレアの料理の味付けに調教されてしまっていることを、離れてみて改めて実感した。

呟きを耳にしたロザリンは嬉しそうな満面の笑みを見せた後、直ぐに何かに気が付いたようハッとしてから、怒ったように目を三角にしてアルトを睨み付ける。

「……なんだよ、その百面相は」

「別に、なんでも、ない」

不機嫌な声を出してから頬を膨らませたが、再び何かを思い出したよう「あっ」と漏らす。

「そういえば、アル。私が起きた時、いなかったけど、何処に行ってたの？　それに……」

ロザリンの視線がアルトの背中に向けられた。

「いつもの剣も、どっか、いってる」

指摘された通りアルトの背中には少女になってから背負っている愛剣がなかった。代わりに布を巻きつけられた長物が一本。中身はロザリンが持ってきた竜姫の忘れ形見、竜翔白姫だ。魔力を刃に変換させ時に斬撃を放射する特異性は唯一無二の存在で、今までも大物狩りの時に切り札として何度も持ち出してきた。しかし、魔力の総量が常人より低いアルトには、絶対的な武器であるとは言い難く、いつもの片刃剣と併用しているのだが、今回は片刃剣そのものを持っていない。言われてアルトは「そのことか」と後頭部を掻く。

「借りを返しただけだ。一応、世話にはなったしな」

「借り？」

ロザリンが聞き返そうとしたタイミングで、背中のミュウがもぞっと身体を動かす。顔を上げると欠伸を一回嚙み殺し、眠そうな顔と焦点の合わない目で周囲を見回してから、もう一回今度は大きな欠伸をかます。

「ここ、どこ？」

「定型文みてぇな目覚め方しやがって。お前、んなまともなキャラじゃねぇだろ」

「うざ……ってか、寒すぎ」

眠気が抜けないのか気怠げな口調で、暖を取ろうとロザリンの背中に引っ付いた。

「起きたんなら自分の足で歩けよ。寝ぼけた頭で魔樹に突入するつもりか？」

「うっさいわねぇ」

背中に身体を預けたまま眉間に皺を寄せるミュウだったが、数秒、沈黙してからロザリンの肩を下ろせという意味を込めて軽く叩く。そのまま手を離すとミュウは軽やかに地面へ降り、歩きながら凝り固まった全身を解すように大きく上へ伸びをした。

「寒っ。今日、冷えすぎなんじゃない？」

「その下り、既に一回やってっからな」

「ミュウも、アルと同じく、制服だもんね」

猫背の体勢でさり気なく回り込み、アルトを真ん中にしてロザリンと挟み込むよう三人は横並びになった。

「寒いんなら辺りを走ってこいよ。温まってない身体でウツロとやり合うのはキツイぞ」

「余計なお世話。アンタらと一緒にするな」

棘のある物言いと共に肩を回すミュウは、徐々に戦意に満ちていくのがわかる。どうやらウォーミングアップは必要なさそうだ。

ミュウは首をゴキゴキと鳴らし左右に動かしてから不意に魔樹の方を見上げる。

「妙な気配を感じる。こいつは……」

「もう、クルルギが、準備を、始めてるみたい」

ミュウが感じ取った異変は膨大な魔力の奔流。既に大勢の生徒が徹夜で構築した術式を展開し、中心となるクルルギに集め始めているのだろう。少し時間的には早い気もするが、魔術の規模を考えれば事前準備にも時間がかかる。

「向こうも準備万端ってわけか。こりゃ、のんびりしてるとメイドにぶち切れられるな」

「ふん。邪魔をしないんだったら何だっていいわ。こっちはあの女の薄ら笑みを浮かべた顔面を、殴り飛ばしたくて堪らないんだから」

気合い十分といった様子でミュウも拳の関節を鳴らす。

「嫌だねぇ、血の気のやたら多い奴って」

横目で愚痴るアルトだったが、隠し切れない闘争心が漏れていることは他の二人も気が付いていた。本人は認めたがらないが、ガーデンに来てから今まで連戦連敗。面倒臭がり屋のアルトにも、久し振りに本気に近い火が灯っている。少女になってしまったから、本来の姿なら、などという言葉は情けない言い訳以外の何物でもない。戦って勝つ。これまでの敗北を雪ぐには、それ以外の方法などあるはずがないだろう。

(勝つ為なら、ロザリンの作戦も頭に入れとくしかねぇか)

昨夜、ロザリンが立てた対ウツロの作戦を思い出し、無意識に表情が渋くなる。出来ることならやりたくない、というのが正直な所ではあるが、魔樹のような反則技を引っ張り出されると、此方としても手段を選んでいる余裕はなくなる。頭の片隅には置いてはいるが、可能ならばやりたくはないのは、恐らくミュウも同じだろう。

魔樹との距離は大分縮まり、枝や幹から立ち昇る禍々しい瘴気が目視できた。後、十分も歩けば魔樹の目前に迫れる。今回、アルト達は寄宿舎から外周をグルッと回り、校舎の近くを通らず林を抜けて裏手から魔樹を目指している。現在、学園の校庭ではクルルギを中心にして生徒らが、アルト達を魔樹の瘴気から守る術式を準備中だ。わざわざ真横を通って集中の邪魔をする必要はないだろう。

「さて。いよいよ本番って雰囲気が出てきたな」

朝日が木漏れ日となって差し込む小道は、散歩するにはちょうどいい。道の終わりから肌に感じる瘴気の気配さえなければ、の話ではあるが。

「いいか。魔樹が見えたら真っ直ぐ根本に向かって走れ。入り口は俺が切り開くから、他には目もくれるな」

「邪魔な障害物は、生徒会の連中が相手すんのよね」

ミュウの視線が疑わしげに歪む。

「半獣人の方はともかく、あの血生臭い女は役に立つの？」

血生臭い女とはアントワネットのこと。ミュウの言い方は少し乱暴だが懸念自体は理解できる。アントワネットは生粋の魔術師で武芸に秀でている訳ではない。その上、得意とする魔術は血と臓物を司る死霊魔術に類するモノで、アルトと戦った時の工房のように自身の陣地内ならともかく、真っ当な勝負事となると明らかに力不足だ。

「まぁ、アイツが普通に戦えるとは俺も思えねぇな」

アルトは同意するも、その顔に負の感情は見られなかった。

「だから、普通じゃないやり方で戦うんだろ。多分な」

「……アル？」

何処か含むような物言いにロザリンは疑問を感じ取ったが、それを言葉として向けるより早く正面から風がひと際吹き付けた。葉音を鳴らし肌を強く打つ強風には瘴気が混じり、肌にチクチク刺す痛みが走った。自然とアルト、ミュウから闘争心が滲む。

既にアルト達が歩いている位置から魔樹の根元が確認できたが、少なくとも見える範囲にボルドの姿は視認できない。だが、確実に奴は此方の接近を把握しているだろう。それは魔樹の中に潜むウツロも同じことで、マドエルの権能の一部を得ているのなら、ガーデン内での行動はある程度は見透かされている可能性が高い。校庭側はクルルギがいるので、おいそれと手は出せないが、アルト達に関しては別だ。魔樹の周辺、花の塔の敷地内に姿を現した途端、どんな手荒い歓迎があるかわかったモノではないだろう。

無言のまま三人の歩く速度が徐々に上がっていく。最初は少し歩幅を大きく進み、次に早歩き、そこから更に加速していって、林の出口付近では三人は全力疾走で敷地内に跳び込んでいく。瞬間、侵入者を威嚇するように周囲の空気が震え、一拍遅れて空間に出現した無数の瘴気の槍が、疾走する三人目掛けて降り注ぐ。が、脇目も振らずに走り抜ける三人の速度を捉えることはできず、彼女らが走り抜け地面を強く蹴り上げた足跡に、瘴気の槍は次々と突き刺さっていった。

間も無く魔樹の根元に後十数メートルの位置まで近づく。当然、アルト達の魔樹への侵入を許すはずはなく、根元付近の地面に奇妙な魔法陣が現れると、周囲の瘴気を吸収して大柄な人影を形成する。瘴気の甲冑として変状したボルド＝クロフォードだ。

『おっと、無粋な侵入はそこまで……ッ⁉』

巨大な魔剣を振り上げ迎撃態勢を取ろうとするが、真横から疾風怒濤の勢いで飛び出してきた何者かの蹴りを受け、二メートル以上の巨体を大きく揺らした。

蹴りを放ったのはオルフェウス。既に半獣人化状態の本気モードだ。

「貴様の相手はボクだ！」

『――己ッ⁉』

よろめき片膝を突くボルドにオルフェウスは全力の拳を叩き込む。強固な甲冑を砕くまでには至らないが、不意打ちを喰らった形となったボルドは対応ができず、そのまま背後に殴り飛ばされてしまった。

「――行け！」

たった一言、横目で叫ぶオルフェウスに走りながらアルトは頷きだけを返す。

同時に何かが風を切って此方側に飛来する。殺気はないので敵性のある攻撃ではなく、何かを投げ渡すような投擲に、ミュウは反射的にそれを片手で受け止めた。手の平に納まったのは槍。木製の訓練用に似た槍ではあったが、何処となく感じる神秘的な雰囲気に、受け取ったミュウも思わず息を飲み込んだ。

「わお、ナイスキャッチ」

聞こえてきたのは軽い口調。ミュウが投擲された方向を睨むと、アントワネットがエールでも送る様にVサインを向けていた。

「そのトネリコの槍は風紀委員長からの餞別だよん。瘴気塗れのウツロちゃんを、素手で殴るのは限界があるもんね」

「……チッ」

余計なお世話だとばかりに舌打ちを鳴らしたが魔樹の根元は目前。投げ返す余裕はなく仕方なしにミュウは受け取ったトネリコの槍を肩に担いだ。

魔樹まで数メートル。アルトが背中の竜翔白姫に手をかけ叫ぶ。

「死んだら負けの一発勝負、行くぞテメェら！」

「うん」

「ああ」

二人が呼応すると同時に竜翔白姫を抜き、魔力を込めながら正面に一閃させた。陶器のように真っ白で美しい刀身から注がれた魔力が増幅、放射されると斬撃となって魔樹の根元に炸裂した。本来なら木の欠片や破片が飛び散るのだろうが、本体から切り離された瘴気は粒子となって空気中に消えていく。斬撃を受けた箇所は空洞となっている内部へ続く入口となって、ぽっかりと不気味な暗黒空間を広げていた。普通の人間なら躊躇する空間に三人は迷うことなく地面を蹴り、魔樹の内部へと飛び込んで行った。

「……上手く飛び込めたか」

魔樹の中に消えて行った三人をオルフェウスは横目で見送りながら、倒れたままの巨大な甲冑姿のボルドを警戒し続ける。無数の触手が巻き付いたような異形の甲冑は、魔樹に比べれば微々たるモノだが表面に瘴気が流れている。その為、靴を履いていた足はともかく、殴りつけた右の拳部分はヒリヒリと火傷のような痛みが続いていた。

『……ふうむ』

酷くつまらなそうな声を漏らしてから、ボルドはのっそりと巨体を起こす。それに反応してオルフェウスは構えを取るが、立ち上がる前に手が出なかったのは全身から醸し出される異様な気配の所為。迂闊に攻め込むべきではないと獣の本能が警鐘を鳴らしたのだ。

代わりに後ろに足を滑らせ少しボルドと間合いを離す。

『門番を気取ってみたんだけど、やれやれ。やはり僕のような人間にこんな下賤な真似は似つかわしくなかったようだ』

「冗談が上手いな。貴様のその姿、どう見ても人間には見えないぞ」

『はん』

根元に空いた穴を見ながらボルドは馬鹿にするよう一笑する。

『身の程を弁えろよ下女共。貴様ら如きが意見を挟むことなど本来、高貴な僕に対して許されないのだぞ』

「高貴だって。わっらえるぅ」

離れた位置にいるアントワネットがワザとらしく声を張り上げた。一瞬、ボルドはぴくっと身体を反応させてから、ゆっくりオルフェウスの後方にいるアントワネットを見た。

顔部分も甲冑で覆われている為、表情はわからない。辛うじて開いているのは目元だけだが、赤黒い光が灯っているだけで、とてもじゃないが人間が中身だとは思えない怪しさだが、アントワネットも相手を甘く見て挑発した訳ではない。ボルドが立っている魔樹の根元、花の塔が立っていた真下部分は場所が近すぎる。

「――っ!?」

『まずは一番の雑魚から排除しようか』

まさに一瞬の出来事だった。アントワネットが瞬きをした次の瞬間には、ボルドは既に彼女を魔剣の射程内に納めていた。距離があるからと油断していたのもあるが、ボルドの

動きは重量感のある巨体からは想像もできないくらいに素早い。

「──アントワネット⁉」

オルフェウスが叫ぶ。まさか、アントワネットを標的にするとは予想外だった。魔術師であるアントワネットでは、間合いに入られた時点で不利以外の何物でもなく、すぐさまオルフェウスは地面を蹴り走り出したが、タイミング的に間に合わない。せめて無様でもいいから、転がって避けてくれ。そう声を上げるよりも早く、驚愕の表情をしていたアントワネットの唇が怪しく吊り上がる。

「はい、お馬鹿さんが釣れましたぁ」

魔剣が振り落とされた。が、黒い刃がアントワネットに届くことはなく、直前に割り込んできた何者かの一撃に阻まれてしまう。アントワネットの背後から飛び出すように現れたのは、幼さの残る顔立ちと身体つきの少女二人だった。

魔剣を受け止めたのは小麦色に焼けた肌を持つ赤髪の少女が振るうハルバードだ。

「アホかアンタ。うちが間に合わんかったら、どうするつもりや」

「間に合うって計算づくの挑発でしょ。痛い目を見てもその性格は変わらないみたいね」

もう一人は黒髪の落ち着いた雰囲気を持つ少女。その手にはアルトが愛用している片手剣が握られていた。赤毛の少女がハルバードで大きく古い魔剣を弾くと、後ろに下がる彼女と入れ替わるように黒髪の少女が前に出る。

「ふん。雑魚が群れよう、と⁉」

弾かれてよろけるが直ぐに立て直したボルドが、魔剣で接敵する黒髪の少女を斬り伏せようとするが、上段から落とされた刃が裂いたのは少女の残像。身体を横に向けて刃を素早い動きで回避してから、カウンターとして計五発の斬撃をお見舞いする。使い慣れない剣の感触を確かめるだけの、本気ではない斬撃は硬い甲冑に掠り傷程度しか付けられなかったが、高速で繰り出される刃は強烈な打撃となり、ボルドのバランスを崩しよろけさせた。

黒髪の少女は息を短く吐き、右手に強弱を付けながら剣の柄を握る。

「悪くない。いいえ、むしろ驚くくらい調子がいいわ」

緊張が解れたような笑顔を見て、赤毛の少女は楽しげに口笛を鳴らした。

遠目からでもオルフェウスは黒髪の少女に面影を見出す。

「……レイナ？」

かつて復讐心を利用され魔剣の身体を乗っ取られ、別人として学園に通っていた少女は、失意と共に食い尽くされた。だが、黒髪の少女にあるのは面影だけではない。実際に戦った相手だからこそ理解できる。あの動き、体捌きは間違いなくレイナそのものだった。

「なら、あの赤毛の娘は……」

改めて視線を向けたもう一人。レイナほど明確ではないが、あの赤毛も僅かだが記憶の片隅に引っ掛かっていた。靄がかかったようなあやふやな記憶が、一気に晴れていくような感覚と共に赤毛の少女の姿と合致する。

「彼女が、本物のティタニア、なのか」

魔剣ネクロノムスによって改竄されていた記憶は、本人を目の当たりにしたことで、ようやくハッキリと呪縛から解き放たれた。ハルバードを担いだ新入生は珍しく、意識せずとも目に留まってしまうだろう。入学式の日に一度だけ、遠目から珍しい得物を持つ新入生が居るモノだと、特に深く考えることなく眺めていたことを今になって思い出す。あるいはそれ自体、魔剣の改竄によって封印されていた記憶なのかもしれない。だとしても、明らかにおかしいのは生死不明だった二人が生きていて、しかも幼い少女の背格好になっていることだ。

考えられることは一つしかない。

「アントワネット。貴様……」

「おっと、待った待ったオルフェちゃん。無駄話をしている余裕はないよん」

何かを察して睨みつけてくるオルフェウスを制したアントワネットは、数歩、後ろに下がりながら胸の前で印を結び魔力を集中する。印を組みかえ術式を構築している間も、見事な連携で絶えず攻撃を続ける二人は、ボルドに一切の反撃する余力を与えなかった。

「オルフェちゃん。下手に動いちゃ駄目だぞ」

術式を組み上げて数秒。アントワネットが用意しておいた魔術が完成する。

「結界術式・無骸千万餓者髑髏」

印を切った手から展開された魔力は、ドロッとした液体のように地面へと染み込み魔術式へと展開していく。瞬間、アントワネットを中心に半径百メートルほどに魔法陣が映され、描かれた部分から真っ赤な無数の骨が突き出してきた。様々な形の骨は互いに結び合いながら上空に昇っていくと、瞬く間に骨でできた巨大な檻を作り出して、ボルドを含めた魔樹の近くにいた全員を閉じ込める。現れた骨はアントワネットが錬成した極めて本物に近い偽物で、実際に人体から採取された物は一本たりともないが、これだけの数が揃うと色合いも相まって魔樹以上の禍々しさを持つだろう。器用なのは正確な円ではなく、ちょうど魔樹を巻き込まないように歪んで形成されていることだ。

ボルドもこれには驚いたのか、攻勢を続ける二人から大きく距離を取り周囲を見回す。

『なんたる下品な魔術か』

呆れたような物言いで吐き捨てながら、無作為に魔剣を振るい飛ばした魔力の斬撃で檻を破ろうとするが、斬撃が接触した部分の骨は砕けても、直ぐに再構成されて元の形に復元されていく。

「無駄無駄ぁ。あーしの切り札の一つを舐めないでよね。脆いっちゃ脆いけど、あーしの魔力が続く限り再生力は抜群なんだから」

得意げに言いながらもアントワネットの額には、既に薄ら(うっす)と汗が滲み(にじ)始めている。これだけ大きな結界を張るとなると、魔力の消費と身体の負担は相当なモノだろう。だからこそ、この状況でこれだけの無茶をアントワネットがやる意味が、オルフェウスには理解できなかった。

「あ、アントワネット。これは、なんのつもりだ？」

「あーしはさ、わかるんだよ。同じ鬼畜外道だからさ」

戸惑うオルフェウスに、少し自虐交じりにアントワネットは答える。

「あの手の自意識過剰な卑怯(ひきょう)者はさ、不味(まず)くなったらどんな手でも使うし、自棄になったら何だってやる。形成が不利になれば絶対に、狙いをあーしらから校庭で結界を維持してる生徒達に移す」

「だ、だが校庭にはクルルギ様が」

「そのクルルギ様が必死こいて結界を維持してるんだよ。うちの娘達がさぁ、黙って見逃すはずないじゃん」

そう言って笑うアントワネットの姿に、オルフェウスは頭を殴られたような衝撃を感じていた。自分はなんて愚か者なんだと。ガーデンの乙女達が守られるだけの存在であるはずはなく、たとえ自分より強い相手でも迷わず立ち向かう生徒は大勢いるだろう。ウツロの存在が生徒達から牙を抜いてしまったと思っていたが、アントワネットは確り他の生徒達を見ていたのかもしれない。そして術式の維持で動けないアントワネットを守るように、レイナとテイタニア、二人の少女がボルドの前に立ち塞がる。

　かつての親友同士、新たな身体を得た二人はある種の高揚感と共に肩を並べた。

「レイナ。一度くたばったからって、鈍っとりゃせんよなぁ」

「死人の歴ならアンタの方が長いでしょ。それに、多少、鈍っているくらいで私は引けない、引いちゃいけないんだ」

　言い聞かせるような物言いに、思いつめているのではとテイタニアは疑念を懐くが、直ぐに彼女の瞳に宿る決意の炎に気が付き安心するよう微笑んだ。

「なら、気合い入れんとな。うちらナラカの両翼の復帰戦や！」

　小柄な体躯で身の丈を超えるハルバードを、軽々と頭上で旋回させ構える。

「盛り上がってるところ悪いけどさぁ、調整が終わったばかりで準備運動もしてないんだから、いきなり全力全開は止めときなよ。冗談や比喩じゃなく、ぶっ壊れちゃうから」

　二人の身体は当然、普通の人間、元の身体と呼ばれる肉体とは違う。大部分はアントワネットがホムンクルス用に培養していた人工的な物で、ハイネスが密かに回収していた魔剣化していたハルバードから、喰われたテイタニアの魂をアントワネットがサルベージした後、新たに作った肉体に魂を移し替えた。レイナも肉体の大部分が瘴気に汚染されていた為、除去された部分をホムンクルスで補っている。存在を滅するのではなく、存在を喰らい取り込む魔剣の特異性と、肉と臓物に秀でたアントワネットの魔術があったからこそ、二人の蘇生は可能となった。身体が幼くなっている理由は、人工物のホムンクルスでは魂の定着は難しく、汚染はされていても肉体として存在するテイタニアの身体をベースにせざるを得なかったからだ。ある程度は補えるにしても、一人の身体で二人分の肉体を作る訳だから、どうしても全体的な物量が少なくなってしまう。だが、これである意味では義姉妹ではなく、血を分けた姉妹のような関係になれたので、二人としてもまんざらではないだろう。

「そりゃお気遣い、どーも。この場合、アントワネットがおかんってことになるんか？」

「うっわ、ぞっとした。止めてよ、そんな悪質な冗談。そもそも、あの男の思考が読めたのは、私達が魔剣と同化していたからでしょ。それを自分の手柄のように……」

「聞こえてるぞー。おかん扱いも傷つくけど、悪質な冗談呼ばわりはもっと傷つくぞ」

文句を言いつつもアントワネットの口調は、普段を知るオルフェウスが聞いたこともないくらい優しかった。意外かもしれないが、自身の魔術で作られた二人に対して、後輩以上の感情が本当に芽生えているのかもしれない。

何が起こっているのか、オルフェウスには理解し難い出来事ばかりだ。だが、あのアントワネットが何かしら動いたのなら、この状況もあり得るのだろう。何せ性格の良し悪しはさておいても、魔術師としての腕前は間違いなくガーデン内でもトップクラス。仮に死人を生き返らせるなどという荒業を為したとしても、アントワネットならばやりかねないと納得できるだけの実力は認めている。

「ふん。どうりで昨日は、アレだけ自信満々だったわけだ」

自然と笑みが込み上げてくる。瘴気の塊のような相手と、どうやって戦うべきかずっと頭を悩ませてきたが、ボルドと対峙する二人の少女は、見た目こそ幼いが全身から醸し出す覇気は、オルフェウスに勝るとも劣らないだろう。不思議と闘争心よりも、安堵感と心強さが胸の内を満たしていた。

「まさか、このボクが後輩に期待してしまうとはな」

この勝負に負けはない。たとえ自ら率先して前線で戦わずとも、勝敗の行末すら預けられる同胞を得た気がしたからだ。そしてレイナとテイタニアも、かつて自らを支配した魔剣の権化と相対しながらも、恐怖や恐れを懐くことはなく、むしろ全身に高揚感すら纏い始めていた。余裕の笑みすら浮かべる姿を目の当たりにして、ボルドは不機嫌さを表すよう甲冑の隙間から瘴気の粒子を噴き出す。

『不愉快、だな。全く不愉快だ。ああ、屈辱感すら覚える不愉快さだよ』

ガタガタと不自然なくらいに音を鳴らして全身を揺らす。

「な、なんやこいつ。急に震え……いや、振動し出したで」

「奇行に惑わされないで。全身の魔力が急激に高まり出してる」

距離を開けたいが結界を維持し続けているアントワネットを守る関係で、後ろに下がることができない為、二人は咄嗟の攻勢でも受け止められるように、軽く腰を落として重心を下げる。その際、レイナはボルドの向こう側にいるオルフェウスに視線を送り、軽く首を左右に振って何かを押し留めるような動作を取った。

『んんんんッ……があああああぁぁぁあああ‼』

直後、溜め込んだ魔力を放出するかのように、ボルドは上を向いて咆哮を鳴らした。全身の甲冑が音を立てて揺れると、肩や太もも部分の装甲が弾け、下から更に刺々しく装飾された新たな装甲が出現。更には肋骨の上部分、肩甲骨辺りの装甲も次々と剥がれ落ち、そこから突き出すように腕が生えてきた。問題は全身の規模。装甲の剥離は最終的に全体にまで及び、ただでさえ巨体だったボルドの身体は一回り更に大きくなっていた。

生物の域を超えた形状の変化に、テイタニアは驚きを隠せない。

「うおっ、こりゃなんちゅうか……けったいな恰好やな」

「素直に気色が悪いって言っていいのよ。敵なんだから、遠慮する必要なんかない」

軽口を叩き合っているが、この隙に攻め込めないのは弾いた装甲や放出される魔力が、瘴気となって周囲に撒き散らされているからだ。その間にボルドは変化を終え、甲冑の隙間から蒸気のようなモノを噴き出していた。異形から更なる存在へと変化を遂げたボルドの姿は、既に動く甲冑という域を大きく逸脱していて、刺々しい上に赤黒い光沢のある装甲は、害虫を連想させる不快感すら見る者に与えていた。合計六本に増えた腕はそれなりに重量がある所為か、上体を真っ直ぐ支え切れず前のめりになっている立ち姿が、余計にボルドの怪物性を煽っている。これには思春期の少女達も嫌悪感から顔を顰めてしまう。

『ふはっ、ふはははッ。これこそが真なる魔剣ネクロノムスの力と姿。恐れ戦け、頭を垂れろ下民共。新たなる神の先兵として、ボク自らが貴様らを選別してやろう』

　極めて不遜な言葉を周囲に響かせた。奇妙なのはこれだけ姿形が変化していても、声色に変化がなく言葉以上の狂気が感じ取れなかったことだ。オルフェウス辺りはこの違和感に眉を顰めていたが、魔剣に囚われていた二人には理由が理解できていた。

「哀れなモンやな。滅びて尚、怨念やら怨讐を残し続ける人間ちゅうのは」

「ふん、それこそ自業自得。恨み辛みを死んでも手放さなかった馬鹿が、それを利用されて魂を魔剣の燃料として燃やし続けてるだけ。ボルドって奴がどんな人なのかしらないけどアレは、ガーデンにいたのは最初っから本人を模した幻みたいなモンよ。たとえ自分がどれだけおかしい状況に置かれようと、疑問を持つことすらない」

　睨みと共に剣の切っ先を嗤うボルドへと向ける。レイナの視線に慈悲はない。見方を変えれば利用されただけとも思えるが、そこまで堕ちてしまった理由は本人の性根にあることは、同じ魔剣に囚われていたから他人よりも理解できる。そしてボタンの掛け違い一つで、レイナも同じような怨念と化していたのだろう。

「ぶった斬るよ、テイタニア。これ以上、私達の学園を汚い瘴気で汚したくない」

「了解――や！」

気合いと共に先手を取ったのはテイタニア。ハルバードを振り上げて真正面からボルドへ斬り込む。嗤いながらボルドは魔剣を持つ手以外の五本を不規則に動かすと、手の平から生えてくるように同じ魔剣ネクロノムスが出現した。それらを器用に操り、正面から振り下ろされるハルバードの重量感がある強力な一撃を受け止めた。交差する二つ、四つの刃を弾き飛ばすが、威力が削がれ最後の五本、六本目の魔剣で受け止められてしまう。

顔のないボルドの表情が愉悦に歪む気配がした。

結果的に正面で切り結ぶ形となったが、弾かれてもボルドには残り四本の腕と魔剣がある。押し引きを諦めテイタニアが下がるより早く、頭上から斬撃を繰り出そうと試みるが、そこに二の矢として突っ込んできたレイナが守るよう刃を舞わせ魔剣を弾く。

「テイタニア！」

「へへっ、狙い通りや！」

魔剣を大きく弾けばボルドの身体は上体が起きてしまう。上半身が重いボルドの身体が猫背の状態から持ち上がれば、バランスを保てなくなって切り結ぶ魔剣を握る腕からも力が抜けてしまう。

「うぉぉおりゃあああああ！」

　二本の魔剣を弾くようハルバードを真下に振り抜き、力強く正面に一歩踏み出してからその足を支点にして身体を横に一回転。渾身の力を込めた横薙ぎをボルドの左肩辺りに叩きつけた。

「──⁉」

「──セイッ‼」

　レイナが追撃として反対の肩に刃を打ち付ける。これにより身体を左右に大きく揺らされたボルドは、バランスの変化を堪え切れず片足を大きく上げてから、転倒するのを耐える為に魔剣を地面に突き刺し何とか踏み止まった。

　その隙に二人は間合いを離してから、背中合わせになって得物の切っ先を向ける。

「硬くて重くて面倒な相手。おまけに近づくだけでピリピリと肌が痛い」

「ほなら、下がっとくか？　うちと違ってアンタの剣じゃ間合いに踏み込まな、キッチリ叩き斬れんやろ」

「冗談。この剣を託されて、引くなんてあり得ない」

　言いながら片手剣の柄を決意と共に強く握った。

「なんや、妬けてまうなぁ。新しい相棒はそない魅力的なんかいな？」

「そうね。男だったら、惚れていたかも」

「ちょいちょい、イチャコラすんなし。聞いてるこっちが恥ずかしくなるっつーの」

互いに横目を向け合い冗談を口にしている二人に、気恥ずかしさから頬を赤らめたアントワネットがツッコミを入れる。そんなやり取りをしている間に、ボルドは突き刺した魔剣で地面を強く押し、バランスを崩していた体勢を立て直した。

『お、おのれぇ……どいつもこいつも舐めやがって。僕は支配者になるべく生まれた男で、貴様らなんぞに倒されるべきではない人間なんだ、人間なんだぞ！』

「お～お～、人間やめた奴が何か言っとるわ」

「せめてもの情けよ。その染み付いた怨念、魔剣諸共、断ち切ってやるわ」

息を吸い込む音が聞こえ、二人は呼吸を合わせ正面から斬り込む。相手の間合いに入る直前、左右を素早く入れ替え相手の意識を攪乱する。今のボルドに気配を読んで動きの先を見通すセンスはない。目視を頼りに二人の動きを追おうとする所為で、間合いに入っても迷いから打ち込みが弱く、二人の剣戟にあっさり阻まれてしまう。それでもボルドは驚異的な速度で状況に適応し、より正確な動作と速さで六本の魔剣を操り、正面に上下左右、あらゆる箇所から斬撃の雨を作り出し続けた。一人なら防戦一方で重量の差もあり、瞬く間に押し切られてしまうだろう圧も、レイナとテイタニアは見事なコンビネーションで完璧に全てを捌いてみせた。重量武器のハルバードと軽い片手剣。攻勢のリズムも威力も違う武器を持ちながらも、二人の長く積み重ねてきた阿吽の呼吸は、魔剣の数や経験値だけでは太刀打ちできない圧倒的な神業を作り上げていた。魔剣の刃を素早い動きのレイナが弾き、こじ開けられた隙にテイタニアがハルバードを打ち込む。直接攻撃を嫌って狙いをテイタニアに変えても、直ぐに間合いギリギリに下がり、攻撃を引き付けている間に、今度はレイナが倍の数の斬撃を浴びせかけた。これら一連の動作を絶えず、更には互いの位置を常に入れ替えながら行うことによってボルドは翻弄され続け、気が付けば攻撃の手数がなくなり防戦一方になっていた。

『こ、この——ちょこまかとッ!!』

苛立つようにボルドは怒鳴るが、冷静さを欠けば欠くほど動きの精密さは失われていき、遂には押し込まれるよう後退りを始めた。反対にレイナとテイタニアの二人は余力十分で、止まることなく攻勢を続けながらも、呼吸を乱すことなく更に動きを加速していく。

この光景だけを見れば完全に二人のペースに思えるだろう。

（……なるほど。これは、かなり厄介ね）

平静を装いながらもレイナは内心で焦りをすり潰す。一方的に攻撃しているように思えるし、実際に一方的な攻勢ではあるのだが、二人の斬撃は硬い甲冑に阻まれ有効打に全く届いていない。瘴気を帯びた装甲が頑丈なのもある。だが、一番の障害となっているのが、ボルド自身が魔剣ネクロノムスの眷属であることだ。

（あかんわ。ええところに入っとるんやけど、衝撃が芯まで届かへん）

（こっちも同じ。斬撃が全く通らない）

長い付き合い故のアイコンタクトで互いの意思を交わす。

原因は理解していた。恐らく二人が長らく魔剣ネクロノムスに囚われていたから。ボルド自身の戦闘センスが人並みでも、魔剣ネクロノムスに刻まれた二人の記憶が、本能で身体を衝き動かし致命となる部分を僅かに外されている。戦闘経験が蓄積される上に、手の内まで見透かされていては、幾ら攻勢を優位に進めていても決定的な勝利に届かない。動きが鈍り攻防が逆転すれば、一気に押し込まれる危険性もある。皮肉なのはその状況に全く気が付いていないのが、ボルド自身だということだろう。

『このッ、痴れ者共がッ！　僕は、俺はッ、支配者になるべき神の使徒なんだぞ！』

斬撃を全身で受け止めながらボルドが叫び散らす。ボルドの魂の欠片が喋り散らかしているが、実際に身体の主導権を握っているのは魔剣ネクロノムスだ。半狂乱な声色に反して最初は翻弄されるだけだったのに、今は強い一撃を受けてもバランスを崩すことなく耐え忍ぶ姿が見てとれる。ヒリヒリと嫌な気配が肌を焼き始める。瘴気を纏っている所為か魔力の流動を感じ取ることはできないが、長年培ってきた戦士としての直感は、危険を知らせる警笛を鳴らしていた。

「……テイタニア」

「よっしゃっ!!」

名前を呼んだだけで全てを察したように景気の良い声を上げると、後ろに下がるレイナに合わせてテイタニアが深く間合いを詰めた。長物であるハルバードでレイナと同じ間合いで戦うのは困難だが、その難しさもテイタニアにとってはお手の物。柄を中心から拳二つ刃に近い部分を握り、左右の重量を均等に保ちつつ旋回させながら、刃と石突でボルドの甲冑（かっちゅう）を攻め立てる。この動きなら一撃の威力は落ちてしまうが、レイナの片手剣に負けない速度で攻撃を繰り出せる。

『この南方の野蛮人がッ!!』

力任せの連続攻撃を嫌がったのか、六本の魔剣全ての切っ先がテイタニアへと向けられた。魔剣自体の思考は冷静なようで、魔剣の攻撃をテイタニアに集中していても、斬撃を同時に四つ以上は繰り出さない。間合いの外で息を整えるレイナの動きを警戒しての攻勢だったが、テイタニアにとっても同時に相手する魔剣の数が減る分、捌（さば）く難易度も低下しているだろう。

「ハハッ！　うちらは野蛮人の中の野蛮人、ナラカの戦士やで、舐（な）めるなやっ！」

両手でハルバードの柄を握り、手の位置は変えずに腕の動きだけで操り、襲い掛かる魔剣と剣戟（けんげき）を奏でていく。軽快な動きは棒術に近く、とてもじゃないが重量物に分類されるハルバードの扱い方とは思えない。

ハルバードと魔剣が火花を散らす中、テイタニアがチラッと背後を気にする素振りを見せた。

「――レイナぁ！」

名前を呼ぶと同時にハルバードを肩に背負うよう引き、更には一歩分後ろに下がった。

瞬間、ボルドの魔剣は瞬時の判断で逃がすまいと、様子見をしていた残り二本の魔剣でテイタニアを狙う。しかし、これはテイタニアの釣り。ほぼ頭上から降ってくる二本の魔剣を、上体を前のめりにして正面に踏み込むことで、ギリギリ背中を掠める距離で回避。

同時にハルバードの柄を握る左手の中を滑らせるように、右手で斜め下に思い切り打ちだした。ハルバードの刃は真っ直ぐ勢いよくボルドの左膝を打ち抜くと、貫きこそしなかったモノの衝撃に耐え切れず足を持っていかれボルドはバランスを崩した。それを何とか留めようと四本の魔剣で地面を突き出し転倒を堪えるが、これによってボルドは完全に無防備を晒すことになる。この好機を狙っていたレイナは死角となるテイタニアの背中側から、彼女の肩を踏み台にして跳躍。ボルドの首に狙いを定め片手剣を構えた。

「――その頸、獲らせて貰う！」

『――馬鹿めがッ!!』

六本の魔剣を戻せず防御も迎撃もできない状況でありながらボルドは嗤う。いや、この場だけはボルドではなく、魔剣そのものの意思が主張を強めているのかもしれない。瞬間、甲冑のあらゆる箇所から魔剣の切っ先だけが顔を覗かせた。

『この身体に宿るのは計三十を超える魔剣ッ、テメェら全員の全身で味わうといいッ‼』

「――ッ⁉　兜からも……⁉」

『まずは小賢しい貴様からだ！』

兜のちょうど眉間部分からも魔剣の刃が突き出し、強襲するレイナを狙うよう射出された。それを切っ掛けに全身から生える刃も伸び、全方位目掛けて魔剣の雨を降らそうと試みるが、発射されたのは最初の一方だけで後に続いたのは沈黙だった。放たれた魔剣もあらかじめ予期していた、下のテイタニアがハルバードで撃ち落としていた。

『……は？』

「残念だったな、間抜け」

「周り見えな過ぎ。二人とだけ、戦ってるつもりだったぁ？」

いつの間にだろうか。ボルドの巨体には足元から生えた無数の骸骨が絡み付いていた。檻となっている結界と同種の骸骨は、甲冑から生える魔剣に被さり、切っ先が骨を砕く側から再生する所為で発射が遮られていた。

『……へぁ？』

間抜けな声色は魔剣を防がれたことではない。ボルド自身の視界が、何故か真下に落下していくことに対してだ。ボルドの首は落とされていた。背後から瞬時に間合いを詰め、だ。

獣化した右腕から繰り出される鋭い爪の一撃が、強固な甲冑をものの見事に寸断したの

『ひ、ひきょ……』

「些か品性に欠ける一撃だったが、まさか卑怯とは言わないだろうな」

「それに、そんな言葉には惑わされない」

跳躍した状態のレイナは闘志を緩めず剣を上段に構え、落下と共に首を失った甲冑に刃を落とした。あらゆる動作、呼吸が噛み合い繰り出された会心の斬撃は、あれほど強固だった甲冑を軽い手応えと共に一刀両断にした。

「……ふっ」

片膝を突き着地したレイナは短く息を吐き残心。ボルドの次の動きを警戒するが、綺麗に真っ二つにされた甲冑は左右に分かたれた。瘴気を元とする甲冑は地に落ちることなく砂のように崩れていき、最後は粒子と化して空間に溶けて消え去った。後に残ったのは地面に転がる兜の下から現れた髑髏と、甲冑の中に入っていた恐らく全ての力の源だと思われる魔剣が一振り、地面に突き刺さっていた。

「これで、本当に終わりよ」

レイナは立ち上がると同時に剣を横に一閃。刀身を断たれた魔剣は断末魔の声を上げるでもなく、錆のようなモノに覆われ最後は砕け散って塵となっていった。

残ったのはボルドの魂の欠片が宿る髑髏のみ。

『あは、あははは……これは夢、悪い夢だ。悪いのは僕じゃない、あの女の所為なんだ』

「言いたいことはそれだけ……⁉」

この期に及んで身勝手な逃避を始めるボルドの言葉に、レイナは不快感を露わにして近づこうとするが、それよりも早くオルフェウスが髑髏に足を置く。驚くレイナを見ながら首を左右に振り、力を込めると髑髏は乾いた音を立てて砕け散った。もう言い訳も現実逃避も必要なく、土に還った魂は沈黙と共に周囲の緊張感を解す。

「お、終わったぁ……マジでギリギリだったわ」

両手で結んだ印を解くと共に、全身汗だくのアントワネットは崩れるよう地べたに座り込む。周囲を囲っていた骨の檻も跡形もなく消え去った。

戦いの終わりにオルフェウスは短く息を吐いてから再びレイナに視線を向けた。

「わざわざ貴様が手を下す必要はない。こういうのは、僕に押し付ければいい」

「今更、先輩気取り？　それとも年下扱い？　どっちにしても笑える」

笑える。と言いながらもレイナの目付きは険しくニコリともしていない。

「ケジメを果たしただけだ。気に食わないというなら、次はその刃を僕に向ければいいさ」

「……本気？」

「ああ。結局、押し付けるだけで何もできなかった僕の、責任の取り方なんてこれくらいしか思いつかない」

獣化を解いたオルフェウスは観念するよう両目を閉じる。テイタニアは何か言いたげな表情をしていたが、決断はレイナに預け自身は口を結ぶ。座り込んで荒い息遣いで遠巻きに眺めていたアントワネットも、割り込んだり擁護したりする気はなさそうだった。

暫しみつけてからレイナは嘆息して、刃を制服の袖で拭い鞘に納める。

「アンタの自己満足に付き合う気はない。この剣をそんなつまらないモノを斬る為に使いたくないから……それに」

「それに？」

「アンタには花の塔で戦った時の借りがある。責任をとって死ぬなら、それからにして」

「……ああ、わかった」

少し驚いてからオルフェウスは僅かな笑顔を覗かせる。

言いたいことを言えて多少満足したレイナが、今度こそ終わったと肩の力を抜くと同時に、背後から抱き着くようテイタニアが飛びついてきた。

「やったなぁレイナ！　うちらナイスコンビネーションや」

「本当だったら、二人だけで倒したかったんだけどね……流石、生徒会だわ」

照れ臭そうな顔をしてから口惜しそうに、ボルドが朽ちた場所に視線を落とす。結果的に戦いは終始、レイナ達が主導権を握る結果になったが、実際の肌感覚としてはかなり紙一重だった。身体が小さくなったことで身体能力は落ちているし、魔剣の力を持つボルドも実力はかなりのモノだった。勝機を掴めたのは核となったボルドが戦闘慣れしていなく、魔剣も戦闘に不向きな人間を蓄えた経験で動かす経験値が足りていなかった。魔剣自体が多対一の戦闘経験が少なかったのも要因の一つで、取り込まれていた二人だからこそその弱点を見抜くことができ、二人で引き付けた隙にオルフェウスが奇襲をかけるという作戦を立てることができたのだ。もしも、奇襲に失敗して戦闘が長引けば、戦闘を学習した魔剣が状況に対応してレイナ達は敗れていただろう。

「後は、アンタの新しい相棒ちゃんがウツロ会長を倒せば、万事解決やな」

「そうね」

頷いてからレイナは未だ健在の魔樹を見上げる。根元にはぽっかり入り口が開いていて、今すぐにでも飛び込みたい衝動にかられたが、奥歯を噛み締めてグッと堪える。今のレイナが駆けつけてもクルルギ達の負担になるだけで、アルトの助けになれるとは思えなかったからだ。

「ちゃんと帰ってきなさいよ。私はアンタに、ゴメンもありがとうも言えてないんだから」

祈るような気持ちを込めてレイナは鞘に納めたアルトの片手剣をそっと撫でた。

魔樹の深層で一人、ウツロは瞑想に耽っていた。
聳え立つ魔樹はガーデンの地下深くまで根付いているが、ここは土の中ではなく女神マドエルが住まう寝所に近い場所で、隔絶された世界の更に隔絶された空間となる。根が寝所に近づけば近づくほど、魔樹はガーデンを司る女神マドエルの権能を浸食していき、最後はマドエルそのものを取り込むことを目的としている。ガーデンはマドエルが作り出した世界であると同時に、マドエル自身とも認識できる為、魔樹が植え付けられた時点で精霊にとって天敵ともいえる瘴気によって、弱体化を強いられてしまった。これにより本来なら防げるはずの浸食を許し、徐々に寝所に近づかれてしまっている。そして一部とはいえ大精霊の権能を得たことによって、魔樹と繋がるウツロは人としての隔たりを僅かに超えてしまっていた。

地面も壁も天井も存在するかもわからないほど、深く暗い闇に閉ざされた閉鎖空間の中、ウツロは目を瞑り座したまま時が満ちるのを待つ。音はない、風もない、空気すら流れないこの場所は、静寂と呼ぶことすら躊躇われるほどの無音に満ち、時が刻まれているかすら疑いたくなるほど、ここで世界の流動を感じ取ることはできなかった。唯一、音らしいモノを確認できるとすれば、ウツロ自身の心音と息遣い。だが、それすらも瞑想により極限まで制御され、ウツロの心身は生と死の狭間を揺蕩っている。

思考すら断って無我を維持するウツロの脳裏に、いつか聞いた言葉が横切った。

『ウツロちゃんの投げ技って、本当に綺麗ですよね』

思い出しただけで胸の奥がチクリと痛む。尊敬する人でウツロが追い掛けても、届かなかった人の言葉。初めて強さの意味を教えてくれた先代の生徒会長ユリが、今の自分の姿を見たらどう思うだろうか……いや、考えるまでもない。あの優しくて、正義感の強い彼女が、ガーデンに仇を為す存在と化した自分を許すはずはないだろう。

「…………」

無音の空間にウツロの心音だけが響く。座する足の膝上に乗せていた手の平が、じっとり汗ばんでいるのに気が付いた。

「このワタシが、緊張をしている？」

誰に聞かせるわけでもない独り言が零れた。ウツロは自覚していた。自身が人ではないこと、人工天使と呼ばれる存在であること、魔剣に心身が蝕まれつつあること。皮肉なことに魔剣と融合することによって、蓄えられた知識や経験を垣間見ることで、自身の正体を知る切っ掛けになってしまった。知った後で訪れたのは、「ああ、やっぱりか」という納得。自分が人ならざる存在ならば、強い人間、人族に連なる存在を育てることが大前提のガーデンにおいて、報われないのは致し方のないことなのだろう。

だが、それでいい。憧れに届かないのなら最凶へと堕ちよう。

「……来る」

異変には少し前から気が付いていた。座したまま動かず、瞼も開かず、ただそれだけを呟き意識だけを頭上に向ける。瞬間、真っ暗な闇に閉ざされていたはずの空間が、徐々に薄明かりに照らされ色づいていく。招かれざる客が三人、上空から降ってきた。

「——ウツロォォオオオ!!」

聞き覚えのある怒鳴り声が空間に轟く。ウツロは意識だけ向けて動かず座したまま。

光を引き連れ降ってきたのは、アルトとロザリン、そしてミュウの三人組。一番、身体が大きいロザリンが二人を小脇に抱え、重力に引かれるまま深淵へと落ちてくる。そのまま地面に激突すると危険な速度だったが、魔女のロザリンが魔術を扱い落下速度を調節しているのは、ウツロが目を閉じていても肌で感じ取ることができた。

特にアルトとミュウから感じ取れる殺気は、乾いたウツロの闘争心を煽り立てる。

「——ロザリン!」

「うん」

アルトの声に呼応してロザリンが抱えていた手を離すと、落下速度調整の魔術から解き放たれたアルトは、一足早く深淵の地に両手を突いて着地する。気合いを入れるように大きく息を吸い込んでから立ち上がり、正面で静かに座するウツロを睨み付けた。

「待たせたな、ウツロ」

背中に背負った竜翔白姫を抜き、真っ白な切っ先を向けた。

「テメェに勝ちに来てやったぜ」

「……ふっ」

あまりに堂々とした物言いにウツロは唇を綻ばす。続けてミュウが地に足を突き、預かったトネリコの槍を肩に担いでから、ギラギラと殺気張る視線でウツロを刺す。

「今度こそ殺す」

「……ふふっ」

二度目の笑い声は明確に唇から零れた。

最後にロザリンが降り立つ。二人と違いウツロに対しての因縁が薄い彼女ではあるが、この最終局面において気合い十分なのは、降り立って直ぐに魔術を紡ぎ始めたことからわかるだろう。

　魔樹の内部は空気まで瘴気が充満しているが、外でクルルギ達が展開している結界が既に三人の周囲数十メートルを覆っている。足元は平らで硬く室内と変わらない感触だが、自分達とウツロが座する部分だけが光に照らされ、上も下も含め全方位が闇に閉ざされている為、ずっと見ていると不安な気持ちにさせられてしまうが、戦闘準備が完了している三人にはさほど問題になる光景ではなかった。

　殺気を真正面から浴びて、ウツロはゆっくり瞼を開く。

「何度もワタシに敗れた君達を歓迎はしない……けれど」

立ち上がり、両手を左右に大きく広げた。同時に世界が色づく。足元に真っ黒く磨かれた床が広がり、所々には魔樹の物らしき根が突き出していた。上と周囲は変わらず果てのない暗闇に満ちていたが、足元が明確になっただけで十分な空間らしさを作り出していた。

「神座に至る前に、最強に届く前の手慰みくらいにはなるでしょう」

広げた両手を真下に下ろすと、ウツロの背中に瘴気が集約して四枚の翼を形成する。その姿にアルトは思わず息を飲む。禍々しい瘴気の翼ではあるが、美しい少女が複数の翼を背に持つ姿はかつて見た人工天使に酷似していた。

ウツロは微笑む。初めて会った時と同じ張り付けたような顔で。

「魔人ウツロ。完膚なきまでに叩き潰してあげる」

第七十四章　魔人ＶＳ斬魔

アルストロメリア女学園の新人教師キャロルは早朝に、一人で人気のない森の中を歩いていた。ここはガーデンの中ではなく外の世界で、地理的にはエンフィール王国の北側でラス共和国との国境に近い辺境の土地だ。キャロルは森の中を真っ直ぐ延びる舗装された道を歩いているが、近場にあるのは小さな集落や村ばかりで、他所から来た人間がこの道を通るのは非常に珍しいことだろう。キャロルは顔を隠すようフード付きの外套を着込み、右手には大きなカバンを握っていて、普段の頼りなさげながら優しげな印象とは打って変わって、何かに追い立てられるような必死の形相をフードの下から覗かせていた。用事の為にガーデンから出かけて来たと言われるより、慌てて夜逃げしてきたと言われた方が説得力があるだろう。

「……っ」

警戒するような素振りで周囲を気にしながら、キャロルは足早に森の中を歩く。キャロルも教師になる以前は外の世界で生活していたが、元々はガーデンの住人として鍛錬をしてきた乙女の為、身体能力は一般人よりも高い。故に通常なら数日かかる旅路も半分以下で目的地、エンフィール王国の王都まで辿り着ける自信があった。

言い方を少し変えるなら、逃げ切れる自信があった、とも呼べるだろう。

しかし、彼女の命運は既に尽きていた。

「嫌ですねぇ。面倒事は全てわたし任せ……本当に面倒臭いです」

「──っ⁉」

顔を強張らせてキャロルは足を止めた。

待ち受けていたよう進行方向に横から現れたのは、ボリュームのある赤髪に軍服、軍帽を被った少女。ラス共和国所属のアフロディーテ部隊の副隊長プライマルだ。面倒臭げな表情ではあるが、普段の気怠さはなく息が詰まるような殺気すら纏っている。武器らしき物はないが、右手には分厚い書籍が抱えられていた。

怯えるような様子を見せながら一歩、キャロルは後ろに下がる。

「おっと、動かない方が身のためですよ。まぁ、どっちにしろ結果は変わりませんが」

「……ら、ラス共和国の軍人様が、私に何かご用ですか？」

「この期に及んで惚けるんですか？」

下がった一歩分を詰めるようにプライマルは足を進める。

「や、止めてください。私に危害を加えれば、ガーデンの方々が黙っては……」

「だからぁ、そんなお芝居はもう十分なんですよ」

警告を発するキャロルに対して、呆れるように嘆息する。

「貴女の行為は既に知れ渡っているんですよ、キャロル先生」

「私の行為？　いったい、私が何をしたと……」

「魔剣ネクロノムスを最初に持ち込んだのは貴女ですね」

惚けようとする言葉を遮るようにズバリ真相を差し込む。

「魔剣が如何に記憶と記録の改竄に長けていても、何も知らない新入生が誰にも怪しまれず扱うのは不可能です。しかし、内部に学園内のことを知り尽くした人間、しかもある程度、生徒の動向を把握、制御できる立場の人間がいれば、さほど難しいことではありません」

「それが私だと？　それだけで、私を疑うんですか？」

「あからさま過ぎるんですよ」

否定を続ける様子にプライマルは面倒臭げに頭を掻く。

「わたし達が撤退して旗色が悪くなったから即逃げ出すなんて、後ろ暗いことがあるって言っているようなモノです」

「偶然です。たったそれだけの理由で証拠もないのに……」

「証拠、必要ですかぁ？」

「は？」

正論で躱すつもりがあっさり否定され、キャロルは信じられないといった様子でずれ落ちた眼鏡を直す。

「ご存じの通り、わたし達は正規の任務でガーデンに訪れた訳じゃありません。それなのにキチンと証拠を書類として揃えて、段階を踏んで逮捕して、裁判にかけて真実を擦り合わせるなんてする訳ないじゃないですか」

「……それ、は」

「貴女が誰と繋がっているのか、それさえ把握できていれば十分。危険を度外視して遥々、ガーデンに来ただけの元が取れるというもの」

「──っ⁉」

キャロルの顔色が一気に青ざめる。よほどの間抜けでもない限り、自分が置かれている状況くらいは理解できるだろう。話し合いをする気も、言い訳に耳を貸す気も最初から持ち合わせていないのだ。ならば、とキャロルは瞬時に思考を切り替える。軽く息を吸い込むと同時に青くなっていた顔色は血色を取り戻し、眼鏡の下の眼光に学園内では見せたことのない鋭利な光を宿した。

「何処まで知っていて、何処で尻尾を掴まれたのかは気になりますけど、この場でそれを追求するのは無意味でしょうね」

言いながら右の袖を捲り拳を握ると、魔力の粒子が凝縮して一振りの剣が錬成される。

それは魔剣ネクロノムス。彼女もまた魔剣と同化した存在ならば、持ち合わせていたとしても不思議ではないだろう。魔剣が出現すると同時にキャロルは禍々しい瘴気を纏い、切っ先と共に明確な殺意をプライマルに向ける。

「一人で現れたのは悪手でしたね。王国内で部隊を展開できない弊害なのでしょうけど、私程度なら簡単に制圧できると思いましたか？　ガーデンの乙女も舐められたモノですね」

「……なるほど。これが魔剣、間近で見ると確かに厄介そうですね」

眉を顰めた姿を圧倒されていると思ったキャロルは、優しい教師だった面影が粉々になるくらい邪悪に嗤う。

「今更、後悔しても手遅れです。貴女達が日和らずガーデンに圧をかけ続けてくれれば、問題なくウツロさんは神座に届いたというのに。まぁ、まだ一人で頑張っているようですが、あの様子では誰かが手を下さずとも、最終的に自壊するでしょうね」

「貴女は自滅するとわかって、自分の生徒をかどわかしたんですか？」

「私の正体について調べがついているのでしょう？　あの方のご指示以外は全てが些事」

そう語るキャロルの瞳には陶酔の色が浮かんでいたが、直ぐに鋭さを取り戻し魔剣を正面に構えた。

「そうですね。目的は果たせませんでしたが、貴女の首を手土産にしていけば、あのお方もお喜びになられるでしょう」

一歩踏み出し顔から笑みを消した。

「死になさい、共和国の飼い犬」

斬り込もうとした刹那、キャロルの足元に魔法陣が出現。大きく咢を開く巨大な狼が現れ、踏み出したキャロルを一飲みにしてしまった。咢が閉じる瞬間、自分に何が起きたか理解できない愕然とした表情を、プライマルは本を開いたまま冷めた視線で見送った。

「瘴気を操るのが自分だけかと思いましたか？　残念です」

禍々しい瘴気の塊が巨大な狼の姿を象った怪物は、咀嚼するよう口を動かしている。

「殺しては駄目ですよ。色々と尋問をしなければなりませんから、飲み込んだままにしておいてください」

何事もなかったかのような淡々としたテンションで、プライマルは真っ黒な闇を纏った巨大な狼に語り掛けた。恐ろしい姿ではあるが主従関係は確立しているようで、叱られた飼い犬のように狼は咀嚼を止めしゅんと顔を伏せる。プライマルは苦笑してから落ち込む狼に近づき首元を優しく撫でた。

「これにて任務完了。やれやれ、面倒なことばかり押し付けられて、嫌になってしまいます。まぁ、これで他の派閥の方々に今回の件を突っ込まれても、言い訳が立つ程度の理由は得られましたから良しとしましょう」

言葉とは裏腹にプライマルの表情は晴れない。

「でも、結果としてもっと厄介なことになるんでしょうねぇ。嫌だなぁ、面倒臭いなぁ」

何度も何度もため息を繰り返す。そんなご主人様を慰めるように狼が巨大な顔をすりすりと寄せてくるが、瘴気で作られているだけあって耐性があっても、プライマルの肌が焼き付いてしまうので、左手で軽く押し退けた。

「それにしてもガーデンの方は、どう決着をつけるつもりなんですかねぇ」

そう呟いてからプライマルはガーデンの入り口のある方向を見つめていた。


竜翔白姫を振り翳してアルトは地を蹴り真正面から斬りかかるが、仁王立ちのウツロは微動だにせず薄笑みを見せたまま、視線だけを向ける。途端、アルトの身体に緊張が走り、彼女の背にある瘴気の翼が輝くと、羽根の一枚一枚が粒子となって頭上に昇る。そして瞬きする間もなく高速で瘴気の粒子が弾丸となってアルトの頭上に降り注ぐ。数十を超える粒子の雨は狙い澄ましたモノではないが、広範囲に降り注ぐ所為で避けきれず、防ぐ為には足を止めるしかなかった。

身体に直撃する軌道の粒子だけを見切り竜翔白姫で次々と薙ぎ払う。

「クソがっ、何度も何度も同じ真似しやがって！」

「何度繰り返しても打開できない貴女が悪い」

言いながら首を横に傾けると、背後から突き出された木製の槍が頬を掠めた。

「注意を引いて背後からの不意打ちは、もっと殺気を押さえてやるモノよ」

「――ちぃッ」

ミュウは舌打ちを鳴らし槍を戻そうとするがウツロは柄を握り、軽く捻るとミュウの身体ごと回転させ背中から落とす。その一瞬の内にアルトは間合いまで踏み込んでいたが、叩きつけられても槍を離さないミュウの気合いが仇となり、ウツロはそのまま槍を振り被って彼女ごと上段から叩き付けた。

「――くそっ⁉」

流石にミュウごと斬り払う訳にもいかず、ギリギリのところで急ブレーキをかけバックステップで間合いから離脱。二度目の叩き付けを喰らったミュウは、今度は槍から手を離しバウンドしながらアルトの足元まで転がるが、すぐさま地面を手で弾き身体を起こす。

「忘れ物よ」

そこに狙いを澄まし槍が投擲されるが、予期していたミュウはタイミングを合わせ蹴り上げ、回転しながら上へ昇り落ちてくる槍を掴み取った。槍を旋回させながら構え直すミュウの隣でアルトも体勢を立て直す。

「無茶苦茶過ぎる。アイツ、羽だけじゃなくて後頭部に目も生えてんじゃないの？」

「だったら楽勝だったな。潰せば見えなくなるから」

軽口を叩き合うも内心は穏やかではなかった。

「不味いな。わかっていたが、普通にやってたらちょっと勝てんぞ」

息をつかせぬ連続した攻防。問題はウツロをその場から一歩も動かせていないことだ。ただでさえ、触れただけで堪える間もなく投げられてしまう攻防一体の技がある上に、近づくのも一苦労な瘴気粒子の雨あられを掻い潜らなければならない。二人も体力的にはまだまだ余力は十分だが、これがずっと続くとなると早めに攻め方を変えるべきだろう。

「別々に戦ってちゃ崩せんか……おい」

「……仕方ないわね」

不本意という空気を醸し出しながら横目を向けられたミュウは舌打ちを鳴らす。

「俺に合わせろ」

「わたしに合わせろ」

同じ言葉を同時に放ち数秒の沈黙の後、互いに横目の視線だけを向け合う。

「二人共、仲良く、ね」

近接戦闘には交じれないロザリンは離れた位置から、おろおろと交互に二人を見ながら注意を促す。返事をする代わりにアルトは握った竜翔白姫の刀身で肩を叩き、ミュウは石突で地面を突いて腰が曲がるほど重心を沈み込ませた。

静かに出方を窺うウツロが視線を僅かに細めると同時に二人が動いた。

「ふうむ？」

真正面から最短の突撃。つまり先ほどと同じ攻め方だが、馬鹿の一つ覚えと嘲笑するような油断はウツロにはない。何かあると察しつつも、軽く片手を上げ背中の瘴気の翼から光線を拡散射撃していく。正面と上空、両方から降り注ぐ瘴気の光線は範囲が広く、真っ直ぐ突破するのは難しいだろう。

（さて、どう攻略してくれるのかしら？）

僅かな期待感を懐くウツロの視線の先で、行動を開始したのはロザリンだった。

「引っ張り術式！」

花の塔で見せた魔術を展開。広範囲の拡散射撃を回避する為、二人を自身の元まで引っ張るのかと思いきや、引っ張られたのはロザリンの方だった。二人の直ぐ背後、拡散射撃の範囲内に飛び込んだロザリンは、事前に左手に握っていた物を上に投げ周囲に撒き散らした。細い糸のような物体は自身の髪の毛だ。

「魔力、充填——簡易防御術式」

三人の周囲を漂うよう撒き散らされた髪の毛一本一本に魔力が通され、それらが互いに干渉しあい周囲に簡易的な結界を展開する。更にはロザリンの魔力操作で重力や空気の流れで霧散することなく、長い滞空時間を維持し続けた。拡散射撃はそのまま髪の毛の結界に接触、弾かれてしまった。予想外の出来事にウツロも目を見開く。

「弾かれた？　いや、アレは……」

「反発、させたんだよ」

　拡散射撃は見た目こそ派手だが、一発一発にそれほど強い殺傷能力はない。本来、瘴気は魔力を吸収する性質を持っているが、ウツロが操る瘴気には自身が持つ魔力も内包している為、ロザリンは自分の魔力を込めた髪の毛を媒介に接触した射撃に干渉することで、魔力と瘴気のバランスを崩し反発する様が、傍目からは髪の毛に射撃が弾かれたように見えたのだろう。髪の毛に魔力を込めて撒き散らしただけ。単純なように思えるが、そこに込められた高い技量をウツロは見抜いていた。

（素晴らしい魔力コントロール。髪の毛は魔力を込めやすい分、短時間で放出されてしまうけど、彼女は絶妙な加減で魔力を供給し続けている。込める魔力が弱ければ防御を抜かれ、逆に多すぎても反応が強すぎて暴発させる危険性が高いから）

　思考しながらウツロは腕を振るい翼から拡散射撃を放射し続ける。

（髪の毛を媒介に選んだ理由は、二人の移動の邪魔をせず簡易的な結界を張れるから。それらの加減を完璧に見切り制御している。髪の毛が落下しないように浮遊感を維持しながら。素晴らしい魔術師だわ……秘密は、あの右目ね）

　逡巡している隙に接敵した二人が剣と槍の刺突を繰り出すが、ウツロは視線をロザリンに向けたまま、気配だけを頼りに二つの切っ先を指で挟み受け止める。

「胡蝶、双極」

そのまま引くことも突くこともできず、二人の身体が同時に持ち上げられ地面に叩き付けられた。直ぐに立ち上がれない二人を魔術で引き戻そうと、ロザリンが術式を組み立てるが、それより早くウツロが拡散射撃を放つ。

「無駄——っ!?」

前もって張ってあった髪の毛の結界が射撃を弾くが、瘴気は弾け濃い霧のような粒子となってロザリンの正面に立ち込めた。しかも、魔力を帯びた髪の毛に瘴気が纏わりつき、髪を操作しても払い切ることができなかった。

「視界が通らなければ例の魔術は使えないで——しょう」

倒れている状態でも足首を狙い払われた剣の刃を足で踏みつけ、顔面を狙って突かれた穂先を、身を反らすだけで軽々と回避する。同時に翼から拡散射撃が頭上に放射され、ある程度の高さから軌道を真下に変えウツロの周囲に降り注ぐ。ミュウは素早く回避行動を取れたが、剣を踏まれているアルトは直ぐには動けない。

「——んにゃろう!!」

直前、竜翔白姫に魔力を込め、刀身に集まり増幅した力を解放。放出される魔力の奔流が足を飲み込む前に、異変を察知したウツロは足を持ち上げ、足裏に瘴気を集中して刀身からの魔力放射を踏みつけるように防いだ。そのまま拡散射撃は三人を飲み込むが、アルトとミュウは地面を転がりギリギリのところで致命傷を避けた。だが、魔力放射でアルトは拡散射撃を防ぐことができたが、ミュウは避け切れなかった一部を喰らってしまったようで、複数の風穴が空いて血を流している左腕をだらりと脱力させていた。

瘴気の傷は治りが遅い上に焼かれるような痛みが傷口を蝕む。

「……痛っ。アンタが防ぐから、狙いをこっちに向けられたでしょうが」

「こっち、だって。なけなしの魔力、絞ってんだ……文句言うな」

痛みに顔を顰めるミュウの隣で、剣を杖代わりにしながら肩を上下させていた。

「喋っている暇なんてないよ」

「――マジかっ⁉」

畳みかけるようにウツロが拡散射撃を打ち上げ、足を止める二人を狙い広範囲に射撃を撒き散らそうとした。射撃の数も範囲も今まで以上に多く広い。仕切り直しのつもりで間合いを開けてしまったので、斬り込むにも遠すぎて反撃に転じられなければ、このダメージと疲労では範囲外まで逃げ切ることも難しいだろう。

「二人、とも！」

苦肉の策として防御体勢を取る二人だが、直撃するより早く瘴気の霧を払ったロザリンが、魔術で自分のところまで引き寄せる。だが、まだ広域射撃の範囲内だ。

「全力、障壁！」

　両手を頭上に翳し、続け様に魔術を展開。魔法陣を象った三重の障壁が出現して、三人をウツロの拡散射撃から守る。降り注ぐ瘴気の雨は障壁によって阻まれるが、やはり相性が悪い所為か一枚目の障壁は耐え切れず数秒で罅が入り粉々に砕け散った。二枚目も同じく十秒も持たず消失してしまう。

「ん、ぐぐぐ、んななな」

　小動物のような声を上げながらロザリンは懸命に障壁を維持しようと魔力を送る。だが、範囲を広げ過ぎた弊害か三枚目に罅が入ったモノの、砕くまでには至らず拡散射撃は撃ち切られた。ほっと、見せかけたロザリンの安堵の表情は、続けざまに感じ取った悪寒に凍り付いてしまう。

「まだまだ、我慢比べを続けましょう」

　既にウツロの背には瘴気の羽が生まれていて、第二波の射撃準備に入っていた。

　ロザリンの顔が青ざめる。

「む、無理。こんな連続、防ぎ、きれないよ！」

「どっちにしろ防戦一方じゃジリ貧だ、攻めるぞ！」

　透かさずアルトが前に出て竜翔白姫を構え、魔力を込めながら間合いの外から斬撃としてウツロを狙い放射する。魔力の刃は三日月状の斬撃となって一直線にウツロへと飛ぶが、彼女は焦ることなく右腕を内側から外へと振り、連動して動いた翼の一枚が斬撃を受け止め振り払うと同時に霧散してしまった。

「……あら」

粒子と化す斬撃の向こう側で疾走するミュウが槍を投擲。手が離れると同時に石突を蹴り、投擲の速度を加速化させた。

「ぶち貫け‼」

超高速で飛ぶトネリコの槍は、散った斬撃の粒子が完全に消え去る前にウツロの喉元へと迫る。が、超人的な動体視力を持つウツロには、この速度での投擲も十分に視認でき、穂先が届く直前で柄を握り受け止めた。強靭な握力がガッチリと槍を制止するが、握った手の平に違和感を覚える。槍の柄はミュウの血液で濡れていた。

「馬鹿がッ！　釣られたの、テメェの方だぁ‼」

叫びズタズタの右腕を突き出して握っていた拳を開く。動作に呼応して付着した血液が蠢くと、鋭い針となって外側に突き出す。これは流石に回避することが出来ず、凝縮した血液の棘が握ったウツロの手の平を貫く。同じ液体ということで、自身の血液に干渉して操ったのだ。

「——っ⁉　抜けない」

手を離そうとするが、貫いた血が凍り付くようにがっちりと固まっていた。

「腕の一本くらいでわたしを止められると思うなよ！」

「なら、全身を穴だらけにしてさしあげるわ」

二本指を立て近づくミュウを指さすと正面に拡散射撃を発射。ミュウは避ける素振りも見せず、走りながら血だらけの右手に魔力を集中して、指先にまで滴る血液を凝縮、手首までを覆う血の鉤爪を作り出した。

血の鉤爪の一薙ぎが、正面から隙間なく放たれた拡散射撃を引き裂き活路を開く。血が装甲となって瘴気の浸食を防いでくれるのと、ミュウ自身の技量の高さによって、拡散状態の射撃では力負けしてしまっていた。射撃の波を抜け低い体勢から一気に接敵する。

「この手なら問題なくテメェの顔面を殴りつけられるわ！」

間合いに一歩、強く踏み込み上半身を伸ばすよう血でコーティングされた拳を打つ。これを避けるには流石に動かざるを得ないウツロだが、自分の身に起こっていた異変に気付いていたが故に、素早い回避行動を取れずにいた。握ったまま血の針で張り付けされた槍は、更に滴る血が氷柱のように伸びていて、地面まで届き固まることで動けなくしていた。

「なるほど。これが狙いだったのね」

槍と地面を繋ぐのは細い糸状に固着した血液。しかし、これが思った以上に頑丈で腕を押し引きした程度ではビクともしない。ミュウの魔力が込められているというだけでは、説明できない頑丈さだ。顎の方に強い殺気を感じながら意識はミュウの後方、魔眼で血液に干渉するロザリンの存在に向けられた。

「──なっ⁉」

絶句したのはミュウの方だった。完璧なタイミングで放った打撃だったが、身体を上へ伸ばした瞬間、ウツロに右の足首を爪先でコンと小突かれた。傷を負わせる蹴りとは違う、体重が乗り切った重心の軸を僅かにずらすだけの接触に、ミュウの膝は力が抜けるよう曲がり当たるはずだった拳は、ウツロが動かずともスレスレの位置を掠めるだけだった。

前に倒れるミュウの額にウツロは自身の額を叩きつける。後ろに控えていたロザリンと、今まさに駆け寄ろうとしていたアルトは同時に息を飲む。胸元を貫いて剣の刃が、ミユウの背中を突き破っていたからだ。唯一、自由になる左手に見覚えのある剣がいつの間にか握られ、心臓に近い付近を深々と刺していた。ミュウは自分の身に起きた異変に動揺しながら、軽く咳き込むと唾液に混じり飛び散った血がウツロの顔を汚す。彼女の持つのは魔剣ネクロノムス。瘴気を帯びた刃は回復能力を阻害し、十分な致命傷を与えただろう。

「がっかりね水神の眷属。ワタシは貴女の何を恐れ、何に焦がれていたのかしら」

「知るかよメンヘラ。それにわたしは、んなモンの眷属になった、覚えもないぃッ」

限界まで近づいた二人の視線。ミュウは致命傷に近い傷を負いながらも、決して衰えぬ眼光でバチバチと火花を散らす。だが、瘴気の刃で受けたダメージを気合いだけで耐え切るには、十分とは言えなかった。

右手を上げて反撃をしようとするが、纏った血の鉤爪は溶け元の血液に戻っていく。

「――ロザリン！」

「うん」

アルトの声に呼応してロザリンが重傷を負ったミュウを引き寄せようとするが、それを先に察知したウツロが翼を操作し放射した粒子を空中で弾けさせ、視線が通らないように濃い霧を展開した。しかし、これは既に一度見ている。霧が広がると同時に竜翔白姫を振るって霧を払う。

「こっち」

これにより視線が通りロザリンは術式を展開してミュウを自身の近くまで引き寄せた。追撃しようとウツロは背中の羽を羽ばたかせるが、それを牽制するよう正面に立ったアルトが竜翔白姫を振り翳し魔力を刀身に集中。トドメを刺すには至らないと察したウツロは攻撃を取りやめ、代わりに右手に握った槍を無造作に投げ捨てた。

「いい反応ね。戦い慣れしているわ」

「そりゃこっちの台詞だ。これだけやって、息一つ乱さないたぁどんだけ化物なんだよ」

涼しげなウツロに対してアルトは全身汗だくで息遣いも荒い。激しく動いている所為もあるが、体力を消耗する一番の要因は魔力の消費。正直、魔力を吸収して斬撃を作り出す竜翔白姫の性能は、普通より魔力容量の少ないアルトとは相性が悪いだろう。仕切り直しにはなったが旗色はよろしくない。

視線は正面のウツロに向けながら、背後にいるミュウとロザリンに意識を向ける。

「おい、ミュウ。まさか、戦線離脱とか言わないよな」

「ば、馬鹿言ってんじゃ、けほ……ないわよ」

口調こそ強気を装っていたが、傷によるダメージが隠し切れていない。自力では立ち上がることもできない様子で、後ろからロザリンに支えられ治癒魔術による治療を受けているが、瘴気(しょうき)に浸食されている胸の傷口が塞がることはなく出血を止めるのが精々だった。瘴気を帯びた刃による傷というのもあるが、水神リューリカの影響を強く受けているミュウの魂は、人間よりも精霊に近い性質に変化しつつあるので、瘴気との相性が悪い上に、完全に力負けしてしまっている為(ため)、再生能力が完全に阻害されてしまっている。正直、このまま戦闘を続行できる余力があるようには思えない。

「……ちょいと、旗色が悪いな」

冷静に状況を判断しての呟(つぶや)き。しかし、悲壮感や諦めの色は滲まない。あるのは苦虫を噛(か)み潰したような表情と、仕方ないと言い聞かせるような決意の篭(こ)もった瞳だ。

「……おい」

「うん、わかった」

「早ぇよ、まだ何も言ってねぇぞ！」

皆まで言わなくとも全てを察していたロザリンが、興奮したように鼻息を荒くして頷く声に思わず声を荒らげてしまう。ミュウもまた、二人が何をしようとしているのか察知して、胸を押さえながら顔に痛みとは違う耐え難さを滲ませる。

「おい、ちょっと、待て……待ちなさいよッ」

ミュウが語気を荒くして立ち上がろうとするが、力が入らず膝から崩れ落ちる。

「覚悟決めろ。俺はウツロに勝ちに来たんだ、お前は違うのか？」

「……っざけんな。わたしだって、むざむざ死ぬつもりは、ねぇよッ」

アルトの言葉に苦しみながらも同じく覚悟を決める。

そして直後から組み始めていたロザリンの魔術式が完成。魔眼の力を全開に解放した影響で、ウイッチクラフトの紋章が刻まれた右目から紫色の輝きが迸る。

「……へぇ」

かつてない気迫と魔力にウツロは感嘆を漏らして、振るおうとしていた魔剣をゆっくり下へ降ろす。隙だらけの内に斬り込み、企みを阻止してやろうかと思っていたが、彼女らがこの状況でどんな手札を切ってくるのか、興味を懐いてしまったのだ。アルト、ミュウは期待外れだったが、ロザリンが仕掛ける何かには見る価値があると判断した。

「ミュウ」

ロザリンから静かに名を呼ばれたミュウは顔を思い切り顰めた。

「……くそがッ」

吐き捨ててから満身創痍の身体を引き摺りアルトの肩に手を乗せる。

「やってやるわよ。やりやがれクソ共がッ！」

「ロザリン！」

「うん……魔術・融合降臨」

組み上げた魔術を解放した瞬間、無数の文字列が帯となってアルトとミュウに絡みつき、魔力で編まれた繭の状態となって二人を覆った。最後にロザリンがパンと手を叩くと繭が砕け、中からアルトだけが姿を……いや、アルトらしき人物が降臨した。

灰色だった髪の毛には絹糸のような純白が宿り、服装も制服姿から羽衣のような独特の東国の装いに変化していた。

「妙な気分だな……こいつは」

「……へぇ」

冷静な声色を発する人物の姿を黙って観察していたウツロの唇に笑みが宿る。

ウツロの心が久方ぶりに歓喜で震えた。見た目の変化やロザリンの魔術に対してではなく、現在のアルトが発する圧倒的な覇気。本物の強者にしか纏えない純粋な暴力性は、ただ黙って立っているだけでも、ゾクゾクするほどの存在感を周囲の者達に与えていた。この雰囲気を味わうのはウツロにとって、クルルギと先代の生徒会長に続く三人目だ。そして気配を丹念に探ると、アルトと重なるようにミュウの気配も感じ取れた。

アルトとミュウの魂が融合している。普通なら人間同士が融合することなど不可能ではあるが、性質的には精霊に近いミュウだからこそ実現できた魔術で、ラヴィアンローズの妖刀スタイルやロザリンの剣聖モードとほぼ同等の魔術式だ。違いがあるとすれば融合を維持する為の魔術式の維持は、全てロザリンが肩代わりしていることだろう。

「これぞ、秘中の秘。精霊と、人間の融合術式」

自然と闘争心が刺激されウツロは殺気立ち、魔剣を握る手に力が籠もる。

一方でアルトは身体の奥から経験がないほど湧き出る魔力を感じながらも、戸惑うことなく冷静に受け止めることができた。これは魂にミュウが混じっているから、自然と魔力の扱いと循環に適応できたから。ミュウの存在は確かに感じ取ることはできるが、異物を取り込んだような違和感はなく、想像以上に融合をすんなりと受け入れられていて、それはミュウも同様の意見なのも言葉を交わさずとも感知することが可能だった。その意味では気持ちの悪さを覚えることもあるが、目の前の殺気渦巻くウツロに集中さえしてしまえば、この大容量の魔力を持つ身体は戦うに申し分ないだろう。

これには魔術を組んだロザリンも手応えを感じてか鼻息を荒くしていた。

「これぞ、人呼んで、斬魔モード」

「……まぁ、お前の魔術だ。好きに呼んでくれ」

自信満々なネーミングに闘志が萎えそうになったが、どうせ今回限りだと割り切ってから、アルトは左手に持っていた剣を正面に構える。竜翔白姫自体に変化はないが、溢れる魔力に呼応して刀身のみならず布を巻いた持ち手の部分まで、薄らと白い輝きを発していた。こんなことは初めての出来事だ。

ウツロも面白がってか、魔剣を正面に持ち上げ同じ正眼の構えを取る。

互いの剣の切っ先が正面から向き合う。仕切り直しにはなったが、戦い自体は継続している為、改めて何事かを言葉として口にする必要はない。沈黙こそ訪れているが二人の研ぎ澄まされた殺気は、間合いの外で対峙しているだけなのに、見えない刃で鍔迫り合いを演じているかのような錯覚を唯一、外から見守っているロザリンに与えていた。

動いたのは二人同時。一歩、踏み出した足が強く地面を蹴ると、たったそれだけの動作で最高速まで加速した両者の距離は一気に縮まる。白と黒の刃が正面から噛み合う寸前、魔剣とウツロの姿が唐突に消失する。だが、アルトは戸惑うことなく突き出そうとした剣を担ぐよう背中に回し、背後から放たれたウツロの斬撃を受け止めた。

「お見事。完全に見切られていたようね」

「へっ。そりゃ、真正面で動いてりゃ、嫌でも視界に入るっての」

背中越しに感じる魔剣の圧を竜翔白姫で押し留めながら、アルトは変わらぬ軽口で返答する。一瞬で背後に回ったウツロの超加速も常識外れだったが、常人なら消えたように見える動きも今のアルトには問題なく反応できた。これが融合前の状態だったら、辛うじて目で追えても身体が対応できなかっただろう。

弾(はじ)き合い振り返ったアルトが振るう刃と再び魔剣が噛(か)み合う。一合、二合と打ち合いを続ける中、ウツロは同時に翼の瘴気(しょうき)を上空に拡散させ、降り注ぐ範囲射撃でアルトを攻撃してくる。動きや手数をこれで割くつもりなのだろうが、アルトは構わず剣戟(けんげき)を打ち続けながら全身に循環する魔力を高める。水神に由来する魔力は身体を薄い水色のオーラで包み込み、そこから青い輝きを放つ拳大の水球が出現。水球は妖精のような姿を形作ると、アルトの周囲を縦横無尽に飛び回り、拡散射撃を高速移動から繰り出される斬撃で撃ち落とす。

「亜精霊？　瘴気の浸食にも耐え切れるなんて……面白い」

左、右と回転させながら放たれるアルトの斬撃を後退しながら受け流し、ウツロは斬撃の射程圏外まで下がると翼を大きく羽ばたかせ、周囲に短剣サイズにまで縮小させた魔剣を召喚する。

「なら、ガーデンでは珍しい魔術戦といきましょう」

魔剣の刃をアルトに向けると同時に計十二本の短剣も回転しながら、不規則な軌跡を描き飛んでいく。アルトも「上等だ！」と息巻き亜精霊計六体を操り、高速回転で迫りくる短剣の迎撃を開始した。高速で飛翔する魔短剣と水の亜精霊が空中で激しくぶつかり合う。魔力と瘴気の粒子がそれぞれ、青と赤の尾を異空間に伸ばす。数は魔短剣の方が多いが、水神由来の純度が高い魔力を核とする亜精霊は、魔短剣が移動する速度の倍の速さをもって次々と攻撃を撃ち落としていき、魔短剣は弾かれても回転しながら動きを止めず常に縦横無尽な軌道を描いて、切れ間なく亜精霊に襲い掛かり続けた。

「……、……⁉」

ウツロの目線は激しく動いていた。全ての亜精霊の動きを視線で追い、慣れない魔術を駆使して魔短剣を操る。魔剣ネクロノムスの中には僅かだが魔術師の記憶が沈殿していて、その経験値とずば抜けた反射神経、先読みによって不規則な亜精霊の動きにも対応している。

「……んぐぐ、このっ。わかってるっての⁉」

落ち着いているウツロとは対照的に、アルトの表情には徐々に苛立ちが募り時折、独り言を口にしている。これは自身と融合しているミュウに発破をかけられていて、それに対して無意識に返答が声に出ているのだろう。現在のミュウは精霊に近い状態なので、言語としてではなく意識と感情がダイレクトで伝わる為、他人の感情に生で感応してしまう感覚がアルトの精神に負荷をかけ、慣れない魔力の行使も相まって苛立ちを募らせてしまっているのだろう。実際には魔術式の構成を取り仕切るのは、サポート役のロザリンなので負荷という意味では彼女の方が大きい。

地に足をつけたまま対峙する二人の激しい魔術戦。複数の存在を同時に使役しながら、目まぐるしく動き回る展開を作り出すのは、一流と呼ばれる魔術師でも難しいだろう。

だが、それも長くは続かなかった。

「……えっ？」

声を漏らしたのは一人、ロザリンだけ。激しく亜精霊と魔短剣をぶつけ合うアルトとウツロは、示し合わせたかのように剣を下ろし魔力の供給を断ち切る。これによって空中を舞っていた存在は瞬時に粒子へと還り空気に溶けていった。

戸惑うロザリンを余所に二人は剣を構え直す。

「ちょいと駄目だ。やっぱ魔術戦より、こっちの方が俺向きだぜ」

「そうね。悪くはなかったけど、ワタシの戦いではなかったわ」

やはり二人は根っからの戦士のようで、魔術による読み合いとセンスの戦いよりは、肉体を極限まで酷使する近接戦の方が性に合っている。この心情は生粋の魔女であるロザリンにはわかり難いだろうが、全力を注ぐという意志が根底にある二人にとっては、やはり得意分野で白黒を付けたいのだろう。ただ、更に深い部分では冷静な判断として、このまま魔術戦に徹していてはロザリンへの負担が大きいというアルトの考えと、知識も経験も浅い魔術の領域では完全に不利であるというウツロの判断が合致したとも言える。ただ、アルトには気になる部分があった。

痛みはない、違和感もない。だが、不可思議な異物感が胸の中に宿っている。

（原因は、まぁ、アレだろうな）

魔剣によってミュウが胸に受けた傷。融合した現在でもその影響が残っているのだろうが、特に問題はないと意識を切り替える。再び切っ先を向け合い互いの呼吸を読み合う。数秒の睨み合いの後、先に動いたのはアルト。直線に最短距離で間合いを詰めるのではなく、高速で左右に横跳びしながら近づきウツロの意識と視線を散らす。亜精霊の高速移動を目視で追えるウツロが、この程度で惑わされる訳はなく、馬鹿正直に真正面から攻めても彼女の流麗な動きを捉えることはできない。

（力と魔力のゴリ押しが通じる相手じゃない。こじ開けるには、純粋な技と読み合いで勝つしかないッ）

間合いに踏み込むと同時に左の薙ぎ払いを放ち、防がれると同時に身を低くして、透かさず反撃してきた魔剣による刺突を回避する。膝を曲げた状態で下半身の力とバランス感覚を頼りに、身体を横に一回転させ今度は反対側を狙い斬撃を打つ。右手に魔剣を握るウツロの左手は空いていて、通常なら斬撃を見切られた時点で軽くいなされるか、刃を掴まれ投げに転じられてしまうだろうが、竜翔白姫の刀身は流動する魔力を纏っている為、触れた瞬間に指が魔力の流動に巻き込まれ擂り下ろされる。ウツロもそれに気が付き手を伸ばしかけるが直前で止めていた。

（手首は届かない。なら……）

「――痛ッ⁉」

痛みが走ったのはアルトの方。顎先をウツロの爪先で蹴り上げられた。支点となる右足を爪先立ちにしてバランスを保ち、身を後ろに反らしながら膝の可動域だけで繰り出された蹴りなので、顎の骨を砕くような威力はなかった。が、まさか剣を握る伸ばした左腕の下から、蹴りが飛んでくるのは予想外の不意打ちで、反射的に顔を後ろに反らしたことでバランスを崩し打ち始めていた斬撃の軌道が上に逸れてしまう。結果、上へ逸れた軌道と身を後ろに反らした体勢が噛み合い、斬撃はウツロの身体に触れることなく通り過ぎた。同時に二人の思考は次の攻勢を組み立て始める。瞬時に体勢を立て直す両者。対峙する位置は互いの間合いの範囲だ。引いて仕切り直すか、この間合いで打ち合うか。二人の判断は後者だ。

「――うらぁぁぁッ‼」

腰を落として重心を低くした体勢で両手持ちの竜翔白姫を振り回す。刃はぶつかり合うが噛み付くような勢いには付き合わないとでも言うように、魔剣の表面を滑り受け流されていく。行き場を失った勢いに身体が引っ張られかけるが、重心を落とした下半身に力を籠め崩れかけるバランスを押し留める。

（読み合いは駄目だ、勝てねぇ）

奇を衒った作戦で裏を掛けても直ぐに対応され次に続かない。結局のところ、ウツロのように鍛え上げられ、磨き抜かれた強さに勝つには正攻法以外ありえない。

頭の中にパッと浮かび上がったのは、同期で親友の天才剣士だ。

足を止めて近距離から激しく剣戟を鳴らす。主導権はアルトが握っているが、上下左右に散らしながら放つ斬撃は全て悉く受け流されている。刃が流されるのは理解しているので、流された後の軌道を想定し次の攻撃に繋げることで隙を減らす。

（ここからは我慢比べだ、上げて上げて、ぶち上げていくぜッ）

「……ん？」

一見、力任せのように思える真正面からの斬撃を、魔剣で弾きながらウツロはその中にある違和感に攻め手を緩めた。強引なだけの攻撃ならこじ開けるのは簡単だ、数回、受け流して大振りになった所にカウンターを合わせればいい。だが、アルトの攻勢は必殺の鋭さを帯びながらも何処か冷静で、何度受け流してもリズムが崩れない。ちょうどよい具合に肩と腕が脱力しているので、受け流されることや連撃によるスタミナの消費も最小限に抑えられているだろう。

（……上手い）

思わず内心で感嘆を漏らす。

（剣技の質が変わった。これは、エンフィール騎士団の基礎的な剣術？　けれど、所々に隠し切れない荒々しさが滲んでいる。まるで理性を持った獣が野生の本能に衝き動かされるまま暴れているよう）

受けながらも徐々に剣戟の速度は増していく。最初は悠長に頭の中で剣技の分析をし感嘆を漏らしていたが、想定を超えて加速していく剣速と威力に、僅かずつではあるが心拍数が上がっていくことに気が付いた。

生まれて初めて、ウツロは焦りを覚えたのだ。

思わず間合いを取るように半歩、後ろに下がり本来なら流せる斬撃を受け止める。噛み合い耳障りな金属音を奏でる刃越しに二人の視線が交差した。

「実に素晴らしいわ、賞賛に値する。基本に忠実な正統剣術、とでも言うべきかしら。素直な太刀筋ではないけれど、鋭い殺気は間違いなく一流の域に達しているわ」

「そりゃ、どーも。お褒めの言葉、嬉しいね！」

アルトは押し付けてくる刃を切り払うが、まだ喋り足りないのか再び強引にウツロは魔剣を押し付けてきた。

「けど、本能を御し切れていない。荒々しい闘争本能に技の繊細さが損なわれている。残念ね。優雅さと冷静さがない貴女ではワタシには……生徒会長には届かない」

「……くだらねぇ、全くくだらねぇぜ」

鍔迫り合いを続ける中、湧き出る怒りを示すよう一歩、左足を前へ力強く踏み出す。

「真剣勝負の真っ最中に聞かされる御託ほど、うすら寒いモンはねぇぜ……こっちは最初っからテメェをぶち殺すつもりで来てるんだ、余計なことに頭使ってんじゃねぇぞ！」

「──なにっ⁉」

「長々と引き延ばすつもりはねぇ、喰い殺されたくなきゃ、テメェも歯ぁ食い縛れ！」

同調するように魂の中からミュウの意識が吠え、身体の奥底から滲み出る魔力を全身に循環させる。身体中の毛穴が開くようなビリビリと痺れるほど感じ取れる魔力の流動と、口を開けば幾らでも空気を取り込める肺活量が、斬魔モードと呼ばれる肉体の全力を呼び起こす。

両目から迸るのは水神の影響を受けた水色の魔力。竜翔白姫の刀身も水色に色づく。

「──っ⁉」

弾ける魔力が鍔迫り合いをする魔剣ごとウツロを弾き飛ばした。

「……面白い」

片足を大きく横に回し地面を滑らせ弾かれた勢いを逃がすと、ウツロは頬を吊り上げ既にもう一歩、踏み込んできているアルトを迎え撃つ。

「──でりゃあああぁ！」

咆哮と共に剣をウツロに目掛けて振るう。首、脇腹、手首、太腿。急所や太い血管がある致命傷を狙える箇所を重点的に狙い斬撃を打つ。ただの連撃にするつもりはなく、身体で斬るように全身を躍動させ、全てが必殺の一撃として剣を振り回す。最小限の動作で最大の威力を作り出す為、大振りにせずコンパクトながら強烈な斬撃を生み出す。重心を低く保っていること以外は、基礎的な剣術に倣っていて足の運び一つとっても無駄がなかった。

猛攻を魔剣で受け流し続けながら、ウツロは間近でアルトの剣を鑑賞する。

（より実践的な剣術に変化した。肌を刺すこの感覚……これは）

刃を受ける度、身体の近くを通り過ぎる度に、ウツロの肌が焼かれるような感覚が走る。刀身から溢れる魔力云々の物理的な話ではなく感覚の問題。ウツロが感じ取っているのは、アルトの殺気だ。

（肌でわかるほどの殺意。これは、人を斬ったことのある人間のモノ）

無意識にウツロは口内の唾を嚥下した。学園で決闘を行い続ければ、稀に異様とも思える殺気を帯びた女生徒と戦うことがある。実力的にはウツロに及ばなくとも、太刀筋から滲み出る殺気は人を斬ったことのない生徒より一段鋭さを帯びていた。そしてアルトが刃に宿す鋭さは、ウツロが経験したモノよりも段違いに鋭い。

（いったい、何人斬ればそんな刃が作り出せるの……？）

一人二人、殺めた程度では到達できない修羅の刃。これ ばかりは、経験のみが蓄積する魔剣ネクロノムスでも作り出すことはできないだろう。

「それでも、神座に最も近いワタシに届くことはない」

血を浴びることで磨かれてきた修羅の刃であっても、所詮は人の中で研ぎ澄まされた人間の剣技。神になるべくして生まれた人工天使とは比べるまでもない。猛攻を魔剣で受け流しながら、呼吸の為に生まれた僅かな隙を狙い翼の中に溜め込んだ瘴気を解放する。翼が消失すると同時にウツロを中心点として、頭上の低い位置に無数の魔剣が三重の円を描くように出現した。

「跪きなさい」

現れると同時に全ての魔剣が落下してきた。拡散射撃とは違い質量を持って降り注ぐ魔剣は、強力な瘴気を宿している為、簡易的な魔術障壁程度では防ぐことはできない。そして融合の術式を維持している以上、ロザリンが魔術で引き寄せることも難しいだろう。

（仮に引き寄せを使って回避されても、強い魔術の同時使用は魔力の消費を招く。彼女を消耗させられるなら成果としては十分）

計算しながら正面のアルトを見据えつつ、後方で印を組み続けるロザリンに意識を向ける。しかし、ロザリンが魔術を新たに行使する様子もなく、アルトも眉間に皺を寄せながらも頭上の魔剣に危機を感じている気配は見られなかった。

「——小賢しいんだよッ!!」

気合い一閃(いっせん)。咆哮(ほうこう)と共に全身に魔力が漲(みなぎ)ると、幾重かの波状となって周囲に障壁を張る。魔力を浸食する性質を持つ瘴気(しょうき)を魔力の障壁で阻むには、倍の魔力量が必要となるのだが、明らかにそこまで強力ではないにも拘(かかわ)らず、障壁に触れた魔剣はボロボロと朽ちるように消滅していった。

(魔力量を見誤った？　そうか、地上の対瘴気結界。水神の魔力が効果を増幅させ、この場の瘴気濃度が減退させられているのね)

様々な分析が脳裏を高速で巡る。直(す)ぐに誤差を修正することで動揺を納めた。

「問題ないわ。まだワタシが——っ!?」

勝っている。呟(つぶや)きかけた言葉は素早く踏み込んだアルトの斬撃で阻まれた。想定よりも早い反撃。踏み込みから剣を振り下ろすまでの速度は、ウツロが計算していたモノよりも更に一段早く、打ち込みも強烈だった。故に咄嗟(とっさ)のことを差し引いても、ウツロは魔剣で受け流せず受け止めてしまった。

「何を驚いていやがるウツロ」

「……っ。き、君は」

「薄ら笑いが消えてきたな……いい面構えになってきやがったぜ！」

刃を弾(はじ)いてから一合、二合と剣戟(けんげき)を打ち合う。激しく火花を散らす互いの刃だが、猛攻を続けるアルトとは対照的にウツロの表情には焦りすら浮かんでいた。受け流せないのだ。数分前まで問題なく流せていたアルトの斬撃を、今は防御するのが精一杯。タイミングが合わない、腕に伝わる衝撃は想像以上。僅(わず)か数分でアルトの剣術は驚異的な成長を遂げているとしか思えない。

（いや、水神の力を借りた身体ならば、元よりそれなりのポテンシャルを秘めていて当然。問題は……）

「うらあああぁぁぁぁぁぁ!!」

吠(ほ)えながら絶えず打ち続ける剣戟は、重く、鋭く、そして早い。それらは肉体的な強化で理解できる事柄だが、驚くべきは精密性。ウツロが想定する打ち込まれたら面倒と思う箇所を悉(ことごと)く、正確無比にタイミング良く狙ってくる。これは身体能力云々(うんぬん)の話ではなく純粋な技術、そしてセンスがモノをいう。

これは融合魔術とは無関係にアルトの技がウツロを上回っているということだ。

（荒々しさの中に研ぎ澄まされた技術を感じ取れる……これは、これは）

脳裏に憧れていた彼女の背中がパッと煌(きら)めく。

（これは、あの人……ユリ会長と同じ、理性と本能を兼ね備えた強さ）

他人に特別な感情を懐(いだ)かないウツロが、唯一といってよいほど特別視していた人物。先代の生徒会長で、歴代最強の呼び声も高かった女子生徒。明るく、優しく、真面目で、朗らか。一見すると戦いとは無縁と思える穏やかな少女だったが、内に秘める苛烈な闘争心はガーデン内の誰にも負けていなかっただろう。入学以来、幾度も敗北を重ね勝利の糧としてきたウツロだったが、彼女にだけは勝てる気がしないと本気で思ってしまった。そして実際、一度も勝つことが出来ぬまま、ユリ会長は卒業して外の世界へと旅立っていった。彼女の卒業から二年。今日、ユリと同等の覇気を纏った少女がウツロの前に立ち塞がっている。

「き、君は……」

気圧された。ユリと同等か、それ以上の逸材を前に一歩、後ろに下がってしまった。

「下がったな、ウツロ」

刃を切り結んだ状態でグッと上半身に力を込め顔を近づける。

「……っ⁉」

「下がったな、一歩分。けどそいつは、決定的な差だぜッ‼」

「な、なにを⁉」

刃を弾き再び切り結ぶ。互角ではない、アルト主導による打ち合いだ。

ウツロの表情がかつてないほど動揺に歪むのとは対照的に、アルトは燃えるような闘争心に身を焦がしていた。水神由来の強大な魔力が渦巻いているからではなく、心身の歯車が噛み合う感覚が際限なくアルトの限界を引き上げる。

「もっと速く、もっと強く、もっと正確にッ!!」

今まで経験にないほど息が深く吸い込め、そして吐き出せる。呼吸をするという行為、ただそれだけで血流と共に魔力も循環して、溢れ出す力が指先から爪先までに異常なほどの万能感を与える。身体が自由に動く、どんな動作も問題なく視認できる。視野が広がればその分だけ得られる情報量が増え、血の巡りのよい頭が与えられた選択肢から最適解を導き出してくれる。自分が理想とする動きを、寸分の狂いもなく再現できていた。

アルトが思い描く二人の最強。シリウスと竜姫だ。

「加速加速加速ッッッ!!　ウツロッ、どこまで俺について来られるッ!!」

アルトの進化は留まらず、完璧な防御を披露するウツロに喰らいつく。

一度は下がり動揺を覗かせていても、学園の生徒会長で最強の二文字を頂戴した乙女は伊達ではない。勝敗を決するのは互いの生死。受け流せずとも斬撃を全て弾いてしまえば、結果的には何も問題はない。技術の差が近づいただけで凌駕された訳ではないのだ。まだ、慌てるような段階ではないとウツロは自身に言い聞かせていた。足を大きく広げ上体を下半身の力だけで支えるよう、身体を深く沈めてアルトは下から剣戟を打ち上げる。定石を無視した無理やりな下段からの打ち上げは、魔剣によって阻まれるが、そこから更に手首を返して肘から先の可動範囲だけで剣を操り、細かい斬撃を繰り返す小技へと繋げる。それらも問題なくウツロは処理したが、意識が僅かに斬撃に向いた瞬間には、アルトり込む。
の姿は正面から消えていた。意識が逸れた僅かな隙にアルトは超加速をし一瞬で背後に回り込む。

(――速い)

背中を晒すが無防備ではない。四枚の翼が羽ばたき瘴気を放出して、剣を構えていたアルトを牽制。瘴気耐性の結界と竜翔白姫から放出される魔力によって、瘴気で肌が焼けるようなことはなかったが、僅かに動きが鈍った間に振り向き、ワンテンポ遅れて繰り出された刃を魔剣によって受け止める。再び二人の距離が近くなった。言葉は交わさない。否、交わす余裕がない。刃越しに見たウツロの表情からは完全に笑みが消え、強く奥歯を噛み締める必死の形相が刻まれていた。

(こ、これは……これは、いったい)

再び二人の剣戟が始まる。だが、加速度的に早くなるアルトの斬撃とは対照的に、ウツロは受け流すどころかついて行くのがやっとの状況まで追い込まれていた。魔剣の刃を通じて手の平に感じる痺れは、命を狩れる一撃の重さを与える。紙一重で肌を掠める切っ先は、生まれて初めて腹の奥が収縮する感覚に襲われる。これが肝を冷やすということであると、実感してしまう思考が自身の間抜けさを助長していた。

「……っっっ!?」

見惚れる、圧倒される、そしてウツロは自らの死を幻視した。死は恐怖を呼び起こし怯えは刃を鈍らせる。最も近くで命を晒す存在が、それに気が付かないはずがなかった。

「臆したか、ウツロ!!」

「——馬鹿を言わないでっ!!」

今まで聞いたことのない勢いで言い返したウツロは、言葉とは裏腹に逃げるよう後ろに跳躍。アルトが追い縋るよりも早く背中の翼が宿す瘴気を全解放する。萎えた殺気から攻撃ではないとアルトは直ぐに察知するが、四枚の翼から放たれたのは純粋な暗闇。気体にまで濃度を落とした瘴気はウツロを中心として一気に広がり、アルト達を逃げる間もなく飲み込んでしまう。

「こいつは、何も見えねぇ」

魔力が迸る竜翔白姫を振るうが濃度が薄い分、質量が圧倒的に多い為か払う側から暗闇に塗り潰されてしまう。これはまさに瘴気の霧だ。広範囲に広げた所為で濃度が薄いとはいっても、普通の人間なら呼吸をするだけで肺が焼け爛れてしまう瘴気だが、クルルギの対瘴気結界で護られているアルト達には蚊に刺されたほどの効果もない。

「つまり、目眩ましって訳か」

効果が無いとはいえ一応、警戒して袖で口元を覆いながらアルトは周囲を警戒する。全方向の視界が闇に閉ざされ、何処まで視認できているのかも不明。その上、ウツロは音を含めた気配を完璧に消していて動きを察知することはできない。いや、ロザリンからの声も届かないことから、暗闇自体に消音効果があるのだろう。完全なる無音。漆黒の中でアルトは動かず、けれど集中力は切らさず息だけを潜めた。視界が利かないのなら意味はないと両目を閉じる。呼吸も心音も気にならない、完全な無音に身を任せていた。緊張も恐怖もなく、本能だけが闘争心となって刃を研ぎ澄ます。

「――ッ⁉」

次の瞬間、アルトは迷わず振り返り、稲妻よりも速い一撃が闇を切り裂いた。

「――ば、かな⁉」

力強い斬撃が真っ直ぐに闇を裂いた先に、驚愕に表情を崩すウツロの姿があった。背後から忍び寄り襲い掛かろうとしていたが、それよりも素早い反応と斬撃が握った魔剣ごとウツロの右腕を肘から斬り落とす。種明かしは簡単だ。融合術式を維持する関係でロザリンとも一部、魔術式で繋がっている影響で、彼女の魔眼をアルトも宿していた。ウイッチクラフトの紋章こそ浮かんでいないが、魔力の輝きを放つ右目は背後に忍び寄るウツロの気配を完璧に捉えていた。

完璧な技術を持つウツロの牙城を遂に崩した。が、確かな手応えをその手に感じるアルトの表情に喜びはなかった。

「馬鹿野郎がッ。逃げの手を打った時点で、テメェに勝ち目があるわきゃ――」

振り下ろした剣の刃を返し、斬り上げながら刀身に溜めた魔力を放出する。

「──ねぇだろうがッ‼」

「──⁉」

ウツロは動けなかった。腕が切断された痛みの所為ではなく、視線が切断された腕が握る魔剣に向いてしまったから。この期に及んで魔剣に頼り切った己の未熟さを今更後悔しつつ、ウツロは真っ白な魔力の奔流に飲まれた。

（負けて、しまうの？）

全身が焼け爛れる激痛の中、諦めに似た感情がウツロの心に浮かび上がる。それでも辛うじて、身体の中の瘴気を放出し威力を削いでいたが、初めて感じる敗北感故にか抗うことなく魔力の渦に身を任せていた。間近に死が迫ってくるのを実感する。ゆっくりと眠りに落ちる寸前の感覚を認識できるとしたら、死に落ちる様はこれに近いのかもしれない。身体が浮かぶような感覚は、実際に足が地面から離れているだけでなく、肉体と魂が乖離する死の訪れを意味しているようだった。次第に痛みが消え、死に対する恐怖も薄れ、代わりに脳裏を巡るのはウツロの記憶。この学園に入学してから今現在に至るまでの記憶が、画用紙に描かれた一枚絵のように次々に溢れ出す。

（これが、走馬灯という、モノなのね）

妙に冷静にウツロは分析する。忘れていた出来事、覚えている出来事、様々な記憶の一枚絵が現れる度に、自然と頬に笑みが宿っていた。戦って勝つ以外の日常に、意味や意義などないと思っていたが、今更ながらそれなりに悪くない学園生活だったと言えるのかもしれない。

それは違う。満足しかけた心に楔を打つよう誰かが強く叫び、積み重なった記憶の絵画が一気に炎で燃え尽きると、最後に残ったのは一枚の絵。あの日、学園を卒業して去っていく先代生徒会長、ユリの背中だった。

「――っっっ⁉」

瞬間、ウツロは激痛の中で覚醒した。魔力の奔流を引き裂きながら、勝利を見出していたアルトの一瞬の隙を突き、身体に残った全ての瘴気……否、魔力を乗せた手刀を胸に突き出した。

「――がッ⁉」

油断していた訳ではない、残心を忘れた訳でもない。隙は確かに存在していたが、それは瞬きをしたかしないかの差のようなモノ。しかし、ウツロは針の穴を通すような僅かな隙を見逃すことはなく、伸ばした四本指の手刀でアルトの胸の真ん中を穿った。肉を抉り骨を砕き、指先から流し込まれる魔力が体内から肉体を破壊していくのがわかる。衝撃と痛みに滲むアルトの視界で捉えたウツロの姿は、魔力放出で制服はボロボロに焼かれ、露出した肌からは摩擦による出血が見られた。切断された右腕も含めて間違いなく満身創痍の様相だったが、その眼光と突き出した手刀は、これまで戦った中でも一番の鋭さを帯びていた。

「――が、ががッ」

「離れたか。でも、まずは一人」

吐血と共に全身の機能が停止するような感覚。呼吸が出来ない。だが、胸に突き刺さる指の焼け付くような熱さと、耐え難い激痛だけが鮮明に現実を突きつけていた。白目を剥いてアルトの意識が一瞬遠のいた後、後ろに引っ張られる感覚と共に痛みから解放された。

「な、んだ？」

ロザリンに引き寄せられたかとも思ったが、融合魔術を維持している状況ではそんな余裕はない。アルトは痛みによろけた時に引っ張られ、バランスを崩し後ろに倒れかけた状態。しかし、倒れていないのは誰かの手が背中を支えていたから。その手の主は片膝を突いた状態のミュウだった。

「み、ミュウ⁉……融合が」

「は、話してる、場合じゃ、ないだろうがっ」

いつの間にか融合が解けてしまっていたが、状況を理解するよりも早くミュウに背中を強く押され、アルトは二本の足だけで自立する。自然と右手が自身の胸に触れるが、手刀を受けた感覚こそ残っていたが、痛みや違和感は全くない。

「お前、まさか……持っていきやがったのか⁉」

「はぁはぁ……う、るっさいわね。痛いんだから、喋らせんじゃ、ないわよ……」

苦しげに言葉を詰まらせながら、崩れるよう四つん這いになるミュウの胸からは、押さえても止まらない量の出血が地面に血溜まりを作っていた。魔剣によって貫かれた傷口自体、塞がっていた訳ではないところに、更に手刀で深く抉られたのだ。傷が広がっただけでなく、瘴気で汚染させれている為、不死身同然の回復能力も機能しない。

「ロザリン！」

「うん！」

慌てて叫ぶと直ぐに状況を察知したロザリンが術式を繰り出し、ミュウだけを自分の近くに引き寄せ治癒の魔術を使用する……が、ミュウは自身の胸に添えられたロザリンの手首を握り、傷口から外してしまう。

「わたしは、どうせもう、無理。それより、目を離すんじゃ、ないわよ」

「……そんな」

死を間近に感じ取ったミュウが、血塗れの震える手でウツロを指さす。助けられないと察して苦渋を滲ませながらも、指し示された方向に視線を向けロザリンは息を飲む。逆転の一撃を放ったとはいえ彼女も満身創痍。竜翔白姫の一撃を受けた傷だけではなく、瘴気を宿していた影響で、身体のあちこちが炭化し崩れ始めている。その上、疲労も激しいようで肩を上下させながら異音の混じる呼吸音を鳴らし、ロザリンが見ても辛うじて立っているようにしか思えなかった。

それでも左手を突き出したまま、闘志が滲む眼光でアルトを睨み付けていた。

「この身は既に死に体。数分後には全身は崩壊してしまうでしょう。そうなれば魔樹も倒壊、神座に至る道は閉ざされてしまったわ……それでも」

突き出した左手をグッと握り締めてから、指を二本だけ突き出す。

「勝負の結末まで委ねるつもりはないわ。たとえ死しても、勝者の二文字は譲らない」

「……上等だ」

両足を前後に開き竜翔白姫の刀身を得意の逆袈裟に構える。

「四度目の正直。キッチリ俺が叩き斬ってやるぜ、生徒会長！」

「来なさい、後輩。学園の生徒会長が如何なるモノか、命を代償に教えてあげる」

二人は覇気を撒き散らし対峙する。

長々と鍔迫り合いを演じる余裕は、特にウツロの方にはない。魔剣を放棄した今、対瘴気結界で護られていない彼女は、僅かに残った耐性で保護されているモノの、魔樹内で生き延びる術を持たない。それ以前に本人が言ったように身体の崩壊は始まっていて、次に動いたら最後、もう立っていることも出来ないだろう。

（正真正銘、生涯最後の一撃ね）

少しでも崩壊を遅らせる為、無理やりに呼吸を細くする。最早、鍛え抜かれた技を十分に行使できるような状態ではないが、ウツロの精神はかつてないほど落ち着き研ぎ澄まされているのを実感していた。明鏡止水の境地。大袈裟（おおげさ）かもしれないが、魔剣を握っても得られなかった充実感を得ていた。ウツロは今、かつてないほど勝利に飢えている。

（一撃、生涯最後の一撃は、最強の一撃に至れる自信がある）

足裏を滑らせ重心を移動するだけで、全身に激痛が走り視界にノイズが走る。動くこともままならず、このままアルトが攻めてこなければ勝手に自滅するだけだろう。しかし、アルトは地面を蹴った。真っ直（す）ぐ、最短で距離を詰める。

「――でぇぇぇぇりぃやああああぁぁぁぁ!!」

（速い）

融合状態ほどではないが十分な加速だ。それでもウツロの視界から逃れられるほどではなく、一瞬先の動きを問題なく予測できていた。身体に残った魔力は全てを振り絞り左腕、そして立てた二本の指先に凝縮させる。

「刮目（かつもく）せよ！　これが生徒会長ウツロの、最速最強の一撃！」

その極地に至れる自信を持って、間合いに入ったアルトを狙い打ち出した。

アルトの足が間合いに踏み込むと同時に、伸びるような挙動の一撃は眉間を狙う。完璧なタイミングで放たれた。それは言葉に偽りなく最速最強で、ウツロの燃え滾（たぎ）る最後の信

念が、この瞬間だけ左腕に限り、ガーデン最強のクルルギを凌駕（りょうが）しただろう。

（速過ぎ――だがッ）

まさに必殺の一撃。しかし、アルトとて幾多の死線を潜り抜けた修羅である。殺気からくる死の気配を半分予測、半分直感に頼り、間合いに入った時には既に動かしていた右手を最速の軌道上に構えた。

「――痛ッ」

眉間を真っ直（す）ぐ狙った最速最強の一撃はアルトの右手によって遮られた。指先にのみ最大の魔力を集中していた故に、手の平を貫いても狙いである額までは届かない。

ウツロは受け止められることも予測済みだった。

「――ッ⁉」

貫いた指を折り曲げ抜けないよう、釣り針のようにフックする。

「終わりよ、アルト‼」

堪（こら）える間もなくアルトの身体は軽々とウツロの頭上に持ち上げられた。

「魔技・陽炎！」

ウツロが最後の一撃に選んだのは、自身が最も得意とする投げ技だった。アルトは優れた戦士だ。指先に集中した魔力、崩壊する身体、一撃必殺など様々な要素を加味して此方（こちら）の攻撃を読む洞察力と、一瞬の勝機を逃さないセンスを併せ持つ。手刀は防がれることは予想した上で、ウツロは最良の妙技へと繋げることが出来たのだ。勝利を確信して尚、ウツロに慢心はない。最後の最後、命が終わる瞬間まで隙を覗かせることなどあり得ない。

だが、ウツロは忘れていた。この技を一度、アルトが喰らっているということを。

後方に脳天から叩き落そうとした刹那、身体に衝撃が走り抜け血が飛び散った。

「——!?」

声もなかった。絶対不可避の魔技・陽炎でアルトを頭上に振り上げると同時に、斬撃がウツロの左肩から胸の辺りまでを斬り裂いていた。噴き出るおびただしい量の自身の血を浴び、ウツロは左腕を振り上げた体勢のまま唖然として両目を見開いていた。

「そん、な……まさ、か」

斬り裂いたのは上下逆さま状態のアルトが握る竜翔白姫。投げられると同時に剣を振いウツロを斬った。状況を説明すればそれだけのことだ。投げられると理解していても堪えることが出来ない特性故に、カウンターによる切り返しも封じ込められる。不可能を可能とした一撃は触れられた瞬間、否、最初から狙い澄まされたモノだった。アルトは始めから陽炎に繋げる技の構成を読み切り、投げられるタイミングに合わせて剣を翳し、投げの速度を斬撃に変えてウツロを斬ったのだ。本来ならウツロに致命傷を負わせる速度は生まれないし、直前で気が付き更に技を切り返せていただろう。しかし、限界を超えた最速のキレはウツロ自身の感覚すらも凌駕してしまった。陽炎は完全に失速し力が抜けたことで指のフックも緩み、抜け出せたアルトは空中でクルリと体勢の上下を入れ替えた。

「強かったぜ、ウツロ。前に見てなきゃ負けてたのは俺だ」

そう言いながら着地すると同時に、ウツロは左腕を振り上げたまま背中から地面へ倒れ込んだ。暫しの沈黙。猛威を振るっていたウツロの闘争の炎は消え去った。倒れた状態で最初は唖然としていたウツロの表情は、徐々に穏やかなモノへと変わっていった。

「そう、なのね……ワタシは、まけた……まけて、しまった」

呟き、一瞬だけ泣きそうな表情をしてから、ウツロは大きく息を吐き、咳き込む。口から飛び散る唾液に混じる血が、彼女の口元を汚す。身体のほぼ半分を裂いた方の傷から流れる血は止まらず、ウツロが倒れる場所に大きな血溜まりを作っていた。離れた場所でロザリンに抱えられながら、荒い息遣いで見守っていたミユウも、複雑そうな表情で倒れたウツロを見つめる。怒り、哀れみ、憐憫……どれも違う感情に思えるのは、本人すら把握できていないからだろう。

竜翔白姫を杖代わりに使い立ち上がったアルトは、倒れるウツロに近づく。

「おい。介錯は必要か？」

「ありがとう。でも、結構よ」

苦しげながらも、何処までも穏やかな口調でキッパリ断った。

「おわる瞬間、まで……このはいぼくを……まっしろに、燃え尽きたけだるさを、味わっていたいわ」

「……そうかい」

「アルト」

今まで聞いたことのないくらい、優しい声色でウツロが名を呼ぶ。

「ワタシは、すべてを出し尽くした。灰も、影も残らないほどにね……アルト、いまならだんげん、できるわ。これが戦いに生きた人間の、終着点……ワタシは、死ぬべきときに、死ぬことができる……アルト、あなたはどう？」

「……俺は」

一瞬、言葉に詰まってから逃げるよう顔を背ける。

「俺は、死に損ないだ。死ぬべき時に、死ぬタイミングを逃しちまった」

「そう。なら、まだその時では、ないのね」

諭すような言葉にアルトは少し驚いて倒れるウツロに視線を戻す。

「いまはまだ、生きなさい。アルト、あなたにふさわしい死に場所は、別にあるはずだわ」

「……チッ。自分が満足したからって、好き勝手な説教しやがって」

「うふふ、そう、ね。ごめんなさい」

力無く笑ってからウツロは大きく息を吐き出す。

「死が、あまりにも優しいから、生徒会長のまねごとを、してしまったわ」

そう言ってウツロは瞳を閉じ、自らの運命を受け入れるよう唇を結ぶ。最早、言葉を交わす必要はないと、息を吐き警戒を緩めてアルトは竜翔白姫を肩に担いだ。ふと、自身の手に違和感を覚え視線を落とす。痛みや痺れとは違う何か前触れのような気配に眉を顰めていると、不意に周囲が大きく縦に揺れた。バランスを崩しかけてアルトはたたらを踏む。

「おっと、こいつは……」

「魔樹の崩壊が、始まってるっぽい。アル、早くこっちへ」

少し焦った声でロザリンがこっちに来るようにと手招く。「わかった」と頷いて一歩足を踏み出す。揺れが断続的に続いているのと、想像以上に体力を消耗しているのもあって、危うく何度も転びかけるが、ふらふらになりながらも何とかロザリンの元に辿り着く。ロザリンが向けた手を掴もうと腕を伸ばすが、不意に激しい頭痛がアルトを襲いガクッと膝の力が抜け転倒してしまう。

「アル⁉　……あ、あれ？」

慌てて助け起こそうとするが、ロザリンも眩暈に似た症状を覚えた。

「こいつは、身体が戻りかけてるのか……くそっ。タイミング考えろよ」

四つん這いの状態で頭痛に表情を歪めながらもロザリンの手を掴んだ。

「手、離さない、でね。ミュウも」

右手でアルトの手首を掴み、左手は瀕死のミュウを抱えるよう背中に回している。二人を確り捕まえているのを確認してから、ロザリンは一瞬だけ倒れたままのウツロに視線を向けるが、漏れ出しかけた情を奥歯で噛み殺し魔力を集中して魔眼を始動させた。これは脱出の魔術を行使するのではなく、魔眼を通して合図を送り、外のクルルギ達が予め仕込んでおいた魔術式でロザリン達を引き上げる手法だ。外から内部の様子を把握できないのは引き続きなので、結界と同じように今度は合図を送ったロザリンが起点となって、魔術を行使する為、他の人間は必ず接触しておく必要がある。これは魔樹に突入する時に事前に説明してあったこと。だから、魔術が作動し空間が歪み出した直前に、ミュウが掴まれた腕を払い飛び出したのは、これを逃せば脱出できないと理解してのことだろう。

「――ミュ!?」

驚くロザリンが名前を最後まで呼ぶより早く、二人の姿は増大する魔力粒子にかき消され、魔樹の外に転移していった。見た目以上に疲労困憊だったアルトに至っては、何が起こったのかも気が付かなかっただろう。自ら飛び退く形で腕から逃げたミュウだったが、胸の傷は深く大量出血も相まって、身体に力が入らずそのまま地面に倒れ込む。

「は、はは……万全だったら、途中で捕まってた。ちくしょうめ」

自殺行為とも思える行動を自嘲しながら、起き上がろうとするも身体に上手く力が入らない。それどころかロザリン達が消失した為、瘴気から守ってくれていた結界もゆっくりとだが消滅していく。指先や傷口などが真っ先に浸食され始めたのか、刺すような痛みが酷くなっていた。それでもうつ伏せのまま地面を這いウツロににじり寄る。

「……なんのつもり？」

手が届く距離まで近づくとようやくウツロが口を開いた。ミユウは這う動きを止め力尽きその場に脱力する。

「別に……あんまり、気持ちよく死のうとしてるから、恨み言の一つも、囁いてやろうかって思っただけ」

「かまわないわ。貴女には、そのけんりがある」

気が付けば、ウツロの両足は石灰石のような状態で固まり、徐々に本物の灰となって崩れていた。ミユウも似たようなモノで、瀕死の上に結界消失の影響で魔力を瘴気に食い尽くされた所為で、再生能力はほぼ無効化されてしまっている。限界を迎えた肉体は崩壊を始め、欠損した部位を何とか補おうと身体が勝手に結晶化していく。ここまで来ると二人に身体の痛みはほぼなかった。

「嘘よ、冗談。勝者が敗者に、恨み言なんてあるわけないじゃない」

「貴女に、まけたおぼえは、ないわ」

数分前まで殺し合いを演じていた者達とは思えないほど、二人の会話は穏やかだった。

しかし、喋るだけでも体力を、残り少ない命を削ってしまうのだろう。既に出し切ってしまったのか出血はなく、痛みすら消えていき全身を寒気が襲う。視界も朧げだ。唯一、現世を認識できるのは、苦しげな息遣いと乾いたお互いの咳のみ。終わりが近づいてくる。

「……おもえば、貴女とこうやって、はなしをする機会は、なかったわね」

「そりゃ、そうだ。ずっと、まともな状態じゃなかったし……わたしの前に立つとアンタ、明らかに、おかしくなってたし」

「あら、そうだった、かしら」

すっ惚けるウツロの言葉にミュウは眉を顰めた。結論から説明すれば、ウツロがずっとミュウを意識していたのは、彼女が水神由来の魔力を持っていたから。帝国産の人工天使、その欠片であるウツロにとっては、エンフィール王国の水神リューリカは怨敵のような存在と刷り込まれている。記憶にはないが魂に刻まれた感情が、愛憎となってミュウに苛烈な態度をとっていたのだろう。

ミュウは全く迷惑な話だと、何故か唇に笑みを湛えてしまっていた。

「ひとつだけ、聞いても、いいかしら？」

「……なによ」

「一撃をうけたとき、どうして、融合を解いたのかしら？」

「…………」

　ささやかな疑問にミュウは言葉を詰まらせた。

　手刀を放った瞬間、確かにミュウが受けた傷と同じ個所を狙った。融合状態でも傷の有無は有効化されていると判断したから。融合が切り離せると思った訳でもないし、実際に解けたのも傷を受けたことによる強制的なモノではなく、ミュウ自身が本人の意思で離れたのだとウツロは察していた。融合を解かなければ傷を負っただろうが、あの一撃は瘴気(しょうき)ではなく魔力によるモノなので、斬魔モードの耐久性とミュウが持つ治癒力を鑑みて、効果的ではあっても必殺には届かないというのがウツロの判断で、二撃目でトドメを刺すまでが想定だった。それでも分離したことで弱体化はさせられたと判断し勝負に挑んだが、結果はご覧の通り。ミュウが初撃を引き受けたことが、ウツロの敗因となったとも言えるだろう。

　だから、ウツロは知りたかった。死ぬとわかっていて、何故(なぜ)、と。

「……別に、深い理由なんて、ないわ……ただ」

「ただ？」

「惚(ほ)れた男に少しでも、いいところを見せたかっただけ……かもね」

「……おとこ？」

　思わず閉じていた目を開き、ウツロはハッと息を飲んだ。

「貴女(あなた)、まさかきおくが……？」

返事はない。うるさいくらい聞こえていた息遣いも、今は聞こえない。

一瞬、息を止めたウツロは再び両目を閉じてから、大きく息を吐き出した。意識が瞬く間に闇に落ちていく。痛みも、感覚も既にない。少しだけ人間らしいことを言うのなら、自分の身体がどこまで崩壊せず残っているのか、それだけが気がかりで、ちょっとだけ恐ろしかった。けど、眠気に似た誘いに身を任せれば、記憶が呼び起こすのは学園内での出来事。何一つ、思い通りにならないことばかりだったけれど、終わってみれば悪いことばかりではない、気がしていた。

申し訳ないと思う心残りがあるとすれば一つだけ。

「ごめんなさい、ユリおねえさま……うつろは、そつぎょう、できませんでした」

卒業式の日。お祝いするから、その時は一緒にダンスを踊りましょうね。

旅立つ尊敬する人が残した言葉が実現することはない。けれど、ウツロは満足だった。ガーデンの乙女として、全てを出し尽くして敗れることが出来たのだから、こんなに未練も悔しさもない最期はない。

魔樹の奥深く、愛の神座に最も近い場所で、天使の名を持つ少女は眠るよう滅びた。

エピローグ　最後のダンスはもう止めない

ガーデンを襲った未曽有の危機は去った。天を突くように現れた禍々しい魔樹ネクロノミコンも、共和国一団の侵入を許した空の裂け目も、侵入者を含めて今は姿を消してしまった。名残があるとすれば花の塔が失われ、更地になってしまったことくらいだろう。魔樹が消滅した直後は、作戦に参加したガーデンの女生徒達の間に歓喜はなかった。魔樹が消え、アルト達が帰還したということは、ウツロ……いや、人工天使の野望は砕かれたということを意味するが、同時にそれは学園最強だった生徒会長ウツロの敗北を意味したからだ。

その後、対瘴気結界の維持に参加した生徒達は、寄宿舎に戻る暇を惜しむように、学園のあちこちで倒れるように眠りについた。準備で徹夜をしていた女生徒も同じくだ。残りの比較的、疲労が少ない女生徒達で後片付けを行ってから、全ての学園の生徒を労う為にクルルギの指導の元、多くの食事が作られることとなった。日が落ちてからは大宴会。噂を聞きつけ押し寄せた近隣住民も交じり、学園では外が白々と明けてくるまで、食事を食い、飲み物を呷り、語り合い、惜しみ、悲しみを分かち合えば、時には熱くなって意見がぶつかり、喧嘩に発展する生徒達も大勢いた。ウツロに関する感情全てが好意的ではない。しかし、その死を悼み、最後まで戦い抜いたことを誇りに思う程度には、生徒達にも好かれていたのだろう。この日の大宴会は決して勝利の宴ではない。強くて、怖くて、不器用な生徒会長に対する追悼の意味が込められていたのだろう。

　魔樹の崩壊から一日経った早朝。アルトとロザリンは街の郊外を歩いていた。

「ふわぁぁぁ……クソ眠い。欠伸がとまら、くわぁぁっ」

「目が、しょぼしょぼ、する」

「眠い、身体が痛い、起きたばかりなのに疲労困憊だ」

「おなか、減った」

　前日の激戦による疲れが全く抜けず、小鳥が囀る爽やかな朝日を浴びながらも、口から零れるのは欠伸と文句ばかり。ただ、二人は前日までとは違い、少女と女性の姿ではなく、元の青年と少女の姿に戻っていた。格好もアルトは白いコート姿、ロザリンも黒いフードのマントを着用。二人の後ろからはクルルギが厳しい面持ちで歩いていた。

「いつまでも文句ばかり抜かすな。まぁ、今回の功労者を追い出すような真似になってしまうが、男の姿に戻った以上、ガーデンに留まらせることはできん。魔女の小娘も、一人だけ残ってゆっくりしていく気はあるまい？」

「うん、アルと、一緒が、いい」

眠そうな目を擦りながらも、ロザリンは確りそう主張する。

「ったく、ようやく元の姿に戻れたってのに、喜びに浸る暇もありゃしないぜ」

ぼやきながらアルトは寝ぐせの付いた頭を掻く。

「だから代わりに我自らが王都まで送り届けてやるのだ。感謝するのだな」

「そりゃ、誰かが案内してくれんとガーデンから出られんからな」

相変わらず偉そうな態度に辟易しながらも、このやり取りも今日限りだと思うと、不思議なことに名残惜しさすらも感じてしまう。それはガーデンを去ることも同様で、その変化を感じ取ったのはやはりロザリンだった。

「みんなに、お別れ言えなくて、寂しい？」

「寂しいって呼べるほど長い付き合いをしたわけでもねぇが、まぁ、この姿で挨拶されても、向こうさんが困るだろうよ」

アルトらしい軽口で肩を竦めるが、実際は同じ釜の飯を食べるだけならまだしも、同じ湯船を共にした女生徒もいる。今更、実は男でしたなんて名乗り出ても、笑い話で済むとは到底思えない。寂しい気持ちがあるのも事実だが後ろめたさが強いのが本音だ。それは、結果的に見捨てる形になってしまった、二人に対するしこりでもあった。

「そういえば貴様、トネリコの槍を忘れてきただろう。自分で託した手前、文句も言えずにニィナが落ち込んでいたぞ」

「それは俺の責任じゃねぇだろ。弁償しろってんなら騎士団の連中にでも言ってくれ」

「必要ない。結果だけを言えば、貴様は良い働きをした」

何故（なぜ）かそう褒められ眉間に皺（しわ）を寄せたアルトはロザリンと顔を見合わせた。

「ニィナが槍を託したのも、魔樹の底に置き忘れたのも全ては偶然。だが、この世に偶然以上に運命的と呼べる事象は存在しない」

「意味がわからん。何が言いたい？」

問いかけに歩く足を止めず、クルルギは珍しく言葉を選ぶよう返答に間を置いた。

「花が再び咲き誇るには、散らなければならない。人の業に翻弄された彼女らは、遠からず散りゆく定めであった」

「……運命、って、こと？」

「クソの役にも立たない慰めだな」

「人工天使の欠片（かけら）に水神の欠片。相反する両者が出会い、争い、最後を共にしたのも運命なら、トネリコが新たな花を咲かせる苗木となるやもしれない……という、ただの予感だ。ここは愛の女神マドエル様の麗しき庭園なんだからな」

「……そいつは」

結論を述べない含みだけを持たせた物言いだったが、アルトも何か感じ取るモノがあって、自然と脳裏にミュウとウツロの姿が思い浮かぶ。二人共、人でありながら精霊の力を注がれた存在で、身に余る力がいずれは自身の崩壊を招くことも気づいていたのだろう。

だから、ミュウはあの時、魔樹に残ることで死に場所を選んだと思っていた。

けれど、もしも、人の身に余る精霊の力が、新たな可能性を導いてくれるとしたら。

「――アルト!!」

不意に後ろの方から誰かに名前を呼ばれた。驚いて足を止めたアルト達が振り返ると、此方(こちら)に向かって駆け寄ってくる二人の小さな少女の姿があった。見た目は幼くなってしまったが、レイナとテイタニアだ。二人、特にレイナが焦るような表情でアルトに近づき、速度を緩めながら立ち止まって息を切らせ大きく肩を上下させた。チラチラと見上げてくる少女に、アルトはちょっと意地悪そうな笑みを唇に浮かべた。

「よう、レイナ。随分とこぢんまりしちまったじゃねぇか」

「あな、貴方(あなた)の、所為(せい)でね……あと、これ」

確かにレイナだと納得できるぶっきら棒な物言いで、差し出してきたのは貸していたアルトの片手剣だ。それを見て今更、持ってないことを思い出した。

「やっべ、忘れてた。どおりで腰の辺りが妙に軽いって思ってたんだ」

「最低。貴方の相棒でしょ、もっと大切にしてあげて。私の命の恩人でもあるんだから」

「なるほど。なら、丁重に扱わなきゃな。サンキュ」

礼を述べて剣を受け取ってからレイナの頭を乱暴に撫(な)でる。不機嫌そうだったレイナの表情が僅かに綻びぎこちなく微笑む。頬を薄っすら桜色に染める姿は、年相応の不器用さとも言えるだろうが、何かを敏感に察知した少女二人、ロザリンは目を三角にしてアルトを睨み、テイタニアはニヤニヤと親友を横目で眺め、何かを急かすよう肘で小突いた。

「なぁなぁ、レイナ。アンタが連れてって～って言うて抱き着いても、うちは全然構わへん……ぎゃっ⁉」

　耳元で軽口を叩くテイタニアの足を思い切り踏みつけ、彼女は痛みの所為でその場に蹲り小刻みに震えた。おいおい、何事だよと言いかけるアルトを、こっちでは頬を膨らませたロザリンがコートを引っ張り先に進むことを促していた。

「……無駄話をしている時間はないぞ。忘れてるかもしれないが、外に出たからといって、直ぐに王都というわけではないのだ」

「ゲッ、そういえばそうだった」

　また、何日も荒野を歩くのかとげんなりしながら、改めてレイナに向き直る。

「ってなわけで、つもる話を解消する暇もないらしい。達者でな、レイナ。色々あったけど、アンタには世話になった」

「うん……ねぇ、アルト」

「おう」

「また、会える？」

何処か緊張するような声色に、アルトはちょっと考えて。

「ま、俺がガーデンに来ることはもうないだろうから、会いたきゃお前さんの方から王都に来てくれ」

そう言ってもう一度、レイナの頭を撫で、アルトは身を翻した。

「じゃあな。他の連中には上手く言っといてくれや」

軽く手を上げ別れの挨拶を済ますと再びアルトは歩き始める。ロザリンは立ち尽くす二人に深々と一礼してから、小走りにその背中を追った。クルルギはいつの間にかアルト達より前を歩いていて、朝焼けに照らされガーデンの街から離れていく三人をレイナは時折、鼻を啜りながらジッと見つめる。

「追い掛けたいん？」

「……いいや」

テイタニアの問いかけに目元を擦ってからレイナは首を左右に振る。

「今はいい。今は、他に目標を見つけたから」

強い光を瞳に宿してレイナは振り返る。木々に覆われて見えないが、見据える視線の先にはガーデンの街と学園があった。

「とりあえず、学園で一番を目指す。そして生徒会長になる。まずは、そこからよ」

「デカいこと言うやないか。なら、うちと競争やな」

「いや、テイタニアに生徒会長は無理でしょ」

「……ええっと、学園で一番って部分だけで頼んます」

懐かしさも直ぐに薄れてしまうくらい、二人に馴染んだ軽口の叩き合い。本来なら失っていたはずの絆を、再び手にすることができたのは、レイナにとっては奇跡のような出来事。だから、初恋は今は心の奥にしまい込んで、レイナは学園へと戻る。いつの日か、大手を振って会いに行ける日を夢見て。


魔樹の崩壊は砕いた花の塔の残骸すら飲み込み、後に残ったのは土が剥き出しになった地面のみ。瘴気の塊である魔樹が存在していた地面は汚染され、虫や草木が住めない死んだ大地となってしまう。土に染み込んだ瘴気の影響が完全に抜け、天然の魔力が戻り再び緑が生い茂るには、長い長い時間が必要となるだろう。

そんな場所に学園長のヴィクトリアが一人で立っていた。

「ふんふん、ふふふふん、ふんふふん♪」

楽しげに鼻歌を歌いながら手に持っているのは、可愛らしいピンク色のジョウロ。先端からシャワーとなって水が注がれる先、本来なら草木が育たぬ地面に小さな植物の芽が顔を覗かせていた。

「大きく育て、大きく育てぇ♪」

呑気(のんき)な声で水を撒(ま)く。本来なら瘴気(しょうき)に侵された土には無意味な行為なはずだが、小さな芽から聞いた双葉が雫(しずく)を弾(はじ)き、地面へと落ち染み込んでいくと、不思議なことに焼け焦げたような土に僅(わず)かずつ活力が宿っていく。ジョウロから注がれる水が特別なのではなく、小さな双葉の芽を中心として瘴気が浄化されていた。地の底まで汚染された瘴気を完全に浄化するには、まだまだ長い時間が必要だろう。しかし、双葉が育ちいずれは樹木か草花になるその芽ならば、きっとこの一帯を再生させることは難しくはないはずだ。

水を撒き終え傾けたジョウロを戻すと、ヴィクトリアの瞳に星の輝きに似た光が宿る。

「今はゆっくりお眠りなさい、可愛いわたくしの乙女達。愛溢(あふ)れる庭園はいつだって、貴女(あなた)達の目覚めを待っていますから」

愛し、慈しむ視線を双葉に向けてゆっくり瞬きをすると、ヴィクトリアの瞳から星の輝きが消え、元の天真爛漫(らんまん)な少女の雰囲気に戻った。水やりを終えたヴィクトリアはジョウロを両手に抱え校舎へと帰っていく。残ったのは風に揺れる双葉。今はまだ小さな芽でしかなくともいつの日か、もしかしたら決して遠くない未来に、双葉は可憐な二つの花を咲かせることだろう。

この作品に対するご感想、ご意見をお寄せください。

●あて先●

〒101-0052 東京都千代田区神田小川町3−3
イマジカインフォス　ライトノベル編集

「麻倉英理也先生」係
「西出ケンゴロー先生」係

ヒーロー文庫

小さな魔女と野良犬騎士 9

麻倉英理也

2024年7月10日　第1刷発行

発行者　廣島順二

発行所　株式会社イマジカインフォス
〒101-0052 東京都千代田区神田小川町 3-3
電話／03-6273-7850（編集）

発売元　株式会社主婦の友社
〒141-0021
東京都品川区上大崎 3-1-1 目黒セントラルスクエア
電話／049-259-1236（販売）

印刷所　大日本印刷株式会社

©Eriya Asakura 2024 Printed in Japan
ISBN 978-4-07-460078-6

■本書の内容に関するお問い合わせは、イマジカインフォス ライトノベル事業部（電話 03-6273-7850）まで。■乱丁本、落丁本はおとりかえいたします。お買い求めの書店か、主婦の友社（電話 049-259-1236）にご連絡ください。■イマジカインフォスが発行する書籍・ムックのご注文は、お近くの書店か主婦の友社コールセンター（電話 0120-916-892）まで。※お問い合わせ受付時間　月～金（祝日を除く）　10:00～16:00
イマジカインフォスホームページ　https://www.infos.inc/
主婦の友社ホームページ　https://shufunotomo.co.jp/

Ⓡ〈日本複製権センター委託出版物〉
本書を無断で複写複製（電子化を含む）することは、著作権法上の例外を除き、禁じられています。本書をコピーされる場合は、事前に公益社団法人日本複製権センター（JRRC）の許諾を受けてください。また本書を代行業者等の第三者に依頼してスキャンやデジタル化することは、たとえ個人や家庭内での利用であっても一切認められておりません。
JRRC〈 https://jrrc.or.jp　e メール：jrrc_info@jrrc.or.jp　電話：03-6809-1281 〉